文学通信

木越 治・丸井貴史［編］

Kigoshi Osamu / Marui Takafumi

# 読まなければなにもはじまらない

Without Reading, Nothing will Ever Happen

## いまから古典を〈読む〉ために

目次

## 第2部　古典を「読む」ためのヒント

漢詩読解入門



「文学」の範囲



文学としての演劇

# 第3部　いま、古典を「読む」ということ

「生きる」ことと古典



古典教育の諸問題



役に立つ学問とは

第4部

# 読むことでなにがはじまるのか［座談会］

参加者＝堀切克洋・パリュスあや子・木ノ下裕一・丸井貴史

# まえがき——何のために古典を読むのか

丸井貴史

## 古典の読み方を自分で見つけるために

何を当たり前のことを、と、皆さんは本書のタイトルを見て思われたかもしれません。確かに古典は文学であり、文学は言語による芸術ですから、「読まなければなにもはじまらない」のは当たり前のことです。

しかし、古典は本当に「読む」ものとして認識されているでしょうか。

このような疑問を私が抱くようになったのは、四年前、大学の教員になってからのことです。まずはそのきっかけをお話しして、本書の目的と問題意識の説明に代えたいと思います。

近年、大学では授業における「双方向性」が強く求められるようになりました。そこで私は、講義形式の授業においては学生にリアクションペーパーを書いてもらい、可能な限り翌週の授業でフィードバックするようにしています。そしてこの四年間、何千枚もの学生のコメントを読んできましたが、中でも多く目にするのは、「古典には苦手意識があったが、今日の内容は面白かった」「古典はあまり好きではないが、少し興味を持てた気がする」というようなものです（「古典は嫌いだし、今日の授業もつまらなかった」と書く学生がほとんどいないのは、私に対する思いやりにほかならず、そう思っている学生も必ず一定数いるはずです）。

もちろん私も、古典に絶大な人気があるなどと思っているわけではありません。しかし、一般的な日本文学科や国文学科とさほど大きく変わらないカリキュラムが組まれている私の所属学科においてさえ、古典に対して「苦手意識」や「好きではない」という思いを持つ学生が多くを占めるということは、私にとって衝撃的なことでした。確かに、大学には数学嫌いや英語嫌いの学生もたくさんいるでしょう。しかし数学科や英文科に目を転じれば、そこには数学好きや英語好きの学生が溢れるほどいるはずです。それに対して古典の場合、日本文学科や国文学科にさえ古典嫌いがたくさんいるわけですから、古典が好きな人はいったいどこにいるのだろうかと思われてきます。

では、なぜ古典嫌いはこれほどまでに多いのでしょうか。ひとつ考えられるのは、古典は「覚える」ものだという誤解があるのではないかということです。高校の授業で用言の活用や助動詞の文法的意味を叩き込まれ、古語をいくつも丸暗記させられ、文章を読むときには品詞分解を要求され、それが済んだら現代語訳をして終わり。少し内容に踏み込んだとしても、判で押したように「この文章からはどのような教訓が読み取れますか」「作者が主張しようとしていたことは何ですか」という問いが繰り返されるばかり。もしそういう授業を受け続けてきたのであれば、それで古典を好きになれと言う方が無理に決まっています。

しかし、そろそろ古典を、「文法や単語を暗記するもの」という誤解や呪縛から解放しなければならないでしょう。あらためて断言しておきますが、古典は「覚える」ものではなく「読む」ものです（ただし、「読む」ためには用言の活用や助動詞の文法的意味をある程度知っていなければならない、ということは言っておきます）。そして古典に苦手意識を持つ人が多いのは、「読む」ための方法を学ぶ機会がなかったからではないでしょうか。

そこで本書では、古典を「読む」にはどうしたらよいのか、古典を「読む」とはどういうことか、ということを、様々な角度から読者の皆さんにお示ししたいと思います。ただし、私たち執筆者は決して、「古典はこう読むべきだ」

「古典はこうあるべきだ」ということを言おうとしているのではありません。「読む」ための手がかりやヒントを提示することで、古典を「読む」楽しさの一端をお伝えしようとしているのです。先ほども書いたとおり、古典は「覚える」ものではないのですから、この本によって古典のあるべき読み方を教わろうなどとは、どうか考えないでください。本書を足がかりとして、もっと面白い読み方、もっと魅力的な読み方を、ご自身で見つけようとしていただけることを願っています。

## きっかけは木越先生の遺稿

ここで少し、本書が成立するまでの経緯についてお話ししておきます。

本書はもともと、第1部を執筆した木越治先生がお一人で書かれる予定のものでした。『上智大学国文学論集』第四十九号（平成二十八年一月）に掲載された「連続講義　近世小説史論の試み―第一講・序説―」によれば、先生は「書誌調査や伝記研究、あるいは文化研究に解消されない文学研究のあり方を模索」して、「語り」という観点から近世小説の歴史を通観しようとされていたようです。そしてその成果を、上智大学文学部において講義するとともに、書籍として刊行する準備を進められていました。しかし残念ながら、第1部に収めた内容を書き上げたところで、病魔に斃《たお》れられたのです。

出版社から遺稿を託された私は、当初、先生の遺志を継いで「続き」を書こうとしたのですが、私一人の力ではとても不可能であることをすぐに覚りました。そもそも、先生と私とでは作品を分析する手法に違いがあるのですから、「続き」などを書けるはずがないのです。では、どうしたらよいだろうかとしばし考えていたときに、私と世代をほぼ同じくする仲間の中に、独自のすぐれた視点から作品分析に取り組んでいる方や、教育現場や社会で古典の意義を問い続けている方が多くいることに気がつきました。そしてその方たちに、木越先生の目指していたものを伝えたうえで、先生とは異なる観点から、作品を「読む」ということについて書いていただくことにしました。それが本書第2・3部の執筆陣であり、みな木越先生の謦咳《けいがい》に接したことのある方ばかりです。

上記のような理由により、本書は「古典」についての本でありながら、近世文学を中心にした内容になっています。しかし、本書で紹介される方法論は他の時代の作品を分析する際にも十分応用できるものですし、「読む」ということの本質が、近世とそれ以外の時代において異なるはずがありません。また、話し言葉の文体は、わかりやすい言葉で議論を開いていくための方法として、先生が特に意識されていたことでもありますので、他の執筆者もそれに倣《なら》うこととしました。これを冗長と思われる方もあろうかと思いますが、ご理解いただけましたら幸いです。

**本書の構成**

最後に、本書の構成についてご説明します。

**第1部「読まなければなにもはじまらない」**には、木越先生の遺された原稿をほぼそのままのかたちで収めています。前述のとおり、先生は「語り」という観点から近世小説の流れを描き出そうとされていたのですが、その試みは西鶴の『好色五人女』を論じたところで中絶することとなりました。これ以降、上田秋成の作品や後期戯作を対象とした論を展開される予定であったようです。

**第2部「古典を「読む」ためのヒント」**は、古典文学作品を分析するための方法について具体的に論じたものです。**1・2章**では、そもそも古典の「本文」をどのように捉えればよいのかということを、文学・語学双方の研究者が解説しています。私たちはこれから本書を通して、古典の「本文」を「読む」ことの意味について考えていくわけですが、実は「本文」という概念がそもそも一筋縄ではいかないものなのです。続く**3〜6章**では、執筆者それぞれの方法論によって、実際に作品を論じています。受験のために勉強する「古典」とは、異なる「古典」の姿が見えてくるはずです。そして**7〜9章**では、あまり一般になじみがないであろう漢詩や地誌、そして「観る」ものだとばかり思われがちな歌舞伎を「読む」ための方法や視点をお示しします。当たり前のことですが、「古典」は物語や小説だけではありません。ぜひ、様々なジャンルに触れてみてください。

**第3部「いま、古典を「読む」ということ」**では、中等教育の現場で古典を教えている国語教員と、古典の息づく土地に住む地域情報誌編集長が、古典を「読む」とはいったいどのような営為なのかを論じます。古典は決して研究者のためのものではありません。私たちが古典を学ぶことの意味を考えるきっかけになれば嬉しく思います。

**第4部「読むことでなにがはじまるのか」**は、本書の主題をあらためて問い直してみるための座談会です。研究者や教員とは異なる立場からのお話をうかがうために、創作活動をなさっている方々をお招きし、古典を「読む」ということについて、様々な方面から語り合いました。

往々にして、古典は「難しい」「つまらない」「堅苦しい」「敷居が高い」ものと思われがちです。しかし、本書を手に取ってくださった方々は、少なくとも古典に対して何らかの興味や関心をお持ちのことと思います。まずはそうした皆さんに、古典の面白さ・魅力・意味を再発見していただけることを願ってやみません。そしてぜひ、ひとつでも多くの古典に手を伸ばしてみてください。

何のために古典を読むのか――。それはたいへん大きな問いですが、しかしそれを考えるには、読まなければなにもはじまりません。いま、それを始めましょう。

## 凡例

一．資料や引用本文の出典および底本については、各執筆者の責任において示した。なお、引用に際しては適宜校訂を施した。

二．資料の引用に際し、行論上の必要がある場合を除き、漢字は原則として新字体を用いた。

三．固有名詞や難読語を中心に、適宜読み仮名を施した。文学作品および先行研究の引用においても同様であるので、原文にはない読み仮名を執筆者が独自に施した場合がある。

四．漢数字は、原則として二桁までは命数法、三桁以上は位取り記数法を用いた。

五．研究者の敬称の有無については、各執筆者に一任した。

六．利用した先行研究についてはいちいち注をつけず、「参考文献」として章末に一括して示した。

第1部

# 読まなければなにもはじまらない

木越治

Without Reading,
Nothing will Ever Happen

# 1　はじめに――読まなければなにもはじまらない

『ネバーエンディング・ストーリー』という映画があります。いうまでもなくミヒャエル・エンデの『はてしない物語』を映画化したものですが、ここでは、映画に即して話していくことにします。この映画のストーリーをわかりやすくまとめると以下のようになるでしょう。

少年バスチアンがいじめっ子に追いかけられて逃げ込んだ古本屋。そこで見つけた、ほこりをかぶった謎めいた一冊の本『ネバーエンディング・ストーリー』。この本に心惹かれたバスチアンは学校に持ち込み、授業をサボって屋根裏部屋で読みふける。その本のなかで語られていくのは、「ファンタージェン（＝ファンタジー世界）」の危機であった。姿なき「虚無」が、「ファンタージェン」を次第に浸食しているというのだ。若き勇者アトレイユは「ファンタージェン」の王である「おさな心の君」の命により、幸運の龍ファルコンらの助けを借りながら、国を救う者を探す旅に出て、そこでさまざまの異形のものたちとの出会いを重ねながら、「ファンタージェン」を救うものが誰かを探しあてようとする……。

有名な映画ですから観た人も多いでしょう。もしまだの人がいたら、たいていのレンタルショップには必ずあるはずですから、ぜひ観るといいと思います。

大学で「古典文学入門」や「日本文学入門」というような授業を担当したとき、私は、最初の時間にこの映画を教室で上映し、そのあとで、「この映画はどういう点で「古典文学入門」（あるいは「日本文学入門」）の最初に見るのにふさわしいでしょうか？」というテーマで簡単な感想を書いてもらうことをよくやりました。単に「映画の感想を書いてください」というだけですと、「とてもおもしろかった」とか、「アトレイユがステキ」「できることならファルコンに乗ってみたい」などというようなのがまじってくるので、そういうのを排除するために、自然にこういうふうになってきたものです。

しかし、そういうふうにテーマを限定して聞いてみても、返ってくる感想の多くは、「想像力は文学にとって大切なものだということをわかってほしいから」「いつまでも少年のような心を大切にしないといけないから」というふうな内容の、少年バスチアンが読んでいる物語のなかから教訓を見つけてくるような感じのものが大部分でした。もちろん、想像力は大切です。この映画に出てくる、岩を食べるロックバイターや空を飛ぶファルコンや得体の知れない予言者の亀モーラなんていう不思議な存在を生み出したのは、すべて想像力によるものなのですから。ただし、それだけのことであれば、この物語は「ファンタージェン」のなかの物語を語るだけですませておけばいいはずです。しかし、この映画はそうはなっていません。「ファンタージェン」にいま危機が迫っている、というふうにいきなり始まるのではなく、いじめられっ子バスチアンが『ネバーエンディング・ストーリー』という本を入手し、それを読みはじめるまでの経緯を丁寧に示したのちに、その本のなかの世界がはじまる、という二重構造にすることを選んだのです。しかも、さらに念が入っていることに、勇士アトレイユが「ファンタージェン」を救う旅を続けている合間合間に、学校の屋根裏部屋で、この物語を読むことに熱中し我を忘れているバスチアン少年の姿を繰り返し繰り返し挿入していくのです。

そして、この二重構造の意味は、勇士アトレイユが最後にたどりついた、この国を救うものを映し出す鏡のなかにバスチアンの姿が現れたときはじめて示されます。より明瞭なかたちで語られるのは、命令を果たせないまま傷ついた身体で帰ってきたアトレイユを迎える、「おさな心の君」の次のような言葉です。

いいえ、あなたはすでにこの国の危機を救ってくれる人をもうすでに見つけてくれましたよ。ほら、その人はそこにいるではありませんか。

この言葉とともに、バスチアンは「ファンタージェン」の世界に招き入れられ、アトレイユにかわってファルコンに乗り、「ファンタージェン」の再生を果たしたのち、自分の国に帰ってきて、彼をいじめた少年たちに仕返しをしていくわけです。いかにもファンタジー映画らしい結末ですが、ここでなによりも注意してほしいのは、物語を読み続ける少年バスチアンと「ファンタージェン」との関係です。「ファンタージェン」を存在させているのは、少年バスチアンの「読む」という行為そのものであり、この映画の基本構造がそこに置かれていることを見逃してはならないと私は思います。

この映画の構造は、そのまま、作品と読者の関係に置き換えることができるはずでしょう。すなわち、作品は読者が読まない限り単なる紙とインクのかたまりにすぎない、あるいは、「読む」ことを通してはじめて作品は生命を与えられる等々といった、わかりきっているけれどもあまり意識されない事実です。

ここで、最近の私自身のやや卑近な体験を書いてみます。

このところ数年、電車のなかでは、佐伯泰英《さえきやすひで》という文庫書き下ろし専門作家による剣豪小説シリーズを読破していくのを習慣にしています。ご承知の方も多いと思いますが、この作家の文庫本シリーズはとても種類が多いので、ひとつひとつ順に片づけていく方針にしています。

この九月で、関八州《かんはっしゅう》を舞台にした「夏目《なつめ》影二郎《えいじろう》始末旅《しまつたび》」シリーズ全十五冊を読み終えましたので、十月からは「交代寄合《こうたいよりあい》伊那衆《いなしゅう》異聞《いぶん》」というシリーズに挑戦し始めています。で、このシリーズを読み始めたとたん、それまで本屋さんや図書館でなんの感情も湧かなかったこのシリーズの巻々がとても親しみ深く感じられるようになってきたのです。それ以前は、まだ読んでいないシリーズだなという程度の感じしか持たなかったのに、主人公の設定や作品の世界が呑み込めてくると、未読の巻の裏表紙にある解説文を見たりして、この先の展開を予想したりするようになってきました。シリーズを読み始めない前には決してやらなかったことなので、この変化は自分にとって、とても新鮮な感じがしました。

書物に対するこういう感じは、図書館や本屋さんで既読の本を見たとき、あるいはそれらが再刊されたときや、文庫その他別のかたちで出たときにも感じるものと共通するものでしょう。思わず懐かしくなって手に取ってみたくなる感じ——手元にすでにあるわけですから買ったり借りたりすることはないわけですが、でも、手に取ってみたくなる、というこの感じは、本好きの人ならきっと経験していることではないかと思います。

文学作品を「読む」という行為は、作品とこういう親しい関係を作っていくことに尽きる、といっていいのですが、古典の場合には、そのような関係を作るまでに、言葉の問題をはじめとして、さまざまの知識が要求されます。そして、そういう知識が増えていくのと比例するように、作家とか作品というものの存在は自明のようになっていきます。

たとえば『源氏物語』について、原文はほんのわずかしか読んだことはないのに、登場人物やおおよそのあらすじは知っている、というようなことはしばしば経験することではないでしょうか。しかし、我々にとって、ある作品が存在しはじめるときというのは、その作品を自分で読み終えたとき以外にはないのです。どんなに立派に解説ができても、その作品を読まない限りは、あなたにとって、あるいは私にとって、それは「存在」しているとはいえないのです。

文学作品を「読む」ということは、実はかなり面倒なものです。古典文学や外国文学だけでなく、現代日本の作品でも、本当の意味で「読む」となると、実はかなり手間がかかるものです。新聞や週刊誌を読むようなわけにはいきません。だから、ついつい気のきいた解説や口当たりのいい批評などを読んだだけで、その作品について知った風な口をきいてしまう、ということをしてしまいがちです。それだけですましても、とりあえずは「文学」がわかっているという顔をすることはできます。しかし、どんなにつたない解説しかできなくとも、作品を読むということをまず「経験」せよ、それがなににも勝るものである、というなかなかに辛口のメッセージを、この口当たりのいいファンタジー映画は我々に教えていると思います。

そして、さらにいうならば、現代はこの「読む」という力が目に見えて衰えている時代だと思います。少しばかり含みの多い言い回しをしようとしても、その表層だけしか受け取ってくれない、あるいは、表面的な言葉遣いだけをとりあげてあげつらう、という例をしばしばみかけます。少し前に新聞に出ていたOECD（経済協力開発機構）諸国の子供たちの学力調査で、日本の子供たちの読解力が減退していることが報じられていましたが、それはまさに、私の危惧していることが数字で証明されていると思いました。そして、その責任の一端は、我々国語教師の側にあるのかもしれません。もちろん、我々だけに責任があるとまでいうつもりはありませんが、どうしたら「読む力」を養うことができるか、私たちはさまざまのかたちで工夫していかなければならないと思っています。

しかし、お説教臭いことを書くのは私の趣味ではありません。むしろ、私の体験を語ることで、その意図をくみ取っていただければと思います。

以下に書くのは、最近教室で遭遇した例です。

『平家物語』の最初の方の巻に、平家討伐のための鹿ヶ谷《ししがたに》の密議のことが出てきます。内通者によってそのことが清盛のもとに伝えられ、首謀者たちはたちまちのうちに捕らえられてしまい、あるものは斬殺され、あるいは流刑地で亡くなります。なかでも、鬼界《きかい》が島《しま》に流された俊寛僧都《しゅんかんそうず》や平康頼《たいらのやすより》のことは、お芝居になっているのでよく知られていると思います。そのなかに、平康頼が自身の許されることを祈願して、二首の和歌と自分の名前を書き付けた千本の卒都婆《そとば》を鬼界が島から海に流すというエピソードが出てきます。そして、そのうちの一本が偶然にも厳島《いつくしま》神社の海に流れ着き、康頼とゆかりのある僧に拾われます。この僧はそれを都に持ち帰り、都の郊外でひっそり暮らしている康頼の母や妻のもとに持参し、その卒塔婆を見せます。この卒塔婆のことはやがて後白河院や清盛の耳に入り、彼らが許されるきっかけになるのですが、このとき卒塔婆を見せられた康頼の母や妻は、こんな言葉を発しています。

「さらば、この卒都婆がもろこしのかたへもゆられゆかで、なにしにこれまでつたひ来て、いまさら物をおもはすらん」とぞかなしみける。
(「この卒塔婆は、本来ならば、中国の方に流れていくものだろうに、そうではなく、この地にまで流れ寄ってきたとは……。そうやって我々のもとにやって来て、わたしたちに、どうしていまさら「物を思わせる」ことをしてくれるのだろう」と悲しんだ)

以下において、古典本文を引用する際には、できるだけ私自身のやや自由な訳(現代語ではあまり用いない敬語の類はできる限り省略するようにしています)を付すようにするつもりですが、流刑地から流れ着いた我が子・我が夫の手になる卒塔婆を目にした都の家族が、嬉しいでもなく悲しいでもなく、「なにゆえに、我々に物を思わせるようなことをしてくれるのか」と言って悲しんだ、というこの箇所を教室で読んだとき、最初、私はとても不思議な気持ちになりました。というより、「なにしにこれまでつたひ来て、いまさら物をおもはすらん」というのは、せっかく都まで卒塔婆を運んできてくれた僧に対して、なんてよけいなことをしてくれたんだ、と怒っているような気がして、正直なところはなはだ違和感を覚えたのです。でも、そのような言葉を発した康頼の母や妻の立場に自分の身を置いて考え直してみると、逆に、彼らは正直な気持ちだったのではないかと思えるようになってきました。自分たちはいま平家に謀叛を企てたものたちの家族ということで、都の片隅でひっそりと世を忍ぶように生きているしかない。そこへ康頼の、都に帰りたいという気持ちを訴えた和歌を記した卒塔婆が突然届けられたわけです。とすれば、それを見たとき、どんな気持ちになるでしょうか？　自分たちをこんな生活に追い込んだのは、康頼よ、あなたの軽薄な判断ミスによるものではないか、という怒り。もう、あなたのことは死んだもの（あるいは流刑地で死んでしまうだろう）と思ってあきらめていたのに、という思い。それとともに、もちろん、生きていることを知った喜びもあります。が、生きていると知った以上、いま、どんな生活をしているのだろうかという、家族であれば当然の心配も浮かんできますし、都に帰りたいという康頼の願いの切実さを知れば知るほど、いまの自分たちに何ができるだろうか、という思いも湧いてくるでしょう。そうしたもろもろの溢れてくる思いを、嬉しいとか悲しいというような簡単な言葉で表現することは不可能です。なにゆえに「いまさら物をおもは」すのか、という、一見不満を述べているような言い方のなかにこそ、自然な感情の発露があると思われてきて、私は深く納得したものでした。

もちろん、そのことをすぐに理解したわけではありません。若い学生たちを前に、自分でも戸惑いつつ、彼らの意見をも聞きながら、自分なりにあれこれ考えて、ようやくたどりついた自分なりの解釈です。

そして、この箇所について考えていたときに私の頭をよぎったのは、大学時代に事故で亡くなった弟に関するある思い出です。

東京で大学院生をしていた頃のことですが、夏休みに帰省した私に、母親がなにやら浮かない顔でこんな話をしてくれたことがありました。要約すれば以下のような内容です。

春先に、家に電話がかかってきた。出てみると、弟が高校二年の時の修学旅行のときに仲良くなったバスガイドさんからだった。その電話の内容は、以下のようなものであった。

「息子さんが亡くなったということを最近知ったので、電話しました。お悔やみ申し上げます。実は、わたくしのところに息子さんの声が録音されたカセットテープがあります。修学旅行中のバスのなかで録音したものです。よろしかったら送りましょうか」

母親はとりあえず、

「どんな内容か聞きたいから、よかったらこの電話で聞かせてくれないか」

と頼み、そのカセットから流れてくる弟の声を聞いた。

「で、どうだった」

と聞いた私に、母親は

「なんか、とても気持ちが悪かった」

と答え、

「テープは送ってもらわなくていいです」

と向こうには返事したそうです。

「失礼だったかなあ」

というので、どうやらそのときにどうすればよかったのだろうか、向こうの人に失礼なことをしたのではないだろうか、ということを私に相談したかったらしいことがわかりました。

「いや、そんなことはないだろう」

と、そのときの私は答えてすましたように思います。

そのことが、この『平家物語』のエピソードを読んだときに突然思い出されたのでした。電話をかけてきた方は当然好意であり、母親が喜ぶだろうと思ってのことだと思うのですが、母親が当惑した気持ちは、いまになってみればとてもよくわかる気がします。送ろうと電話をかけてきた方の好意と、電話ごしに弟の声を突然聞かされて当惑している母親。そういう落差が、『平家物語』のこの箇所を最初に読んだときに私が受けた感じによく似ているように思ったのです。

そして、そういうふうに自分の体験と重ね合わせていくと、なにげない一節なのですが、ここにはずいぶんと深い「人性の本質」を語るものがあるように思えてきて、うなってしまったのです。

そのあたりの機微を、年若い学生諸君にわかってもらえたかどうかはわかりませんが、こういうところにひっかかり、なぜこんなことを言わせたのだろうと考えるところに、古典を読むおもしろさが潜んでいるのだと思わないではいられませんでした。

最初に述べたように、文学作品は、読まなければなにもはじまりません。それと同時に、漫然と読んでいるだけでは、単に面倒な文章を読むという「お勉強」をしているだけになってしまうので、そのおもしろさはわかりません。書かれていることにひっかかり、なぜこんなことが書かれているのだろうと考えながら読む、そのことによって、その背後にあるさまざまの要素がわかってくる。それによって、その本文に含まれている意味がより深く理解されるようになるのです。そうなってはじめて、古典を読む意味が、本当にわかってくるのではないでしょうか?

## 2　作者と作品の関係について

さて、読まなければなにもはじまらない、という話から始めましたが、次に、「読む」ことにまつわる問題のうち、特に作者と読者の関係について述べてみたいと思います。

以下の文章は、高校の教科書にもよくとりあげられる蕉門《しょうもん》の代表的な俳論『去来抄《きょらいしょう》』の有名な一節です。

岩鼻やここにもひとり月の客　去来

先師上洛の時、去来曰く

「洒堂《しゃだう》はこの句を「月の猿」と申し侍れど、予は「客」勝りなんと申す。いかが侍るや」。

先師曰く

「猿とは何事ぞ。汝《なんぢ》、この句をいかにおもひて作せるや」。

去来曰く

「明月に乗じ山野吟歩《ぎんぽ》し侍るに、岩頭《がんとう》また一人の騒客《さうかく》を見付けたる」

と申す。先師曰く

「『ここにもひとり月の客』と、己《おのれ》と名乗り出でたらんこそ、いくばくの風流ならん。ただ自称の句となすべし。この句は我も珍重して、『笈《おひ》の小文《こぶみ》』に書き入れける」となん。

予が趣向は、なほ二三等もくだり侍りなん。先師の意を以て見れば、少し狂者の感もあるにや。退きて考ふるに、自称の句となして見れば、狂者の様も浮かみて、はじめの句の趣向にまされる事十倍せり。まことに作者そのこころをしらざりけり。

（以下でくわしく内容解説をしているので訳文は省略）

ここで問題になっているのは、去来の

岩鼻やここにもひとり月の客

という句の解釈です。去来は、同じ芭蕉の門人である洒堂に、下の句を「月の猿」にした方がいいのではないかと言われました。猿と月という取り合わせ、あるいは名月をながめる猿という組み合わせは、中国絵画や漢詩などによく出て来る伝統的な素材です。洒堂は去来の句がそういう伝統を踏まえて読まれたものだと理解し、それだったら、「月の猿」と言った方がいいのではないかという意見を述べたわけです。去来は、たぶんそこに一理あると感じつつも、しかし「月の客」でいいと思って、芭蕉が京都に来たときに質問したのでした。

芭蕉は、まず、この句でどういう光景を表現しようとしたのかを去来に聞いています。去来の返事は、中秋の名月に誘われて山野を歩いていると、岩の突端に、やはり月をめでている風流人がいた、それで嬉しくなって作っ

た、というものでした。しかし芭蕉は、

いや、そうではない。「月の客」というのは、自分自身のことなのだ。自分が月に向って、ここにひとりあなたを愛でている風狂の人がいるよ、と名乗り出た句と解するからおもしろくなるのだよ。私も気に入って手控えに記しておいたくらいなのだから。

---

と答えたのです。芭蕉は、去来の意図になかった、あるいはそれを超えた解釈を示したわけです。そして、その解釈に去来は深く納得し、「予が趣向は、なほ二三等もくだり侍りなん」「作者そのこころをしらざりけり」などと反省しています。先生の解釈の方が、「狂者の様（ここでは風狂の人というほどの意味で、もちろん肯定的な意味で用いています）」もあり、自分の意図したところよりも「十倍」以上すぐれていると感心しています。

当の作者が意図していない解釈を示されて、その方がすばらしい、と作者が納得してしまうということはそう多くはないと思いますが、ここに書かれているのはまさにその例です。

私たちは「文学作品」に接する場合、非常にしばしば、作者の意図はどのようであったのか、ということに関心を持ちます。また、近代以降の作者であれば、いろいろな機会に自作解説を試みていますから、それを読むことによってなるほどと納得し、それでわかった気になることが多いと思います。

しかし、この例が示唆しているのは、作者の意図が作品のすべてではないということです。作者をも納得させてしまう、作者の意図になかった解釈を提示することは可能であるし、ときにはそれを作者自身が納得し受け容れる場合もある、ということです。

芭蕉においてそれを可能にしたものは、連句制作を日常的に試みていたことと関係があるだろうと私は思っています。連句を実際に作ってみるとよくわかりますが、ある前句《まえく》に対して付句《つけく》を考えていくとき、あまりにも前句に付きすぎてはつまらない付句になってしまいます。適度に近く適度に離れることが大切なのですが、そういう句への接し方が習慣的になっていたからこそ、句の背後にある作者自身の思いを忖度《そんたく》することなく、句のことばが喚起するイメージを重んじた解釈を可能にしたのではないかと推測されます。

そうして、このことは我々のような、実作をしない、読むことだけに従事しているものに、大きな勇気を与えてくれます。作者の意図は絶対ではない。軽んじていいわけではないが、その意図を超えた読みは追求可能だし、そこにこそ文学作品の豊かな解釈は存している、という可能性を教えてくれているからです。

もっとも、こういう幸福な例ばかりではありません。むしろこの逆の例が多いと思われます。

私は、昔から平野謙《ひらのけん》という批評家が好きで、全集を読破したほどの人間ですが、その第十二巻に、自分の書いた新潮文庫版『青べか物語』解説の主旨を、作者である山本周《やまもとしゅう》五郎《ごろう》によって否定されたことへの反論を述べたエッセイが収められています。

平野謙の解説の主眼は、

> 時代物を専門とする作者自身の珍重すべき私小説ではない……『青べか物語』はいわばノン・フィクションとみせかけた精妙なフィクションにほかならぬ……現実の浦安町はそのための一素材にすぎない。

というあたりにあります。私小説的な身辺回想記の体裁をとってはいるが、そこに描かれた「浦粕《うらかす》町」は現実の浦安町とは質的に異なる、作者によって理想化の施された世界である、ということを、作中の主人公が読んでいるストリンドベリイの『青巻』という作品などを手がかりにしながらあざやかに説き示したものです。この文庫はいまでも手に入るはずですし、解説だけなら『平野謙全集』第八巻その他で簡単に読むことができます。私も、新潮文庫で『青べか物語』を読んだ折、この解説にとても感心した記憶があります。ですから、愚痴の多い平野謙にしてはめずらしく、「会心の文章」と呼んでこの解説を自讃しているのにも素直に同意できました。

しかし、残念ながら、それは作者の気には入らなかったようです。以下、少し長くなりますが、エッセイのその部分を引いてみます。

木村久邇典《きむらくにのり》という人の『人間山本周五郎』という本をみると、山本周五郎は私の解説を嘲笑したあんばいである。その次第を同書から引用しておく。

山本さんはゲラゲラわらいながらいったという。

オトナはいろいろなことをいうさ。とくに批評家は、作者が思いもしなかったことをコムズカシくあげつらうものだよ。そして年をとればとるほど、頑なに自説をまげようとしなくなる。頭が老化現象を起している証拠だな。そうはなりたくないものだ。『青べか物語』はあくまで、スケッチです。文藝春秋に掲載したときも特に希望して小説欄に組込むのをやめてもらったくらいじゃないか。

山本周五郎が私の解説に反発したもうひとつの理由は、ストリンドベリイの感想集『青巻』を、もしかしたら山本周五郎は尾崎士郎《おざきしろう》からすすめられ、愛読するようになったのかもしれない、という私の推定に反していたからだ、と木村という人はつけくわえている。しかし、『青べか物語』の解説にストリンドベリイの『青巻』を採りあげたこと自体がひとつの功績だった、と私はいまでもひそかに自負しないでもない。若い批評家だったら、『青べか物語』のなかから『青巻』のことに着目し、その取扱いかたをめぐって語を費やすというようなことは、まずしないのが普通だろう。作者にしてみれば、よくそこまで読んでくれた、といってもいいところじゃないかと思う。それにくらべれば、『青巻』を尾崎士郎にすすめられたか、その前から知っていたか、などはそもそも枝葉末節の話にすぎない。そんな枝葉末節にこだわるほど、山本周五郎は尻の穴のせまい人だったか、といささか興ざめにならざるを得ない。

　しかし、私は以前から会話体まじりの回想文にはあんまり信用をおかないことにしている。いちいちテープを取ったわけでもあるまいし、会話体で回想文を書くこと自体、すでにひとつのフィクションがまじるのを防ぎがたいのである。それに『人間山本周五郎』の場合は、いっそう信用できない理由がある。というのは、『青べか物語』には全く小説的粉飾がほどこされていず、すべて正確なデッサンの上に成りたっている、云々というさきに引用した文章は、木村久邇典その人の文章を要約したものだからである。私は木村という人をやっつけるつもりはさらさらなかったから、名前も場所も明記せず、ただそういう説があるが、「私にいわせてもらえば」それはちがうとだけ書いておいたのである。いま念のために明記しておけば、それは講談社版《山本周五郎全集》第八巻附録月報の『作品覚書』という文章である。一般読者は知らないにしても、すくなくとも木村その人と山本周五郎とはそのことをよく承知していたにちがいない。そこで、もしかしたら山本周五郎は一極の会釈の意味で、さきに引用したにちかいことを口走ったかもしれない。口走らなかったかもしれない。いまとなっては死人に口なしである。問題は作者がなんといおうと、『青べか物語』を虚心に読んで、私の説が正しいか誤っているかを、作品論として論ずること以外にないだろう。

（全集第十二巻一八八〜一九〇頁、初出は「死人に口なし」『文学界』昭和四十四年十月）

平野謙らしい情理を尽くした反論であり、これ以上解説する必要はないでしょうが、どちらかというと作品そのものよりも作家の生活を詮索することの好きな評論家とみられがちな平野謙にしてこの言のあることが、私にはとてもおもしろく思われます。「作者がなんといおうと、『青べか物語』を虚心に読んで、私の説が正しいか誤っているかを、作品論として論ずること以外にない」という末尾の一文は、まさにわが意を得たりというべきものです。作者の言ったことを後生大事に追認するだけで終っているような近代文学関係の論文を見るにつけても、主体的な読みを背景にしないまま、作品を調べたり、文献あさりをしたりしても、それは本当の文学研究にはならないとあらためて思わされたことです。

もうひとつ、映画関係から例を引いてみましょう。

以下は、黒澤明《くろさわあきら》監督に映画監督でもある映画評論家の原田眞人《はらだまさと》氏がインタビューしたものの一節です。

---

原田　（『八月の狂詩曲《ラプソディー》』は）音楽ひとつにしても「野ばら」とヴィヴァルディが見事な調和で盛り上げる。音楽で言うなら僕には「ボレロ」も聞こえてきた。画面の流れが「ボレロ」なんです。それも早坂《はやさか》（文雄《ふみお》）さんが『羅生門《らしょうもん》』でやられた「ボレロ」。絵（画面）をつないでいるときとか、脚本をお書きになっているときに「ボレロ」を意識されましたか。

黒澤　いや、それは意識していなかったですね。

（中略）

原田　なぜ早坂文雄さんの「ボレロ」が聞こえてきたのかなと、自分でもいろいろ考えてみました。『八月の狂詩曲』は入道雲のショットから始まっていますね。『羅生門』は入道雲で終わりたかったけれども終われなかった映画だということを、どこかで黒澤監督が書いておられて、それを読んで記憶にあるのですけれども、入道雲で始まって、タイトルが出て、四人の子供がおばあちゃんの田舎の家ですごす夏のドラマがあって、最後に『羅生門』の導入部のような土砂降りの雨になる。ちょうど『羅生門』と逆の形なんです。

黒澤　（笑いながら）まあ、そういう具合にこじつければね。

（中略）

原田　『八月の狂詩曲』は、原作が『鍋の中』（村田喜代子《むらたきよこ》）、『羅生門』の場合は『藪の中』（芥川龍之介《あくたがわりゅうのすけ》）ということもあって、わりと人間関係のごたごたしているところとか、『羅生門』とつながっている部分というのはありませんか？

黒澤　ない。

（『黒澤明語る』福武書店より）

---

ご覧のように、原田氏の質問はすべて作者である黒澤監督によって否定されています。それはみごとなほどで、思わず笑い出してしまいそうなくらいです。もっともこの引用は、一冊の本になっている長い対談から、原田氏の質問が否定されているところばかりを意識的に集めて引いたので、ちょっと印象がよくないかもしれませんが、対談自体は原田氏の黒澤監督とその作品に対する愛情に溢れたものであり、終始和やかな雰囲気で行なわれています。

それはともかく、このように御本人によって否定された原田氏の見解は、全く無意味なものでしょうか？　そうではないはずです。この一節を読んだだけでも、音楽や映像との関わりを通して『羅生門』と『八月の狂詩曲』という、四十年以上へだたったふたつの作品に関連を見つけようとする原田氏の見解は映画批評としてまことにまっとうなものであると断言できます。あらすじや、演じた役者についての感想でお茶を濁している昨今の映画ライターと称する人々には真似のできない、高い志を持ったきわめてすぐれた映画批評であると思います。と同時に、こういうやりとりは、作者にとってはかなりうっとうしいものだったろうな、とも思わせられます。単にほめるとかけなすとかいうレベルではない、あるいは制作の苦労話を聞くというのではない、このように客観的かつ分析的な批評を直接ぶつけられても、作者としては応対に困るというのが正直なところだったと思われるからです。監督のそっけない返事は、そういう意味での困惑ぶりを示すものと考えるべきで、意識的にそっけなくしているわけではないと思います。私などは、逆に、黒澤監督が『八月の狂詩曲』冒頭の入道雲のショットや土砂降りの雨の結末について、実は『羅生門』の逆をねらったのだ、などと発言したとすれば気持ちが悪いと思います。作者はそこまで意識的でない方が普通であり、作者の生理が無意識に選び取ったショットが、結果的にそういう意味づけが可能なものになっている、というのが普通だと考えられるからです。

以上、古典文学ではない例をたくさんあげながら、作品と作者の関係について述べてきましたが、そうはいっても、作品を読むためには、作者に関する情報や作品が生み出された時代についてよく知っていることは必要です。ただ、あまりにそれにとらわれてしまうと、我々の「読み」がやせ細ってしまうと思います。必要な情報は取り入れながら、なんとか主体的な読者として、作品が潜在的に持っているであろう可能性を発掘するような読み方をめざしたい、というのが私の基本的立場です。

## 3 「語り」への注目

この本で、私は、江戸時代に書かれた「小説」を取り上げていくつもりでいますが、漫然と取り上げ、あらすじを述べ、作者と時代について解説し、少しばかり感想を付す、というようなことをやるつもりはありません。取り上げる作品は、どれも小説の方法として注目すべきものばかりです。特に、それらにおける「語り」のあり方を解明する、ということを大きな柱において読んでいこうと考えています。そういう柱を立てておくことにより、単なる感想を羅列するような読み方から逃れられるのではないかと思っているからです。

ただ、ここで突然「語り」という用語を持ち出しても、よくわからないという人が多いと思います。「語り」について述べた研究書はたくさんありますが、それらを引用して説明する、という方法ではなく、私がこの問題に関心を持つきっかけになった平安朝の物語作品を例にしながら、自分なりに「語り」ということについて述べてみようと思います。

## 1.「語り」とは？

なによりもまず、物語や小説においては、「作者」と区別される「語り手」というものが内在している、という理解が、以下の考察における大前提であり、出発点になります。

これは、いろいろな用例から帰納的に導き出されるもの、というより、このような前提を最初に置いておく方が、作品を分析的に読んでいく際には有効である、というふうに考えるべき性質のものです。かつては、作品のなかに作者が顔を出しているといわれていたような箇所を考えてもらえばいいのですが、そういう箇所を、いまは「作者」と言わず、「語り」とか「語り手」という言い方をする、と理解してもらってもかまいません。

このことは、たとえば、『源氏物語』やその前後の物語に関する研究であれば常識になっていると思いますし、近代文学の研究者にとってもほぼ常識になっているでしょう。しかし、近世小説（江戸小説）の研究においてはまだ常識ではないし、共通の認識になっていないと思います。

そこで、まず、私自身が物語や小説における「語り」あるいは「語り手」ということをどういうふうに考えているか、ということを、自分なりの言葉で語っておきたいと思います。

これに関しては、体験的に語ることのできる話芸（講談や落語。実は私は神田《かんだ》陽子《ようこ》師匠が主宰する講談教室に通っており、何度かその発表会等で講談を演じたことがあります）に即して説明を試みることにしましょう。

講談や落語では、いきなり本題に入っていくこともありますが、たいていはマクラにあたる話をします。このときは、おおむね、語り手自身がその体験談を語る、という形式をとります。

---

昨日、電車に乗ったところ、こんな人をみかけまして……

というふうに話し始めるわけです。で、我々のように素人であれば、実際に昨日ないし数日前に体験したことをそのまま語ることが多いわけですが、プロであれば、同じようなマクラを何十回となく話すことになります。また、そのあとやろうとしている演目とのつながりを考慮しながらマクラの話題を選ぶわけですから、プロの場合は、自分の頭の抽斗《ひきだし》のなかにしまいこまれているいくつものマクラの材料を適宜取り出して、その場のお客さんの反応を見ながら話す、ということになります。ですから、つい最近の体験であるように語っていても、ときには何年も何十年も前の体験であったりするわけです。かつ、何度も話していれば、当然、内容もこなれ整理されていきますから、実際の体験と異なってくることも多々あります。聞き手の反応を見ながらその場で修正していくことも多いと思いますが、そうでありながら、まるで昨日実際に体験したように語る、というあたりがプロとしての芸になるわけです。ですが、ここで私が言いたいのはそういう「芸」のことではなく、こういうふうに話芸のマクラで、一人称で語っている「自分」という語り手は、実は本当の自分からは離れた、かなり変形された、仮構された「自分」である、という点です。

また、落語はサゲを語ってそのまま頭を下げて高座をさがるということが多いわけですが、講談だと、最後のしめくくりはだいたいにおいて、

これをもちまして○○の読み終わりと致します。ご清聴ありがとうございました。

というふうになるわけです。が、それは、あくまでも形式に従って語っているだけなので、本心では、今日のお客さんはあまり「ご清聴」とはいえなかったな、などと不満を感じているかもしれません。そういうところも、本心とは違うことを語り手として口にすることがあるわけです。

あるいは、話の途中で、素にもどって解説口調になることも多いのですが（その頻度は講談の方がはるかに多いといえますが、落語でも解説的口調になることはあります）、それでも、高座にいる間はあくまでも「演者」として「素」にもどっているだけで、自分自身の奥底にある完全な本心というものを語っているわけではありません。そもそもそういうものを語りうるのか、という問題は別にしても、です。

こういうふうに挙げていけば、いくらも例はあげられるわけですが、要するに、こういう話芸における語り手と語り手自身の本心・内面との関係というのは、物語・小説における「語り手」と「作者」の関係に比定することができる、というのが、私の「語り」論の基本になります。

物語・小説の場合、我々は読者としてこれらに接近していくわけです。とすれば、物語・小説に内在している「語り手」が、我々読者をどこへ導こうとしているかを、きちんと見極めていく必要があります。その上で、「語

り手」の背後にいる「作者」について考えていくことになるわけです。

## 2．なぜ近世小説の「語り」に注目するか——『源氏物語』の「語り」から学んだこと

私は、一九九四年から現在（二〇一七年）に至るまでずっと、一般市民を対象にした『源氏物語』講読の講座を続けてきています。勤務先が金沢大学であった時代にはじめたもので、約十六年で「桐壺《きりつぼ》」から「夢浮橋《ゆめのうきはし》」までの五十四巻を読み終えました。いまも月に一度金沢に出かけ、二サイクル目の『源氏物語』講読を続けています。また、東京でも、月二回の「『源氏物語』を読む会」というのをはじめており、今年の秋には「須磨《すま》」に入ろうというペースで進んでいます。

ですから、『源氏物語』は自分なりにかなり丁寧に読んでいると思いますが、そのなかで、技法的にいちばんおもしろくかつ興味深いと思っているのが、作中の随所にあらわれる「語り」（専門家は古注釈に出る用語を用いて「草子地《そうしじ》」などという言い方をします）です。

たとえば、次に引くごく短い「語り」（本文の傍点部）は「若紫《わかむらさき》」の巻に出るものですが、『源氏物語』の「語り」の質をうかがうに足る内実を有している例だと思います。

夜ひと夜風吹き荒《あ》るるに、「げにかうおはせざらましかば、いかに心細からまし。同じくはよろしきほどにおはしまさましかば」とささめきあへり。乳母は、うしろめたさに、いと近うさぶらふ。風すこし吹きやみたるに、夜深う出でたまふも、事あり顔なりや。

（一晩中嵐が吹き荒れていた。「ほんとに、こうして光源氏さまが来てくださらなかったら、どんなにか心細かったことでしょうね。どうせなら、こんな幼いお姫様でなく、結婚できるほどの年になっていれば、いうことはないんですけどねえ」

などと、女房たちはひそひそ声で話している。乳母の方は、〈まさか源氏が妙なことをするなどとは思わないものの〉二人の様子が気になるので近くに控えている。風が少しやんだようなので、光源氏は、まだ夜のあけぬうちにと帰って行ったが、そのさまは、いかにも後朝《きぬぎぬ》のよう)

幼い紫の上の面倒をみていた祖母の尼君が亡くなったあと、紫の上は乳母と数人の女房たちと都の邸にもどって心細く過ごしています。そのことを聞きつけた光源氏が、冬の嵐の吹き荒れる晩、「宿直人《とのいびと》」と称して惟光《これみつ》等を引き連れて訪ねていき、紫の上が起き出してきたのを幸いに、その寝所に強引に入り込み、一夜を過ごします。実際に成人の男女がなすようなことをしたわけではありません(『源氏物語』の批評用語に「実事」というのがあり、二人が行為に及んだかどうかを問題にするときに用います。このときは「実事なし」だったわけです。知っているととても便利な用語です)が、「夜深う出」ていく、その光源氏のさまが、後朝に帰って行く男と同じようで、いかにも「事あり顔」だ、「実事」があったような様子で出て行っている、と揶揄《やゆ》している「語り」であります。それは、源氏の願望であり、乳母もまわりの女房たちも、数年後の紫の上に関してならば、そうであってほしいと願っているものの、いまはまだその時期ではないと思っている、そういう微妙な周囲の思惑をすべて含んだかたちで、この「事あり顔なりや」という「語り」、すなわち批評が書かれているわけです。これは、とても高度な技法感覚に裏付けられた評言になっていると思います。

『源氏物語』の「語り」としては、「帚木《ははきぎ》」巻冒頭及びこれと照応関係にある「夕顔《ゆうがお》」巻末尾の部分が、いわばマクラと結びにあたる関係にあるものとして有名です。くわしく述べると長くなるので、ここで詳述はしませんが、自身の語りの姿勢や、語る内容に対する自己批評を含ませながら、そういう批評的姿勢を読者と共有しようという機能をも持たせているもので、この作品の「語り」の姿勢を考える上でとても重要な示唆を与えてくれる箇所です。
また、登場人物をどう呼ぶかということも、「語り」の立場を知る上でとても大切な問題だと思います。
『源氏物語』において、逢い引きのシーンでは、「男」「女」という呼称がよく用いられるということは、この作品を原文で読むとすぐに気がつくことのひとつです。

正身《さうじみ》は、何の心げさうもなくておはす。男は、いと尽きせぬ御さまを、うち忍び用意したまへる御けはひ、いみじうなまめきて、
（末摘花ご本人は、なんの準備もなくいる。〈手引きされてきた〉男の方は、すばらしいその姿をお忍びの姿にやつしているのがとても優雅で色っぽく）

「末摘花《すえつむはな》」の巻で、はじめて光源氏と末摘花が逢う場面です。ここで、「男」と呼ばれているのが源氏です。他のところでは「君」とか官職名の「中将」などと呼ばれているのに、こういうふうに逢い引きのシーンになると「男」と呼ばれるわけです。「女」と呼ぶ例としては、「桐壺」の巻の、源氏の母桐壺更衣《きりつぼのこうい》が病のために宮中を退出する場面がもっとも早い例になるでしょう。

輦車《てぐるま》の宣旨《せんじ》など、のたまはせても、又、いらせたまひては、さらにえ許させ給はず。「限りあらむ道にも、後れ先だたじと、契らせ給ひけるを、さりとも、うち捨ててはえ行きやらじ」と、のたまはするを、女も「いといみじ」と、見たてまつりて、

「かぎりとて別るゝ道のかなしきにいかまほしきは命なりけり

いと、かく思う給へましかば」と、息も絶えつつ聞こえまほしげなる事はありげなれど、いと苦しげにたゆげなれば、

（帝は、輦車で宮中の門を出入してよいという勅命を発したあとも、また部屋にもどり、出ていくのを許そうとはしない。「死出の道も一緒にと約束したではないか。なのに、私だけを残すなんてことはないだろうね」とかきくどく帝のお言葉を聞いて、女もたまらなくなり、

「かぎりとて別るる道のかなしきにいかまほしきは命なりけり

こうなるとわかっていましたら……」

と息もたえだえに和歌を詠み、さらに申し上げたいことはある様子なのだが、まことに苦しそうなので）

ここでは桐壺更衣が「女」と呼ばれているわけですが、小学館版『新編日本古典文学全集』には、

「女」の呼称に注意。男女関係を強調する表現である。

という注があります（ちなみに玉上琢彌《たまがみたくや》氏の『源氏物語評釈』や旧版『日本古典文学大系』には、この箇所に注はありません。同じ小学館の旧版『日本古典文学全集』にもまだ注は付されていません。『新潮日本古典集成』や『新日本古典文学大系』には、なんらかのかたちで「男」「女」とあるところには注がついています。こういうところからすると、「男」「女」という呼称に関心が向かうようになったのは、ここ四、五十年のことのようです）。ここは、帝と更衣の最後の別れのシーンで、格別性的な意味合いがあるわけではありませんが、帝と更衣の男女としてのつながりの深さを示すための用法と考える

べきところです。

次の「浮舟《うきふね》」の例では、「男」「女」が相次いで出ています。

朔日《ついたち》ごろの夕月夜《ゆふづくよ》に、すこし端近く臥してながめ出だしたまへり。男は、過ぎにし方のあはれをも思し出で、女は、今より添ひたる身のうさを嘆き加へて、かたみにもの思はし。

(〈薫は〉月初めの月夜の下で、端近くで横になって外の景色を見ている。男の方は、これまでのつらい恋のあれこれを思って、女の方は身に降りかかってきた難題を思って、互いに物思いがちでいる)

ここで、「男」と呼ばれているのは薫《かおる》、「女」はもちろん浮舟です。薫が宇治に住まわせている浮舟を訪れた場面ですが、その直前に彼女は匂宮《におうのみや》と強引に関係を結ばされてしまっています。が、薫はそのことを知りません。『新編日本古典文学全集』の、

「男」「女」とある点に注意。男女一幅の絵を思わせるが、しかしながらその心と心は断絶している。薫は浮舟を通して、彼女によく似た亡き大君《おおいきみ》の思い出を懐かしむ。浮舟は、ただでさえつたない運命であったのに、そのうえ薫と匂宮との板挟みの苦しみまで背負うことになった身の上を嘆く。

という丁寧な注で、このシーンのもつ意味は充分にわかってもらえるでしょう。

このように、逢い引きのシーンに用いるということを基本にしながら、「男」「女」という語は、まことに多彩な使われ方をしているわけです。

ところで、余談になってしまいますが、『源氏物語』のこういう表現に興味を持ち始めた頃——まだ四十代前半の頃でした——は、ちょうど人文学の世界でコンピュータを扱うことがようやく普及しはじめてきた時期でした。早速、その当時、手元にフロッピーディスク数枚に分けて持っていた『源氏物語』の電子データから、「男」「女」を含むデータを検索して取り出したことがありました。もちろんその結果には、「男女」とか「男君」「女君」というようなデータも含まれていましたから、それらを取り除く作業も必要だったわけですが、そうやって整理したデータをながめていても、そのシーンに出る男・女が誰のことなのかがさっぱりわかりませんでした。本文はごくわずかしか読んだことがなかったわけですから当然といえば当然なのですが、いちいち該当の場面のテキストを開いて調べないといけません。しかも、ご承知のように、『源氏物語』は一頁や二頁読んでも、すぐにはどういう場面なのか呑み込めないことはざらです。はじめて読む巻などは、あらためて最初から読んでみて、ようやくそのシーンの人物関係が呑み込めた、というありさまで、結局この作業は、一巻目の最初の方を点検しただけで放棄してしまいました。こういうことをやるには、『源氏物語』をしっかりと読み込んでおかなければ駄目だな、と思ったのをよく覚えています。

いまでも、コンピュータを使って検索すればすぐにわかるだろう、というような言い方をする人がいます。が、古典関係のデータに関していうと、そんなに簡単にわかることは絶対にありません。原データをしっかりと読みこなす力のない人間は、どんなに膨大なデータを与えられてもそれを有効に使いこなせないからです。いまはその当時以上にコンピュータ環境は整ってきていますが、しかし、我々の側にコンテンツを読み解く能力がなければ、きわめて浅薄な使い方しかできないと思います。ネットに溢れている底の浅い言説の多くがそのことを証明しています。

ちょっと横道にそれてしまいました。『源氏物語』にもどりましょう。

以上に述べたことは、『源氏物語』における「語り」のほんの一例にしかすぎません。が、これだけでも、この作品における「語り」が、きわめて高度であり多彩なものであることがわかると思います。『源氏物語』の「語り」について多くの研究があるのは当然ですが、近世文学研究を専攻する私の主たる関心は、こういう技法が、どのように受け継がれていったのだろうか、特に、近世の小説家たちにこの技法はどのように意識されていたのだろうか、という問題です。

たとえば、『好色一代男《こうしょくいちだいおとこ》』の主人公の先行モデルが在原業平《ありわらのなりひら》と光源氏であることや、五十四章という構成が『源氏物語』の巻数と対応しているというようなことはつねに指摘されますが、小説の技法面でのつながりというようなことはあまり問題にされません。

上田《うえだ》秋成《あきなり》の場合も、『源氏物語』の文章を利用している箇所は『雨月物語《うげつものがたり》』のなかでいくつも指摘されていますが、それ以上のことは、なかなか問題にできないし、されてもいないというのが現状です。

しかし、この現状は、かれらが『源氏物語』の小説技法に関心を持たなかったことを意味しないはずです。彼らは彼らなりに、小説制作のプロセスにおいて、「語り」ということに自覚的であったはずで、それに無関心であるのは、我々研究者の側の怠慢にすぎない、というのが私の基本的なスタンスです。

## 3．『源氏物語』以前の「語り」——『竹取物語』の場合

「語り」分析の予行演習として、『源氏物語』以前のいくつかの物語作品における「語り」のあり方について見ておきたいと思います。こういう予備作業を通して、物語・小説の「語り」に注目し、それを分析していくと

いうことがどういうことなのか、ということの具体例を理解していただければと思います。

まずは、「物語の出で来はじめの祖《おや》」である『竹取物語《たけとりものがたり》』を取りあげてみます。この作品のなかで「語り手」が明瞭なかたちで姿をあらわしてくるのは、物語の一単位というかひとつの説話がひとくぎりついたとき、語源にむすびつけて話のしめくくりというかオチを記す箇所です。

たとえば、かぐや姫の求婚者の一人である石作《いしつくり》の皇子《みこ》が姫から与えられた課題は、「仏の御石の鉢」を持ってくるようにということでした。が、さまざまに手を尽くしたにもかかわらず見つからなかった彼は、やむなくにせものを持参しますが、即座に見破られてしまいます。それで、彼は鉢を捨ててしまいますが、その顚末《てんまつ》を記したあとに、

かの鉢を捨てて、また言ひけるよりぞ、面《おも》なき事をば、はぢを捨つとは言ひける。
(あのニセの鉢を捨てたあともなにやかやあつかましくも言ってきたので、これ以来、あつかましいことを「恥〈鉢〉を捨てる」というようにった)

という「語り」が来るわけです。

こういう箇所が『竹取物語』的「語り」の典型です。

こういうふうに、話の区切りごとにオチを付けようという発想は説話にならったものといえますが、すべての区切りに必ず語源譚を付してしめくくりにするというのは、きわめて明快な構成意識に裏付けられていることを意味しています。我々は「物語の出で来はじめの祖」という定義につられてついつい『竹取物語』をプリミティ

ブな物語であると考えてしまいがちですが、決してそうではなく、この作品自体は成熟した物語作品とみるべきです。

物語のプリミティブな段階のものは、たぶん漢文で書かれた諸文献のなかに埋もれているでしょうが、それを追及することは別の課題でしょう。

## 4.『源氏物語』以前の「語り」——歌物語の場合

『源氏物語』以前の物語では、『竹取物語』『うつほ物語』『落窪物語《おちくぼものがたり》』等の作り物語の系統と『大和物語《やまとものがたり》』『伊勢物語《いせものがたり》』等の歌物語の系統に分類するのがふつうですが、作り物語の系統については、『竹取物語』に代表させることにして、ここでは、『大和物語』と『伊勢物語』の「語り」について見ていきます。このふたつは、同じ歌物語といっても、それぞれの「語り」のあり方はかなり違っているように思われます。

まず、『大和物語』の「語り」の例として第八段をみることにします。

この段では、監《げん》の命婦《みょうぶ》と中務《なかつかさ》の宮《みや》とのやりとりを紹介しています。前半は、方塞《かたふた》がりで行けないと言ってよこした中務の宮のもとに、

あふことのかたはさのみぞふたがらむひとよめぐりの君となれれば

と送ってきた監の命婦の歌にめでて、方塞がりにもかかわらず通っていったという話です。後半は、その後また通わない時期が続いたあと、

嵯峨院《さがのゐん》に狩すとてなむひさしく消息《せうそこ》などもものせざりける。いかにおぼつかなくおもひつらむ。
（嵯峨院で狩をするといって、長い間連絡をしなかった。どんなにか心配したことだろうね）

という便りに、

おほさはのいけの水くきたえぬともなにかうからむさがのつらさは

という返歌のあったことを紹介し、

御返しこれにやおとりけむ。人わすれにけり。
（返歌はこれよりも劣っていたのであろう。人々は忘れてしまった）

というふうに、中務の宮の方の歌はあまり上手ではなかったので忘れられていった、と説明しています。

この「語り」は、歌のやりとりのなにがおもしろく、どこがつまらなかったを解説しているものです。『大和物語』の基礎になっているのは、女房たちの間で語られていた「歌語り」であろうといわれますが、そういうやりとりを物語のなかに採録するにあたっての基準を語っているというい方もできます。『伊勢物語』でいうところの後人注と呼ばれるようなメモ的なものが、『大和物語』の「語り」のほとんどを占めているといえます。

しかし、『伊勢物語』の方には、『大和物語』的なものもかなりありますが、それを凌ぐ、相当に批評的な「語り」がみられるのが大きな特色です。

まずは第三段です。

むかし、おとこありけり。懸想《けさう》じける女のもとに、ひじきもといふ物をやるとて、

思ひあらば葎《むぐら》の宿に寝もしなんひじきものには袖をしつつも

二条の后のまだ帝にも仕うまつり給はで、ただ人にておはしましける時のこと也。

（むかし、男がいた。懸想している女の所に「ひじきも」を送ったときに次の歌を添えて送った。

思ひあらば……

二条の后がまだ出仕しない、普通の人でいたときのことである）

「二条の后……」以下は、本文で「おとこ」「女」とした二人の素性を語るものです。『大和物語』のように最初からそれぞれの男女の名を特定しないで、一般的な（名を持たぬ）男女のやりとりとして提示した上で、必要に応じてその事情を語るというのが、『伊勢物語』の基本的なスタイルです。

次の第六段は教科書にもよく採録されている段なので御存知の方も多いはずです。

むかし、おとこありけり。女のえ得《う》まじかりけるを、年を経てよばひわたりけるを、からうじて盗み出でて、いと暗きに来けり。芥川といふ河を率《ゐ》ていきければ、草の上にをきたりける露を、「かれは何ぞ」となんおとこに問ひける。ゆくさき多く夜もふけにければ、鬼ある所とも知らで、神さへいといみじう鳴り、雨もいたう降りければ、あばらなる蔵に、女をば奥にをし入れて、おとこ、弓、胡簶《やなぐひ》を負ひて戸口に居り。はや夜も明けなんと思ひつつゐたりけるに、鬼はや一口に食ひてけり。「あなや」といひけれど、神鳴るさは

ぎにえ聞かざりけり。やうやう夜も明けゆくに、見れば率て来し女もなし。足ずりをして泣けどもかひなし。

白玉かなにぞと人の問ひし時露と答へて消えなましものを

これは、二条の后のいとこの女御《にようご》の御もとに、仕うまつるやうにてゐ給へりけるを、かたちのいとめでたくおはしければ、盗みて負ひていでたりけるを、御兄《せうと》人堀河《ほりかは》の大臣《おとど》、太郎国経《たろうくにつね》の大納言《だいなごん》、まだ下臈《げらふ》にて内へまゐり給ふに、いみじう泣く人あるを聞きつけて、とどめてとりかへし給うてけり。それをかく鬼とはいふなりけり。まだいと若うて、后のただにおはしける時とや。

(むかし、男がいた。なかなかものにできない女を、何年もくどき続けていたが、やっとのことで盗み出し、暗がりのなかをやって来た。芥川という川のところまで連れてきたところ、女が草の上に置いた露を見て「あれはなあに」と男に聞いた。このさきまだまだあるのに、夜が更けてきて、鬼が出るところとも知らず、雷が鳴り、雨もはげしく降ってきたので、あれはてた蔵の奥に女を押し入れ、男は弓と胡簶をかついで戸口にいた。早く夜が明けてほしいと思っているうちに、鬼が出てきて女を一口に食ってしまった。「あれっ」と叫んだのだが、雷の音にまぎれて男には聞こえなかった。夜が明けたので奥を見ると、連れてきた女がいない。足摺《あしずり》をして泣いたが、もうかいのないことであった。

白玉かなにぞと人の問ひし時露と答へて消えなましものを

実は、これは、二条の后がまだ入内する前に、いとこの女御のところにお仕えするようにして住んでいたのを、とてもうつくしいので盗み出して背負って出て行ったものがいたのである。それをまだ身分の低かった兄の基経・国経が参内《さんだい》の途中に見つけて取り返したものである)

この段は、「白玉の」の和歌までで完結しており、「これは、二条の后のいとこの……」という「語り」はむしろ不要だとさえ感じられます。

私は、この箇所を読むと、いつも吉本隆明《よしもとたかあき》の初期の文章のひとつ「伊勢物語論Ⅰ」（『吉本隆明全著作集』第四巻）にある次のような文章を思い出します。

> 僕たちは前半において緊迫した散文精神を味ふことが出来る。女が夜露をみてこれは何でせうと問ふあたり僕たちは殆《ほと》んど声をあげて感嘆しそうになる。あたかもそれは歌の要をぴったりと射当てているわけだ。しかし決して詩人の手になったものではないやうだ。
>
> 鬼がひと口に喰ったなどといふ比喩があるが悪趣味で詩人の為すべき業ではない。其の上に引用歌以後には弛緩《しかん》した弁明があるわけだが僕はともすれば此処にも三人の作者を思ひ浮べたくなって仕方がない。

前半の「緊迫」と後半の「弛緩」という評はたしかにそのとおりなのですが、たぶんそれは、成立過程の問題でも、江戸時代にいわれてきた後人の注がまぎれこんだのでもなく、第六段に当初から存在したものと考えるべきでしょう。それが『伊勢物語』という作品なのです。

しかし、すべての章段の「語り」が弛緩したものであるならば、あえて『大和物語』と区別して扱う必要はなかったわけですが、その観点から見ても、初段の「語り」は、きわめてあざやかです。

> むかし、おとこ、うひかうぶりして、平城《なら》の京、春日の里にしるよしして、狩に往にけり。その里に、いとなまめいたる女はらから住みけり。このおとこ、かいまみてけり。おもほえずふるさとに、いとはしたなくてありければ、心地まどひにけり。おとこの着たりける狩衣《かりぎぬ》の裾を切りて、歌を書きてやる。そのおとこ、しのぶずりの狩衣をなむ着たりける。

かすが野の若紫のすり衣しのぶのみだれ限り知られず

となむおひつきていひやりける。

ついでおもしろきことともや思ひけん。

みちのくの忍ぶもぢずり誰ゆへにみだれそめにし我ならなくに

といふ歌の心ばへなり。

昔人は、かくいちはやきみやびをなんしける。

（むかし、男が初冠《ういこうぶり》をして、旧都平城の春日の里に領地があったので狩りに出かけた。その里にとても色っぽい姉妹が住んでいたのをこの男はかいまみてしまった。こんな旧都に、なんとまあ不似合いな、と思ってびっくりしてしまった。それで着ていた狩衣の裾に歌を書いて贈った。

かすが野の若紫のすり衣しのぶのみだれ限り知られず

という歌を、すこし背伸びした感じで贈ったのである。こういうふうにするのがとても風流なことと思ったのであろう。

みちのくの忍ぶもぢずり誰ゆへにみだれそめにし我ならなくに

という歌と同じ雰囲気である。

昔人はなんとはげしい「風流ぶり」をしたものであろうか）

「ついでおもしろきことともや思ひけん」と男の行動を解説し、「みちのくの……」の古歌を対照しつつ「かすが野の……」の歌の心ばえを解説した上で、「昔人は、かくいちはやきみやびをなんしける」と評して終えるこの「語り」は、「歌語り」に付すものとしてはほぼ完璧と言えるのではないでしょうか。これあるがゆえに、『伊勢物語』は『大和物語』を超えるといってもいいと私は思います。

以上はもちろん、『源氏物語』以前の物語における「語り」の特徴を瞥見《べっけん》しただけにすぎません。が、こうしてみるだけでも、平安前期の物語が、『竹取物語』から『源氏物語』へと至る期間に到達した地点がどのようであったかがうかがえると思います。

## 4　御伽草子の「語り」

平安期の物語作品にみられた「語り」が、近世小説では、どのようになっているか、というのが、当面の私の関心です。その関心に従って、まずは、御伽草子《おとぎぞうし》を見ていきましょう。

御伽草子を近世の小説にいれてしまうと、あるいは異論が出るかもしれません。が、ここでは、渋川版《しぶかわばん》の御伽草子から数作を選んで検討してみるつもりです。これらは、成立時期としては中世末になるかもしれませんが、江戸期においてひろく読まれた作品で、以後の小説を含むいろいろな文学作品に取り入れられています。それと同時に、中世小説的な「語り」の要素をかなり残してもいますから、中世から近世への過渡的な要素を検討するという意味でも大切な作品群だと思います。

なお、こういうふうにあるジャンル全体の性格を検討していく際、網羅的に調べていく方法と、典型的な作品をいくつか取りあげて、それを通してジャンルとしての特性を考えるという方法があります。私はここでは後者の方法を採りたいと思います。網羅的に調査するだけの根気も時間もないというのが大きな理由ですが、同時にまた、そこにとらわれていると、近世小説を総体としてつかまえたいという当初の目的が達せられなくなるからです。

ここでは、渋川版御伽草子二十三篇から、「浦島太郎」と「物くさ太郎」を選ぶことにします。「浦島太郎」は、渋川版御伽草子を代表する作品として選んだものです。これは、たとえば、「文正草子《ぶんしょうぞうし》」であってもいいのですが、作品の知名度を考慮して選びました。「物くさ太郎」を選んだ理由は後述のとおりで、これは他の作品で代替することは不可能です。

## a 「浦島太郎」の「語り」について

「浦島太郎」のなかで、「語り」というべきものが最初にあらわれるのは、次の箇所です。

さて船より上り、いかなる所やらんと思へば、銀の築地《ついじ》をつきて、金の甍《いらか》をならべ門をたて、いかならん天上の住居も、これにはいかで勝るべき。この女房の住み所、言葉にも及ばれず、なかなか申すも愚かなり。
(さて船を降りて、どんなところだろうと見渡すと、銀の築地塀に金の甍を並べ、立派な門のある邸宅です。どんな天上の住《すま》いもこれにまさるとは思えません。この女房の住んでいるところの見事さはとても言葉に尽くせません。言うだけヤボというものです)

浦島が亀とともに龍宮城に到着し、その建物を見ている場面です。「いかなる所やらんと思へば」の主語は、浦島と考えてよいでしょうが、後半の「申す」の主体は浦島ではありません。とすれば「語り手」の言葉とみなさざるを得ないことになります。御伽草子にしばしばみられる典型的な「語り」といってよく、後述するように、語り物の影響を受けているのでしょうが、それにしても、書かれた文章として読む限り、いかにも稚拙な感じがします。試みに改訂案を提示してみれば、船より上りその邸を見れば、銀の築地をつき、金の甍をならべ、門をたてたり。

となるでしょう。さらに邸宅に関する具体的な語句をつらね、形容を重ねていけばいいはずなのですが、語り手はそうはせずに、

いかならん天上の住居も、これにはいかで勝るべき。

とか、

言葉にも及ばれず、なかなか申すも愚かなり。

という「語り」に逃げて、具体的な描写を避けています。描写力のなさ、語彙力の不足を語り物から借りてきた形式ですまそうとしたのではないかと悪口を言ってしまいたくなるところです。

もっとも、語り物の方で「心も詞《ことば》も及ばれね」という表現が出る場面は、『平家物語』冒頭をみればわかるように、描写や語句をつらねるのを避けてそうしているのではありません。

祇園精舎《ぎをんしやうじや》の鐘の声、諸行無常《しよぎやうむじやう》の響きあり。娑羅双樹《しやらさうじゆ》の花の色、盛者必衰《じやうしやひつすい》のことはりをあらはす。…………

近く本朝をうかがふに、承平《じようへい》の将門《まさかど》、天慶《てんぎやう》の純友《すみとも》、康和《かうわ》の義親《ぎしん》、平治《へいぢ》の信頼《のぶより》、驕《おご》れる心も猛《たけ》き事も、皆とり

どりにこそありしかども、ま近くは、六波羅《ろくはら》の入道《にふだう》前太政大臣《さきのだいじやうだいじん》平《たひらの》朝臣《あつそん》清盛《きよもり》公と申しし人のありさま、伝へ承るこそ心も詞も及ばれね。

（祇園精舎の鐘の音には諸行無常の響きがある。娑羅双樹の花の色は盛者必衰のことわりをあらわしている。………日本の例を考えてみると、承平の乱を起こした将門、天慶の乱の首謀者純友、康和の義親、平治の乱の信頼らは、おごった心もたけだけしさにおいてもみなひとくせある人たちではあったが、ごく最近の例、六波羅の入道前太政大臣平朝臣清盛公という人の栄華と没落の様は、語るにつけてもなんといっていいかわからないほどである）

このように、和漢の例をつらねていったあと、当面の話題である平家の総帥清盛の名を挙げて、「伝へ承るこそ心も詞も及ばれね」と語っているわけですから、以後の物語すべてによって、清盛及び平家一門の滅亡に向けての物語を語っていこうという姿勢を語るものに他なりません。これとの対比で「浦島太郎」をみると、描写らしい描写もないまま、「言葉にも及ばれず」あるいは「申すも愚かなり」という「語り」を露出させているわけで、やはり描写自体から逃げてしまっているという印象は否めません。さらに、御伽草子作品における邸宅の描写例としては、このあとに掲げる「物くさ太郎」冒頭部のような例があることをも勘案すれば、「浦島太郎」の作者の語彙力の貧困さに帰してしまいたいところです。現代の文章であればそういっておわりにしていいのですが、御伽草子に関しては、想定される読者層のことも考慮に入れておかねばなりません。つまり、これだけの語をつらねていくということが可能になるためには、読者の側にもそれなりの教養が要求される、ひらたくいえば、そこに用いられている語彙を理解可能である、という前提が必要だ、ということです。これらの語彙は、現代の我々にとってもそれなりに注釈の必要な語彙でしょうが、御伽草子の読者においても同様であったことでしょう。ですから、一概に「浦島太郎」の作者の描写力や語彙力の不足だけをいうわけにはいかないところがあります。

さらにまた、この種の描写は、語句を並べていくところに意味があり、具体的な個々の語彙の意味内容はさほど問題にならない――というか、ある種のきらびやかさを感じとることができればよいという面もなくはない。とすれば、そういう言葉による装飾部分をここで必要とするかしないかという判断による、というべきなのかもしれません。

実際、「浦島太郎」のなかにも、龍宮の四季の部屋の描写では、

---

まづ東の戸をあけて見ければ、春の景色とおぼえて、梅や桜の咲き乱れ、柳の糸も春風に、なびく霞のうちよりも、鶯の音も軒近く、いづれの木末《こずゑ》も花なれや。南面《みなみおもて》を見てあれば、夏の景色とうち見えて、春を隔つる垣穂には、卯の花や、まづ咲きぬらん。池の蓮《はちす》は露かけて、汀《みぎは》涼しきさざなみに、水鳥あまた遊びけり。木々の梢も茂りつつ、空に鳴きぬる蝉の声、夕立過ぐる雲間より、声たて通るほととぎす、鳴きて夏とや知らせけり。西は秋とうち見えて、四方《よも》の梢も紅葉《もみぢ》して、ませの内なる白菊や、霧たちこむる野辺の末、まはぎが露を分け分けて、声ものすごき鹿の音に、秋とのみこそ知られけれ。さてまた北をながむれば、冬の景色とうち見えて、四方の木末も冬がれて、枯葉に置ける初霜や、山々やただ白妙の、雪に埋るる谷の戸に、心細くも炭竈《すみがま》の煙にしるき賤《しづ》がわざ、冬と知らする気色《けしき》かな。(訳文は省略)

というふうに、四季の風景をもつ四つの部屋を丁寧に描写している箇所が見られます。

ただ、そういう箇所はこの一箇所くらいで、全体として「浦島太郎」という作品は、言葉を節約する傾向にある作品だとはいえます。

このあと、この作品で「語り」が露出してくる箇所としては、龍宮の乙姫(＝亀)から与えられた玉手箱を開

けてしまう場面があります。

太郎思ふやう、亀が与へしかたみの箱、あひかまへてあけさせ給ふなといひけれども、今は何かせん、あけて見ばやと思ひ、見るこそくやしかりけれ。

(太郎が思うには、亀が与えてくれた形見の箱――決して開けてはなりませぬ、とはいわれていたのだが、いまは、どうにもしようがないので、開けてみようと思ったのだが、本当に開けてしまったのは、なんとも残念な限りである)

ここもなんだか、要領の悪い書き方です。ふつうの叙述文に書き直してみると、

太郎思ふやう、あひかまへてあけさせ給ふなと言ひしかたみの箱なりけれども、今は何かせんとて、あけて見れば、

というふうになるでしょう。こういうふうに直してしまえば、「見るこそくやしかりけれ」という語りは不要です。ということは、逆にいえば、こういう読者と感情を共有する(主人公の行動をはらはらしながら見守る観客の気持ちになって「語る」といってもいいでしょう)「語り」を入れたいがために、いささか稚拙とも思える文章になっているのだということがわかります。

最後の浦島太郎のその後を語る箇所は、御伽草子であることを示すしめくくりの「語り」なので、もう引くことはしませんが、全体として、読者を意識した「語り」の姿勢が顕著に見られることは記憶しておきたいと思います。

とりあえず、「浦島太郎」のこのような「語り」のあり方を、御伽草子的「語り」の典型と考えておくことにしましょう。

### b 「物くさ太郎」の「語り」

「物くさ太郎」は、きわめて安定した文体を持つ作品である、というのが、「語り」という観点でこの作品を読んだときに受ける最初の印象です。「浦島太郎」に見られた、読者を意識した「語り」はこの作品にはほとんど存在しません。最後の本地《ほんじ》ものとしての由来語り（ここが御伽草子であることの証明ともいえる箇所です）の直前まで、叙述は一貫しており、ゆれは全くありません。ことに、冒頭部の叙述は、みごとといえるほど完成したものになっていると思います。

東山道《とうせんだう》みちのくの末、信濃国《しなののくに》十郡のその内に、つるまの郡あたらしの郷といふところに、不思議の男一人はんべりける。その名を、物くさ太郎ひぢかすと申し候ふ。名を物くさ太郎と申す事は、国にならびなき程の物くさしなり。ただし名こそ物くさ太郎と申せども、家づくりのありさま、人にすぐれてめでたくぞ侍りける。四面四町に築地をつき、〈中略〉厩《むまや》・侍所《さぶらひどころ》にいたるまで、ゆゆしくつくり立てて居ばやと、心には思へども、いろいろ事足らねば、ただ竹を四本立てて、薦《こも》をかけてぞ居たりける。

（東山道の果て信濃国の十郡のなかのつるま郡のあたらしの郷というところに、不思議な男が一人おりました。あだ名を物くさ太郎ひぢかすといいます。物くさ太郎と呼ばれたのは、この国に並ぶ者がないほどの物ぐさだったからです。ただ、物くさ太郎と呼ばれてはいましたが、家づくりのありさまは他の人よりもぬきんでてすばらしいものでした。四面四町を築地で囲い、〈中略〉厩や侍所に至るまで立派に作り上げてみたいものだと心には思っていましたが、いろいろと足りな

いものが多かったので、竹を四本だけ立てて、薦をかけて住んでいました）

「国にならびなき程の物くさし」と紹介した直後、「家づくりのありさま、人にすぐれてめでたくぞ侍りける」と述べ、その様子を具体的にこまごまと叙述しているわけです。読者はまるで、彼がそのような邸宅に住んでいるように錯覚してしまいそうになります。そうして、このように言葉を連ねていったそのあとで、「ゆゆしくつくり立て居ばやと、心には思へども、いろいろ事足らねば」とみごとにうっちゃりを食わせます。その結果、いまは四本の竹に薦をかけただけの貧しい住まいであることをあかすわけです。

読者は、ここまでの描写が太郎の想像の産物にすぎないことを知らされてがっかりするわけですが、同時にまた、彼がこのようにぜいたくな邸宅のありさまを想像し、言葉で表現するだけの教養と語彙力を持っている人物であることを知らされることにもなっています。そう考えると、この冒頭部だけで、あざやかに太郎の本質を説明しているといえます。

「物くさ太郎」という作品は、都に出る前の「物くさ」と、出てからあとの「まめ」とがあまりに違いすぎているため、両者がどのようにつながっているのかについて多くの論文が書かれています。が、私としては、「物くさ」といわれた彼の内面に、このように豊かな想像力と教養があることを見逃さなければ、都に出てからの、姫との和歌を介してのやりとりなどは決して意外ではない展開だと思えます。

これは文徳天皇《もんとくてんわう》の御時なりし、かれは宿善《しゆくぜん》結ぶの神とあらはれ、「男女《なんによ》をきらはず、恋せん人は、自らが前に参らばかなへん」と誓ひ深くおはしますなり。およそ凡夫《ぼんぶ》は、本地を申せば腹を立て、神は本地をあらはせば、三熱の苦しびをさまして、直《ぢき》によろこび給ふ也。人の心もかくの如く、物くさくとも身はすぐなるものなり。毎日一度この草紙を読みて、人に聞かせん人は、財宝に飽き満ちて、幸ひ心にまかすべしとの御誓ひなり。めでたき事なかなか申すもおろかなり。

（この話は文徳天皇の時代のことであります。この物くさ太郎は「宿善結ぶの神」となってあらわれて、「男女の区別なく、恋をしている人は、私のところにお詣《まい》りすれば、その恋をかなえてやる」ということに御利益のある神様になりました。ふつうの人間は、本心を明らかにするとすぐに腹を立てるものですが、この神様は、本心をあらわすと、地獄の三熱の苦しみをやわらげてくれ、すぐにおよろこびになります。人の心もおなじことであり、物ぐさくても心は素直なものなのです。毎日一度はこの草紙を読み、人に聞かせたりするような人は、かならずや、財宝に飽き満ちるくらいになり、思いのままに幸せになるということです。そのすばらしさは、これ以上申し上げようもないほどです）

末尾に置かれたこの一文のみが、太郎の由来と、この草紙のありがたいゆえんを語る箇所ですが、時代が「文徳天皇」の頃であるというのからはじまって、「物くさくとも身はすぐなるもの」という教訓も、「毎日一度」この草子を読み聞かせるとお金持ちになり幸せになる、という断定もすべて嘘くさく聞こえます。どうも、書き手は全くそのことを信じていないにもかかわらず、形式にのっとって書いているだけのように聞こえてしようがありません。本文の叙述形式が、「浦島太郎」のようにつねに読者の側にあり、それを考慮しつつすすめられていれば、このような感想を抱くことはないのですが、「物くさ太郎」のように完成した叙述形式で破綻なく書き続けていながら、末尾で突然本地物のスタイルにもどっていくと、とても違和感を持ってしまうからです。

「物くさ太郎」をここまで評価する以上は、本当は作品論のレベルにまで踏み込んで論じるべきなのですが、それをしていると先に進むことができません。そのことは宿題として残すことにしましょう。これ以後、仮名草子作品の検討を経て、それを西鶴作品の検討結果と付き合わせていく必要がありますが、それについては次節にゆずります。

## 5　おさんという女――『好色五人女』巻三を読む

### ○西鶴はむずかしい

西鶴はむずかしいと、つねづね私は思っています。明治以来、西鶴の浮世草子に関して、たくさんの注釈書・研究書・解説書が出版されていますが、それにもかかわらず、いまだに西鶴という作者の全貌はつかまえられていないような気がします。私は、何度か授業で取り上げたり、機会のあるごとに話したりしてきましたが、なかなか納得できる読み方を見つけられずにいます。

そういうなかで、かろうじて自分なりに理解の端緒をつかむことができたかなと思っているのが、貞享《じょうきょう》三年（一六八六）に刊行された『好色五人女《こうしょくごにんおんな》』です。そのきっかけは、巻三の主人公おさんの呼び方の変化に気づいたことでした。

巻三第二章において、大経師《だいきょうじ》の妻になったおさんは、ほぼ一貫して「おさん様」と呼ばれています。が、手代の茂右衛門《もえもん》とあやまちを犯したその瞬間から、

　その後、おさんはおのづから夢覚めて

と、呼び捨てになってしまいます。語り手は、姦通した直後、おさんから「様」を剥ぎ取ってしまったのです。以後、彼女に「様」が付されることは基本的にありません。

この変化はまことにあざやかなものです。そして、そこにこそ、西鶴の文体の秘密が潜んでいるのではないかと私は判断しています。が、従来の注釈や研究において、このことに注意を払っている形跡はありません。西鶴文体の「語り」を解明する大きな手がかりであると思われるにもかかわらず、その意味について考えた先行例はないようなのです。西鶴という作者の全貌はいまだつかまえられてはいないと判断するゆえんです。

以下において、私は『好色五人女』巻三を例に、その作品世界のおもしろさを語っていきたいと思っていますが、それは同時にこの作品の「語り」のおもしろさを分析することに通じるはずです。

さて、西鶴はむずかしいと最初に書きましたが、作品に何が書かれているかを読み取るだけならば、さほどむずかしいことではありません。そういう叙述内容とは別の要素が、文章のなかにたくさん入り込んでおり、それらがどういう意味を持ちどういう効果をあげているかが簡単に了解しがたいことが、西鶴の文章をわかりにくくしている原因だと思います。この巻の第二章の文章を例に、その分析をくわしく試みたことがありますが、そこでの結果を踏まえていうと、叙述と叙述以外の要素を丁寧に分離することがまず第一の作業になります。その上で、叙述以外の要素が叙述に対してどういう効果を及ぼしているかをはかっていくことができれば、西鶴の文体はある程度まで分析し解明しうる、というのが目下の私の見通しです。

## ○『好色五人女』巻三について

『好色五人女』はどれも実際に起こった事件を素材にしていますが、巻三は、天和《てんな》三年（一六八三）九月に、大経師の妻おさんが、手代と密通したかどで処刑された事件が素材になっています。他の巻と同様、全体は五つの章にわかれています。

第一章「姿の関守」は「元禄ファッションショー」と称されている一章で、京都東山の藤の花見に集ったたくさんの女性たちを、「四天王」と呼ばれる粋人たちがひとりひとり論評していくところがメインです。この時代の女性たちの衣装をはじめとする外見の様子のあれこれが細かく語られていますが、現代の女性風俗さえも満足に見分けられない私のような朴念仁《ぼくねんじん》にとって、文字面だけでそこに描かれた女性たちに関するさまざまのニュアンスを読み取るというのは至難の業です。だから、その点はほぼあきらめていますが、最後に登場する「今小《いまこ》町《まち》」と称された若き日のおさんの美貌がとても印象的に描かれていることだけは押さえておく必要があります。それと同時に、冒頭において「大経師の美婦《びふ》」として紹介された彼女が、同じ章の末尾においてはいまだ結婚前の「今小町」として登場するあたりの時間処理の問題も、作品論的にはとても興味深いところです。

第二章「してやられた枕の夢」に入って、この「今小町」は大経師の妻に迎えられることになります。そうして三年が経過したのち、夫が長期出張で不在になった留守に、実家から派遣されてきた手代の茂右衛門と、全く偶然のことからあやまちを犯すに至りますが、そこに至るまでの描写は、「語り」という観点からみてもとても興味深いものです。

第三章の「人をはめたる湖」は、おさん・茂右衛門が駆け落ちし、心中を偽装して逃亡していく章ですが、石山寺の開帳や琵琶湖遊覧などのシーンが出るはなやかな章です。

第四章「小判しらぬ休み茶屋」は、前章を受けて、彼らが丹波越えをして丹後切戸《たんごきれと》のあたりに落ち着くまでを描いていますが、途中に立ち寄った茂右衛門のおばの家で、妹と偽ったおさんとむくつけき息子との結婚を強要されあわてるという一幕は、演劇からの影響も指摘されていて、息抜き的な役割の、笑いの多い一段といえます。

そして最後の第五章「身のうへの立ち聞き」になるとおさんは姿を消し、茂右衛門が中心になります。京の様子を探りに行った彼がひそかに同輩たちのそねみや悪口を聞いたり、芝居小屋でおさんの主人をみかけて肝を冷やす、という場面がつらなっていますが、そのあげく、最終的に、丹波の栗売りの言葉から二人の居場所が知られることになり、捕らえられて処刑される、という結末に至ります。

## ○「大経師の美婦」と「室町の今小町」――第一章の時間処理について

では第一章から読んでいきましょう。その冒頭は次のように始まっています。

天和二年の暦、正月一日《ついたち》、吉書《きつしよ》よろづによし。二日姫《ひめ》はじめ、神代のむかしより、このこと、恋しり鳥の教へ、男女《なんによ》のいたづらやむことなし。

ここに、大経師の美婦とて浮名《うきな》の立ち続き、都に情の山を動かし、祇園会《ぎをんゑ》の月鉾《つきぼこ》、かつらの眉《まゆ》をあらそひ、姿は清水《きよみづ》の初桜《はつざくら》、いまだ咲きかかる風情、唇のうるはしきは高尾の木末《こずゑ》、色の盛りと詠《なが》めし。住み所《どころ》は室町通、仕出《しだ》し衣装の物好み、当世女のただなか、広い京にもまたあるべからず。

人のこころもうきたつ春ふかくなりて、……

（天和二年の暦を見ると「正月一日、吉書よろづによし。二日姫はじめ」とある。神代の昔、鶺鴒《せきれい》にこの道を教わって以来、男女の道ならぬ「いたづら」はやむことがない。

さて、「大経師の美人妻」としてスキャンダルになったあの人は、祇園祭の月鉾のような、かつらのような眉、清水の桜が咲き始めたときのような美しさ、唇の色の鮮やかなことは、高尾の紅葉の色にも勝る女盛りであった。住んでいるのは室町通り、当世風の派手な衣装好みの様子は、広い京の中にも比肩するものはないくらいであった。

人の心も浮き立つその春も深まり……）

「天和二年」と年時を明記しているのは、第五章の末尾に

九月二十二日の曙《あけぼの》の夢、さらさら最期いやしからず、世語《よがた》りとはなりぬ。今も浅黄《あさぎ》の小袖の面影《おもかげ》見るやうに名は残りし。

(九月二十二日の曙の夢のように、ふたりはこの世を去っていった。その最期はみごとなものであり、人々の語りぐさになっている。今も浅黄の小袖を着たおさんの面影が浮かんでくるようであり、そのうわさはいまも伝わっているのである)

と処刑の日を明記しているのに対応しているのでしょう。処刑されたのは天和二年の翌年のことですが、『好色五人女』が刊行された貞享三年からはわずか三年前の出来事です。まだまだ事件の記憶は人々のなかに生々しく残っていたはずで、「天和二年」という年号が示され、「大経師の美婦」の「浮名」とくれば、ああの事件ね、と誰もが思ったはずです。

彼女が、暦を一手に扱う大経師の妻であったことにちなんで、天和二年の暦をめくっていくように冒頭文ははじまりますが、ただちに二日の「姫始め」に焦点が定められていくのは、『好色五人女』の内容からして当然のなりゆきでしょう。神代の昔「恋しり鳥」に教えられて以来「男女のいたづら」はやむことがない、というマクラは、そのまま『好色五人女』のテーマを示しています。

なお、その次に置かれた「ここに」という語は、西鶴の場合、おおむね、場所をさす指示代名詞ではなく、物語のはじまりを明示的に示す語と考えるべきものです。

そうして、「大経師の美婦」に関するうわさが書かれていくわけですが、ここで作者は意識的に時間を混乱させようとしているようにみえます。というのは、この「大経師の美婦」について形容を重ねたあと、彼女の住

みどころを「室町通」と書いているからです。この章は、このあと、東山の藤の花見に集ってきた女たちについて四天王と呼ばれる粋人たちが論評するという形式で進行し、「元禄ファッションショー」と呼ばれる、女性たちのはなやかな描写がずっとつづきます。そして、その最後にこれらの女性たちを圧倒する存在として登場してくるのが、他ならぬおさんなのです。この彼女については「室町のさる息女、今小町」と紹介されているのですが、もちろんここでの彼女は未婚であります。第二章に入ってやもめの大経師が「今小町といへる」彼女を見そめ、嫁にもらうという段取りが書かれているわけですから、この点は間違いようがありません。

つまり、第一章冒頭で「浮名」を流す「大経師の美婦」として紹介された彼女はうたがいもなく結婚後のおさんですが、彼女の美貌について形容を重ねていくうちに、いつのまにか結婚前の彼女について語ることになってしまっているのです。そして、ここにこそ、西鶴流修辞法のマジックがあるのです。

おそらく、京の景物に託して「大経師の美婦」を形容していく過程で、「祇園会」の夏、「初桜」の春、「高尾の紅葉」、すなわち秋、というふうに意識的に季節をずらしながら形容を重ねた上で、「色の盛り」という語を転換点にして、結婚前の時点に時間を移動させているのですが、記述としては「人のこころもうきたつ春ふかくなりて」と春の季節について語っているので、一見、自然な進行に基づいて進めるように書かれているわけなのです。そこに記述上のトリックが隠されているわけです。

西鶴はむずかしい、というのはこういうところを指していうのですが、こういう点をきちんと押さえていくことが、一筋縄ではいかないこの作者の文体的特質を解明し、読み解いていくための大切なポイントになります。

この章の最後に登場するおさんの紹介文を以下に引きます。

ゆたかに乗物つらせて、女いまだ十三か四か、髪すき流し、先をすこし折りもどし、紅《くれなゐ》の絹たたみて結び、前髪若衆《わかしゆ》のすなるやうにわけさせ、金元結《きんもとゆひ》にて結《ゆ》はせ、五分櫛《ごぶぐし》のきよらなるさし掛け、まづはうつくしさ、ひとつひとついふまでもなし。白繻子《しろじゆす》に墨形の肌着、上は玉虫色の繻子《しゆす》に、孔雀《くじやく》の切付《きりつけ》見へすくやうに、その上に唐糸《からいと》の網を掛け、さてもたくみし小袖に、十二色の畳帯《たたみおび》、素足に紙緒《かみを》の履物、浮世笠あとより持たせて、藤の八房《やつぶさ》つらなりしをかざし、見ぬ人のためといはぬばかりの風儀《ふうぎ》、今朝《けさ》から見尽くせし美女ども、これに気圧《けお》されて、その名ゆかしく尋ねけるに、「室町のさる息女《そくじよ》、今小町」と言ひ捨てて行く。花の色はこれにこそあれ、いたづらものとは後に思ひあはせ侍る。

いま、その姿の描写の細かいいちいちについては触れないことにしますが、

今朝《けさ》から見尽くせし美女ども、これに気圧《けお》されて、その名ゆかしく尋ねけるに、「室町のさる息女《そくじよ》、今小町」と言ひ捨てて行く。

という一文だけみても、とても不思議な文体で書かれていると思いませんか。

「今朝《けさ》から見尽くせし美女ども、これに気圧されて」という文の主語は、一見すると「美女ども」であるかのように見えますが、そんなわけはありません。その「美女ども」を論評してきた粋人である「四天王」の目から見て、おさんの美貌は「美女ども」を圧倒するほどのものであった、ということを述べているはずです。で、その名を尋ねたところ、お供の人（乗物を控えさせているわけですから誰か付き添いの人がいたはずです）が、「室町のさる家の息女で、「今小町」と呼ばれる方だ」と言い捨てていった、ということになります。そういうことをこれだけの文章で言ってしまっているわけで、言おうとしていることはわかるけれど、現代語に訳そうとしてもなか

なか訳しにくい、くせの多い文章です。
そうして、末尾に置かれた一文、

花の色はこれにこそあれ、いたづらものとは後に思ひあはせ侍る。

これが、当面の問題である作品における「語り」の典型的な例になることはすぐにわかるでしょう。「花の色はこれにこそあれ」というのは、藤の花見にやって来て、妍《けん》を競っている女たちのなかで、この彼女（おさん）こそがその第一等を占める存在である、というほどの意味でしょう。ここもずいぶんと節約した表現になっていますが、それに続けて、この女が「いたづらもの」であることは、このあとで思い知らされることになる、と予告めいた「語り」を置いているわけです。冒頭文にある「男女のいたづらやむことなし」及び「浮き名」を流している「大経師の美婦」に、みごとに対応しているしめくくりです。

なお、ここまで私は叙述の都合上、主人公の名を「おさん」と書いてきましたが、第一章ではその名が一度も使用されていないことにも注意を払うべきでしょう。作者は主人公をどう呼ぶかに関してとても意識的なのです。

## ◯「語り」の多い叙述文——第二章の文体分析

さて、三の二にはいって、このおさんは大経師に見そめられ、妻として迎えられることになります。

男世帯も気散じなるものながら、お内儀のなき夕暮、一しほ淋しかりき。
ここに、大経師の何がし、年久しくやもめ住みせられける。都なれや、物好きの女もあるに、品形《しなかたち》すぐれてよきを望めば心に叶ひがたし。わびぬれば身を浮草のゆかり尋ねて、今小町といへる娘ゆかしく見にまかりけるに、過ぎし春、四条に関据ゑて見とがめし中にも、藤をかざして覚束《おぼつか》なきさましたる人、これぞとこがれて、なんのかのなしに縁組みを取りいそぐこそをかしけれ。そのころ下立売《しもたちうり》烏《からす》丸《ま》上《あが》ル町に、しやべりのなるとて隠れもなき仲人嬶《なこうどがか》あり。これを深く頼み樽のこしらへ、願ひ首尾して、吉日《きちにち》を選びて、おさんをむかへける。

ここまでで、結婚に至る過程が語られているわけですが、冒頭や文章中に挿入される「語り」や、「わびぬれば身を浮草の」という小町の歌の引用など、ずいぶんと遊びの多い文章です。一読してすっとわかるという文ではありません。また、西鶴の文章は切れ続きが独特で、ここで切った方がわかりやすいというところでも続いていき、続けてほしいところで切ってしまう、というふうです。

以前、そういう要素を逐条的にくわしく分析し、よけいな要素をとってしまったらどうなるかを示したことがあります。ここではその結果だけを示すことにしましょう。

大経師の何がし、年久しくやもめ住みせられける。品形すぐれてよきを望めば、心にかなひがたく、ゆかり尋ねて、「今小町」といへる娘ゆかしく、見にまかりける。「これぞ」と焦がれて、なんのかのなしに縁組を取り急ぐ。そのころ、下立売烏丸上ル町に、しやべりのなるとて隠れもなき仲人嬶あり。これを深く頼みける。願ひ首尾して、吉日を選びて、おさんを迎へける。

こういうふうに叙述部分だけを取り出してみると、格別むずかしいことが書かれているわけではないことがわかると思います。しかしまた、こういうふうに直してしまうと、ちっともおもしろくない文章になってしまっていることもまた事実です。

このことから、『好色五人女』の文章の魅力というものが、叙述内容でなく、文の間に挿入された「語り」や「修辞」にあるということがわかるでしょう。器量望みの大経師が、「室町の今小町」おさんに一目惚れし、嫁にもらおうとする一連の様子を、時に揶揄をまじえながら叙述していくことにより、その叙述内容自体が相対化されて我々の前に提示されるわけです。

小説の文体を問題にするには、散文（すなわち伝達の道具として）として伝えられねばならない要素と、それ以外の余分な要素を切り離し、余分の部分が果たしている機能について考えていくことが大切です。これは、古典文学作品の文体論的な研究において有用なことはもちろんですが、同時に、教室で古典文学作品を扱うときにも適用可能な方法だと思います。

なお、ここではじめて、「室町」に住む「今小町」と呼ばれた女性が「おさん」という名であることが示されていることにも注意を払っておきましょう。

さて、室町の今小町としての美貌を見そめられ大経師に嫁入りしたおさんですが、結婚後はうってかわって、模範的な主婦となります。

---

花の夕《ゆふべ》、月の曙、この男、外《ほか》を詠《なが》めもやらずして、夫婦のかたらひふかく、三《み》とせが程もかさねけるに、明《あけ》暮《くれ》世をわたる女の業《わざ》を大事に、手づからべんがら糸に気をつくし、すゑずゑの女に手紬《てつむぎ》を織らせて、わが男の見よげに始末を本《もと》とし、竈《かまど》も大くべさせず、小遣帳《こづかひちやう》を筆まめにあらため、町人の家にありたきはかやうの女ぞかし。

（おさんを嫁にしてからというもの、花の夕べにも月の曙にも、大経師は全く関心がなく、他に目を向けることはない。夫婦仲もよく、そうして三年が過ぎていった。おさんはというと、明けても暮れても女としての仕事を大切にしている。自分でべんがら糸をよったり、使っている女たちに手織りの紬を織らせたり、無駄に竈の火を燃やさせたりせぬよう見張り、小遣い帳もこまかく点検する、といったふうで、町人の家にいてほしい模範的な女房ぶりである）

このように、「町人の家にありたきは、かやうの女ぞかし」と語られるまでの存在になっているわけです。この語りは、当時の一般的認識を踏まえたものですが、同時に、この章の後半でそれがみごとに裏切られていくことを思えば、まことに皮肉な「語り」でもあるといわねばなりません。

そのあと、大経師が江戸へ長期の出張に行かねばならないこととなり、実家と相談した結果、留守を守るための手代にと実家から茂右衛門《もえもん》が遣わされてくることになります。彼については、

頭《かうべ》は人まかせ、額ちいさく、袖口五寸に足らず、髪置《かみおき》してこのかた編笠をかぶらず、ましてや脇差をこしらへず。

という野暮天《やぼてん》であると紹介されています。そういう彼が、はずみとはいえおさんの密通相手となるというのは皮肉なことといわねばなりません。

文体分析的視点からは、主人公が結婚直後及び実家の親からは「おさん」と呼び捨てにされていたのに対し、内儀としてすべてを取り仕切るようになってからは「おさん様」と「様」を付して呼ばれていることが、なによりも注意を向けなければならないことです。

この茂右衛門に腰元のりんが恋をするところから、事件が始まります。

りんが茂右衛門に恋をしたきっかけは、冬に向け、家中みんなでお灸を据えたときでした。りんが据えるのが上手ということでみんなにしてあげていたのですが、茂右衛門の背中にお灸を据えたとき、たまたま線香の火が茂右衛門の背中にじかに落ちたのです。が、茂右衛門は熱がりもせず、じっと我慢していた、その優しい心に打たれたのです。以来、茂右衛門にその気持ちをなんとか伝えようとしますが、あいにく彼女は無筆（字が書けない。この当時の町人にはめずらしくありませんでした）。それでちょっとだけ字の書ける下男の久七《きゅうしち》に頼んでみましたが、「茂右衛門よりも俺の女にならないか」と迫られてしまう始末。そんなことが腰元仲間でうわさになっていた折、たまたま、おさんが江戸にいる亭主に手紙を書く用事があり、それを書いたあと、ついでにりんの恋文も書いてあげましょうと代筆します。喜んでそれを茂右衛門に届けたところ、「私も若い身なので、なにかと入費《にゅうひ》がかかる。着物や羽織・風呂銭などの面倒を見てくれるというなら、願いを叶えてやってもいいが」などとまるでえらそうな返事。もちろん、りんはすぐには読めませんからおさんに読んでもらうわけです。

このあたり、腰元が無筆であることは別にめずらしくなかったはずですが、りんの茂右衛門への恋慕が一家中の話題になっているところは、巻一の二で、手代の清十郎《せいじゅうろう》に対するお夏の恋が一家中に伝染していく箇所との類似性を思わせます。近代と違って、「恋」は秘密であったり、個人の内面に秘められてあるものではなく、みんなで話題にして楽しむものだと考えなければなりません。だからこそおさんが代筆を買って出ることになるのでしょう。もちろん、ここには、大経師の主人が長期間留守であるという点も考慮すべきです。腰元たちの管理もゆるく、こういう恋愛ゲームに夢中になる素地がもともとあったことはいうまでもありません。

さりとてはにくさもにくし。世界に男の日照りはあるまじ。りんも大かたなる生れ付き、茂右衛門めほどなる男を、そもや持ちかねることやある。

（なんとまあにくたらしい返事。この世に他に男がいないわけでもない。りんだって、人並に生まれついた女だのに、茂右衛門くらいの男を持ちかねることがあろうか）


と、もうこうなっては、茂右衛門は大経師家の女たちみんなを敵に回したようなもので、おさんはその先頭に立って、なんとか茂右衛門の方から逢いたいと言い寄ってこさせようと腕によりをかけて恋文を書き続けます。そのかいあって、茂右衛門は最初の態度を反省し、五月十四日、庚申待《こうしんまち》の夜は、みんなが一晩中起きているのでその間に逢おう、という提案をしてきます。

以後は、おもしろいところなので、原文で読んでいきましょう。


おさん様、いづれも女房まじりに声のあるほどは笑ひて、

「とてものことに、その夜の慰みにもなりぬべし」

と、おさんさま、りんに成り替はらせられ、身を木綿《きわた》なるひとへ物にやつし、りん、普段の寝所に暁がたまで待ち給へるに、いつとなく心よく御夢を結び給へり。下々《したじた》の女ども、おさん様の御声立てさせらるる時、皆々かけつくる契約にして、手ごとに棒・乳切木《ちぎりき》・手燭《てしょく》の用意して、所々にありしが、宵よりのさはぎに草臥《くたび》れて、我しらず鼾《いびき》をかきける。

（〈その手紙を見て〉おさん様は、他の女たちといっしょに大声で笑ったあと「どうせなら、これを庚申待の夜の趣向にしようじゃないの」ということで、その晩、おさん様はりんと入れ替わり、粗末な木綿のひとえの夜着を着てりんの寝所に入り、りんの方は、おさんの寝所で明け方まで待っています。他の女たちは、おさん様が声を立てるのを合図にかけつけ

る手はずになっていて、手に手に棒・乳切木・灯りを用意してあちこちに隠れていましたが、宵の頃から大騒ぎをしていたので、みんな大鼾をかいて寝てしまいました)

寝込んだのは、女たちだけでなく、おさんも含まれています。そんなこととは知らず、茂右衛門が約束どおりりんの寝所に忍び込んできます。

七つの鐘鳴りてのち、茂右衛門下帯《したおび》をときかけ、闇《くら》がりに忍び、夜着の下にこがれて、裸身《はだかみ》をさし込み、心のせくままに言葉かはしけるまでもなく、よき事をしすまして、「袖の移り香しをらしや」と、また寝道具を引き着せ、さし足して立ちのき、「さてもこざかしき浮世や。まだ今やなど、りんが男心はあるまじきと思ひしに、我さきにいかなる人か物せしことぞ」とおそろしく、重ねてはいかないかな、思ひ止まるに極めし。

(七つの鐘が鳴ったあと、茂右衛門は下帯を解いたままの姿でまっ暗なりんの寝床に忍び込んできて、気ぜわしく、やさしい言葉をかけることもなく、することをさっさとすませ、その移り香をなんとしおらしやと楽しみながら夜着を着せかけて、抜き足差し足で寝所を出て行った。「それにしても、こざかしいものだ。りんはまだ男を知らないはずだと思っていたのに、自分より先にりんをものにした男がいるらしい」と、なんだか怖ろしくなって、もうこれ以上りんのところに忍び込むのはやめにしようと決めたのであった)

七つの鐘の鳴るのはいまの午前四時頃、みんなが寝込んでしまうのは無理もないところでしょうが、それにしても、男が床に入ってきたのに知らないままでいられるのでしょうか。ここを読んだ人は誰も、こういうことが実際にあるのかどうか首をかしげるに違いありません。酒席での話題に供したりすれば、さまざまの経験談(?)

が入り乱れて、甲論乙駁《こうろんおつばく》のにぎやかな議論になることでしょう。
わが西鶴研究家の方がどんな具合か、すこし紹介しておきましょう。

こうした交合の場合は希有《けう》なことかも知れないけれども、仮眠中の野婦の下腹都に蛇の入った説話もあって、あり得ないことではなかろう。

（小野晋）

似た例を挙げて証明しようというわけです。熟睡させたのは「作者のおさんに対する思いやり」だと推測する人もいます。さらに、

もちろんおさんは事の間中、終始眠りこけて意識不明だったわけではない。一見そのように読みとれるが、それは、ここでもあくまでおさんの表面の意識に即して書いているからである。床に入って来た茂右衛門にいきなり抱かれた時――「下帯をときかけ」「裸身をさし込心のせくままに言葉がはしけるまでもなく」はその不意打ちぶりを強調する――目を覚しかけたに違いないのだが、あまり不意だったので、理性による自制力が発動する暇もないうちに抱擁され、茂右衛門とわかって夢中で遂にそれに応じてしまったのだ。……おさんが半睡状態ながら茂右衛門の抱擁に激しく応じた事実は、事の終ったあとの茂右衛門の述懐ではっきり示されている。「まだ今やなどりんが男心は有まじきと思ひしに我さきにいかなる人か物せし事ぞとおそろしく」。立ち去る時「又寝道具を引きせ」つまりふとんを掛けてやったのに、おさんが正気を失ったままでいるというのも、この慌しい情交に、彼女が如何《いか》に激しく燃焼し得たかを示す。恐らくは安堵感もあって再び短い眠りに落ちていったのであろう。

（佐々木昭夫）

というふうに、まるでその様子を見てきたかのように想像をめぐらす人もいます。しかし、それぞれの説の当否はどうでもいいことだと思います。この箇所は、読者がさまざまに想像すればいいように書かれているからで、各人の経験・趣味・人生観等によって、自由に解釈すればいいのです。

大切なのは、目が覚めたときのおさんの様子です。

そののち、おさんはおのづから夢覚めて、おどろかれしかば、枕はづれてしどけなく、帯はほどけて手元になく、鼻紙のわけもなきことに心はづかしくなりて、「よもやこのこと、人のしれざることあらじ。このうへは身をすて、命かぎりに名を立て、茂右衛門と死手の旅路の道づれ」と、なほやめがたく、心底《しんてい》申し聞かせければ、茂右衛門思ひの外なるおもはく違ひ、乗りかかつたる馬はあれど、君を思へば夜毎にかよひ、人の咎めもかへりみず、外なることに身をやつしけるは、追《おつ》つけ生死《しやうじ》の二つ物がけ、これぞあぶなし。

(そのあと、おさんは自然に目がさめ、びっくりしてしまった。枕ははずれてしどけなく、帯はほどけてどこへ行ったやら。鼻紙がまわりに散らばっているのを見て恥ずかしくなってしまったが、「もう、このことは、人に知られないはずがない。ならば、このうえは身を捨てて、命の有る限り茂右衛門と死出の旅路に出ることにしよう」と、この関係をやめる気にはさらさらならず、茂右衛門にもその覚悟をいい聞かせる。茂右衛門の方は、予定が狂ってしまったが、乗りかかった船と、夜毎に通い続ける。人の咎めもなんのその、道にはずれた恋に身をやつしてしまったこの二人、生死を賭けての恋ではあろうが、なんとも危なっかしい限りではある)

笑いものにするつもりでしかけたゲームだったために、かえって、誰もがこの夜に起こったことを知ってしまうということに皮肉な設定です。
同じ事件を取り上げた近松門左衛門《ちかまつもんざえもん》の『大経師昔暦《だいきょうじむかしごよみ》』（正徳五年〈一七一五〉初演）では、亭主である大経師以《い》春《しゅん》に夜ばいをかけられて困ると下女の玉に訴えられたおさんが、亭主をこらしめるためにお玉と入れ替わって寝床にいるときに、お玉の機転で救われた礼を言いにきた茂兵衛《もへえ》がやってきて鉢あわせし……という設定になっています。比較のため、これもすこし読んでみましょう。

---

敷居を一つ二つ越え三つ暦の細工所の、次の茶の間に玉が寝る畳はいづく摺足の、屏風にはたと行き当り。びつくりしたる膝ふるひ、おさんもはつと胸騒ぎ。身もふるはるる空寝入り。屏風そろそろ押し遣《や》りて、夜着にひつしと抱《いだ》き付き、ゆり起こしゆり起こし、ゆり起こされて驚きの、いま目のさめし風情にて、頭《かしら》を撫《な》づれば縮緬《ちりめん》頭巾、「サアこれこそ」と頷《うなづ》けば、男は今日の一礼の、声を立てねば詞なく、手先に物をいはせては、伏し拝み伏し拝み、心のたけを泣く涙、顔にはらはら落ちかかる。その手を取つて引き寄せて、肌と肌とは合ひながら、心隔たる屏風の中。縁の始めは身の上の、仇《あた》の始めと成りにける。既に五更《ごかう》の八声の鳥、門の戸険しくとんとんとん。「旦那お帰り」。はっと消え入る寝所に、汗は湖水を湛《たた》へたり。「やいやい、戻った、明けやい」と、呼ばはるは以春の声。助右衛門目をさまし、「どいつらも大ぶせり」と提げて出でたる行燈《あんどう》の光。顔を見合はす夜着の内、「ヤアおさん様か」。「茂兵衛か」。「はあ」。「はああ」。

ここもとてもおもしろい文章です。人形の動きを観客が見ているという前提ですから、視点の移動や語り手の変更は太夫《たゆう》の語りにまかせられている点が小説言語との違いですが、そうはいっても、「男は今日の一礼の、声を立てねば詞なく」というところの「男」という語の使い方は、前に述べた『源氏物語』を思い出させますし、

「その手を取って引き寄せて、肌と肌とは合ひながら、心隔たる屏風の中」と語ったあと、「縁の始めは身の上の、仇の始めと成りにける」と語りあげて行く呼吸はまさに語り物の真骨頂でしょう。もちろんこちらは、視覚的に訴えていきますから、西鶴ほどこういう場面をはっきりとは書きません。布団のなかで顔を見合わせ、互いに思っていた相手ではないと驚いたところで幕になり、中段の幕が開くと、二人には追手がかかっていることになっています。このあたりの感じは、溝口健二《みぞぐちけんじ》監督作品の『近松物語《ちかまつものがたり》』（昭和二十九年〈一九五四〉公開。溝口作品では第一等の作品だと思います。香川京子《かがわきょうこ》がすばらしい）がとても上手に再現していますから、ぜひご覧ください。

さて、西鶴の方です。先に引いたまだゲームであった段階では「おさん様の御声立てさせらるる時、皆々かけつくる契約」というふうに「様」がついていたのに、茂右衛門とのことがあってからは、「そののち、おさんはおのづから夢覚めて」と、たちまちのうちに「様」が剝ぎ取られてしまいます。そうなった彼女は、みんなに知られてしまっている以上、引き返すことはできない。「このうへは身をすて、命かぎりに名を立て、茂右衛門と死手の旅路の道づれ」に出ると心を決めるのです。そういうおさんの心理を語り手は「なほやめがたく」と語っていますが、その前の、りんの恋を語るところにも「なほやめがたくなりぬ」とありました。同じ「やめがたい「恋」であっても、りんの、はやしたてられ応援される「恋」とは全く異なる、命を賭けた「恋」であることが対比的に示されています。

---

乗りかかつたる馬はあれど、君をおもへば夜毎にかよひ、人のとがめもかへりみず、外《ほか》なる事に身をやつしけるは、追つけ生死の二つ物掛け、これぞあぶなし。

この箇所は、謡曲「通小町《かよいこまち》」の「山城の木幡の里に馬はあれども、君を思へば徒歩跣足《かちはだし》」からの文句取りですが、「夜毎にかよ」うのが誰か、「人のとがめをかへりみ」ないのが誰か、ということが明確にされてはいません。常識的には茂右衛門と考えるべきでしょうが、おさんであってもいっこうにかまわないわけで、意識的にそういうふうにおぼめかした書き方にしているのでしょう。以後の章において、おさんと茂右衛門の意志は一体のものとして描かれていることがそれを証しています。

そして、もっとも重要なことは、そういうおさん・茂右衛門のふるまいを、「外なる事（道にはずれたこと）」と言い、「生死」を賭けたものといいつつも、「あぶなし」と突き放している、この作品の「語り」の基本的な立ち位置です。

つまり、この作品において、「語り」はつねに世間の規範的な道徳の枠内にあり、それをはみ出ることはない、ということです。そこからはみ出そうとする登場人物たちを、「語り」によって、作者はつねに相対化しているのです。この立場は終始一貫ゆらぐことはありません。

そのことさえ見誤らなければ、『新編日本古典文学全集』解説のように「悲劇的恋愛小説」とか「愛に殉じ思いを貫く姿と精神美を創り出している」というように理解するのが、非常にかたよった見方であるということはすぐにわかるはずです。この作品の「語り」はそんなに湿ったものではありません。が、その反動として「読者の涙を必要としない慰みもの・笑い草」（角川ソフィア文庫解説）という点ばかりを強調し、笑いの方だけに重点を置こうとする見方もバランスを失しているといわざるを得ません。この時代において主人公たちの行為が破滅に至るしかないことはわかりきったことです。作品の「語り」は、そのことをつねに意識させるものですが、だからといって、単なる「笑い」としてのみ受け取られることを期待していると結論づけるのも一方的に過ぎるでしょう。叙述と「語り」を一体のものとして読んだときに、立ちあがってくるものがなにかを考えることなくして、この作品を論ずることはできないと思われます。

## ○逃亡のなかから

三の三の冒頭は次のように始まります。

世にわりなきは情の道と、源氏にも書き残せし。ここに、石山寺《いしやまでら》の開帳とて、都人袖をつらね、東山の桜は捨物《すてもの》になして、行くもかへるもこれやこの関越えて見しに、大かたは今風《いまふう》の女出立《をんなでたち》、どれかひとり後世《ごせ》わきまへて参詣《まうで》けるとはみえざりき。みな衣装くらべの姿自慢、この心ざし観音様もをかしかるべし。

（この世で「わりなき」は情の道であると『源氏物語』に書いてある。石山寺の開帳というので、都の人々は着飾って、東山の桜には見向きもせず、行き帰りともに逢坂の関を越えて見に来る。やってくる女はみな今風のきらびやかな衣装で、来世往生を願っての参詣とは思えない。衣装比べの姿自慢ばかり。こういう心がけにはさすがの観音様も笑うだけであろう）

諸注が指摘するように、『源氏物語』に「世にわりなきは情の道」などという文は存在しません。が、前章のおさんを承けて、「情の道」のわりなさと罪深さを『源氏物語』に託してまず述べているわけです。そして、作者紫式部とはゆかりの深い石山寺の開帳にひっかけて、そこに集まってくる女たちの、信心とは無縁のあり方を揶揄するというマクラの流れからすれば、書物として『源氏物語』の名はぜひとも出さなければならなかったと思われます。

しかし、前章の事件直後、「身を捨て、命かぎりに名を立て」茂右衛門と「死手の旅路」に出ることを決意したおさんでしたが、この章で描かれる琵琶湖遊覧の場面を読むかぎり、その覚悟はまだ自身の身についたものとはなっていないようです。琵琶湖遊覧の場面は、次のように、周辺の名所を掛詞や縁語でつらねていく道行文《みちゆきぶん》になっています。

勢田《せた》より手ぐり舟をかりて、「長橋の頼みをかけても短きは我等がたのしび」と浪は枕のとこの山、あらはるるまでの乱髪《みだりがみ》、物思ひせし顔ばせを、鏡の山も曇る世に、鰐《わに》の御崎《みさき》ののがれがたく、堅田《かただ》の舟よばひも、若《もし》やは京よりの追手かと、心玉《こころだま》もしづみて、ながらへて長柄山《ながらやま》、我が年の程も爰《ここ》にたとへて、都の富士、廿《はたち》にもたらずして、やがて消《きゆ》べき雪ならばと、幾度袖《いくたび》をぬらし、志賀の都はむかし語りと、我もなるべき身の果てぞと、一しほに悲しく、龍燈《りゆうとう》のあがる時、白髭《しらひげ》の宮所《みやどころ》につきて神いのるにぞ、いとど身のうへはかなし。

ここから、名所の名を抜いてしまうと

頼みをかけても短きは我等がたのしび……あらはるるまでの乱髪、物思ひせし顔ばせ……曇る世に……のがれがたく……舟よばひも、若やは京よりの追手かと、心玉もしづみて、ながらへて……我が年の程も爰にたとへて、……廿にもたらずしてやがて消べき……と、幾度袖をぬらし……むかし語りと、我もなるべき身の果てぞと、一しほに悲しく、……神いのるにぞ、いとど身のうへはかなし。

というふうになり、そこから透けて見えるのは、名所遊覧の楽しさではなく、死を恐れ、追手におびえている二人の心情です。「このうへは身をすて、命かぎりに名を立て、茂右衛門と死出の旅路の道づれ」と覚悟して、事件の側に身を投じたときとはうってかわった態度です。自らの決断を後悔するわけではないものの、それがすぐに終わりを告げるであろうことを予感し、その予感に脅《おび》えている姿といっていいでしょう。
しかし、そういう殊勝さをみせた直後、茂右衛門の

二人都への書き置き残し、入水《にふすい》せしといはせて、この所を立ちのき、いかなる国里にも行きて、年月を送らん。

という提案に即座に反応し、

我も宿を出でしよりその心掛けありと、金子五百両、挿箱《はさみばこ》に入れ来《きた》りし。

と用意のいいところを見せるおさんは、たちまちのうちに、あのたくましい、肉体の欲求に忠実なおさんにもどっています。
そして、周到な準備のもとに、偽装入水心中は決行されますが、その書き置きには、

我々悪心起こりて、よしなきかたらひ。これ天命のがれず、身の置き所もなく、今月今日うき世の別《わかれ》。

と書かれています。二人は、その行為を「悪心」と称し、「よしなきかたらひ」にして「天命のがれ」ざるものであると都の人々——直接には、夫である大経師であり、おさんの実家（＝茂右衛門の主人）でしょう——に書き置いているのです。偽装心中に際しての書き置きだからいいかげんなことを書いている、とみるべきではありません。彼らは、これが道にはずれた行ないであることをはっきりと自覚しており、その上での偽装・逃亡なのです。

彼らは確信犯として描かれているわけですが、それと呼応するように、作品の語りも、

○いたづらものとは後に思ひあはせ侍る（第一章）
○生死の二つ物掛、是ぞあぶなし（第二章）
○いとど身のうへはかなし（第三章）
○是非もなきいたづらの身や（第三章）

というふうに、そうなった事情を遠巻きにながめ、気の毒がったりすることはあるものの、その罪を支持するようなことは決してない、というレベルに保たれているのです。何度もいいますが、こういう語りのレベルと本文の内容をごっちゃにしたまま、この作品が「悲劇」であるとか「喜劇」であるとかという議論をしてみても全く無意味だと思います。

そうして、彼らはとりあえず、逃げおおせるわけです。

京都にかへり、この事を語れば、人々世間を思ひやりて、外へ知らさぬ内談すれども、耳せはしき世の中、この沙汰つのりて、春慰《はるなぐさみ》にいひやむ事なくて、是非もなきいたづらの身や。

第三章の末尾にはこのように書かれています。

ここに至ってはじめておさん・茂右衛門の所行が一般の人々の間で話題になっていくわけです。「是非もなきいたづらの身や」という末尾の語りが受けているのは、第一章末尾の「いたづらものとは後に思ひあはせける」

でしょう。つまり、ここにいたってようやく我々は、冒頭に「大経師の美婦とて、浮名の立ちつづき、都に情の山をうごかし」と紹介されたおさんその人の姿と出会うことになるわけです。

しかし、人々が思い描いているおさんとは別のところで、彼らは彼ら自身の道を歩んでいきます。第四章以下がそれになります。

## ◯変貌するおさん

前に溝口健二監督の『近松物語』のことを話題にしましたが、この映画における香川京子演ずるおさんの顔の化粧の変化は、この作品を読む上でとても示唆的です。いまはDVDで簡単に見ることができます。日本映画黄金時代のモノクロ映像がどんなに緻密に作られているか、ぜひ自分で確認していただきたいと思います。

この映画で、最初に登場するおさんは、この当時の有夫《ゆうふ》の妻がそうであるように、眉を剃り、きわめて濃い化粧で塗り固められた、硬い表情をした町家の女主人としてあらわれます。

夫以春は、困っている実家への援助にはいい顔をしない銭の亡者であり、そうでありながら（あるいはそうであるからこそ）使用人の女中たちに手を出すことは一度や二度ではありません。暦を一手に引き受ける大経師の家という格式にしばられ、夫との間は冷え切った、いわば体面だけの生活を強いられている女性ということが強く印象づけられる表情です。その硬い表情は、まったくの偶然（ここは、前に触れたように近松の原作にきわめて忠実に脚色されています）から、手代の茂兵衛と駆け落ちせざるをえなくなった琵琶湖近くの宿の場面においても変わることはありません。それがほぐれ、人間らしい表情を取り戻すのは、琵琶湖での船のシーン以後です。

この監督は、琵琶湖の風景にことに執着を持っていたようで、もうひとつの名作『雨月物語』でも、原作の葛飾真間《まま》をあえて琵琶湖対岸の村に設定し、湖水に浮かぶ船を幻想的な映像のなかに溶かし込んでいます。この作品でも、茂兵衛がおさんを背負い逃げていくシーンや、船で死を覚悟しながら、しかし、生きたいという決意を語るシーンなどは、まことに印象的です。その彼女の表情が一変するのが丹波越えの途中で立ち寄った茶屋の場面です。足を痛めたおさんをいたわり、水で冷やさせている間に、茂兵衛は逃げ出します。彼がいなくなったと知って、「茂兵衛、茂兵衛」と叫んで飛び出してくるおさんは、もはやお歯黒も眉剃りもしていないまことに女らしい表情です。この変化は劇的です。そしてそこから、おさんと茂兵衛との道行の様子が、丁寧に、まことに丁寧に描出されていきます。後半三十分はほとんどそれに費やされるといって過言ではありません。二人の道行にこそ近松劇の本質が存すると監督がみなしていたことがよくわかります。

映画は、市中をひきまわされていく馬上のおさんの柔和な表情にかぶせるようにして、大経師家に仕えた下女による、

お家さん（＝おさん）のあんな明るいお顔を見たことがない。茂兵衛さんも晴れ晴れした顔色で、ほんまにこれから死なはんねやろか。

という語りが重ねられて終わります。溝口監督が描こうとしたものは明瞭です。西鶴や近松の作品を通して彼の理解したこの事件の姿が端的に示されているわけです。

さて、我々は、再度西鶴にもどることにしましょう。

第四章は、この作品のうちでもっとも読者サービスに徹した章といえます。その意味では、趣向が先行し、やや内容に乏しい章ではありますが、この章で注目すべきなのは、丹波越えで体を酷使したため「命の終わるを待

ち居る」という状態になったとき、

今すこし先へ行けば、しるべある里ちかし。さもあらば、この憂きを忘れて、思ひのままに枕さだめて語らんものを。

（いま少し先へ行けば、知り合いの里近くになる。そこに着けば、このつらさを忘れて、思うさま枕を並べて語らうことができようものを）

という茂右衛門の言葉に「うれしや、命にかへての男じやもの」と「気を取り直し」たおさんを、

魂《たましひ》にれんぼ入れかはり

と評しているところでしょう。性愛への執心が彼女に生きる力を与えているわけです。彼女の魂は「恋慕」だけで占められるようになったといってもいいでしょう。別の言い方をすれば、茂右衛門との性愛が、いまの彼女にとってのすべてであることを、彼女自身が悟ったということでもあります。

そして、そのことは、切戸の文殊堂で見た「霊夢」への対応にもっともよくあらわれています。

汝等世になきいたづらして、何国《いづく》までか、その難逃れがたし。されどもかへらぬむかしなり。向後《きやうこう》浮世の姿をやめて、惜しきとおもふ黒髪を切り、出家となり、二人別れ別れに住みて、悪心去つて菩提の道に入《い》らば、人も命を助くべし。

（おまえたちは、世にまたとない罪を犯してしまったのじゃ。どこへ逃げようとその罪からのがれることはできぬ。しかし、それはもう済んだこと。これからは、出家姿となり、大切な黒髪も切ってしまい、二人別々に住んで、後世往生を願う道に入ったならば、世間の人も命までは奪ったりはしまい）

この神のお告げは、この作品の随所に記されている「語り」同様、一般的な倫理のありどころを語るものですが、しかし彼女は、神仏にすがったからといって、なにが変わるわけでもないことをよく知っています。

末々は何にならふとも、かまはしやるな。こちやこれが好きにて、身に替への脇心《わきごころ》。文殊様は衆道ばかりの御合点、女道《にょだう》はかつてしろしめさるまじ。

（我等の身がこの先どうなろうと、かまってくださるな。こちらはこれが好きな道ゆえ、わが身をかけて火遊びをしているのでございます。文殊様は男色がご専門、女色の方はさっぱりと聞いておりますよ）

この小気味のよいタンカは、「恋慕」に命を懸けることをあらためて決意した彼女にしてはじめて口にしえたものといえます。三の三の「白髭の宮所」で「身のうへ」の「はかな」さを思いつつ「神」に「いの」ったことを思い出してください。その地点から、いまや彼女は、神様に対して自身の決意を語って一歩も引かず、逆に「文殊様は衆道ばかりの御合点、女道はかつてしろしめさるまじ」と言い返すまでに変貌してしまっているのです。

ここに至ってはじめて、作者にとってのおさん像は確立したとみることができます。それゆえ、この章の末尾には、橋立《はしだち》の松の風吹けば、「塵の世じやもの」と、なほなほやむ事のなかりし。
（天の橋立から松を越えて無常を知らせる風が吹いてきても、「この世は塵の世だから」と、いっこうにやめようとする気配はなかった）

とあって、前章までのような、彼女のなりゆきを危惧するような語り（「是ぞあぶなし」「是非もなきいたづらの身や」等）ではなく、性愛を主体的に選び取ったおさんの姿をそのまま描くだけで終っているわけです。もはや彼女は、死をこわがってはいません。生きていられる限りは生きていく、という覚悟のなかにあり、そうである以上、作者としてこれ以上費やすべき言葉はないのです。これ以後、おさんが、末尾の見事な死の場面（「さらさら最期いやしからず」）を除いて、作品から姿を消してしまうのは当然といえます。

## ○茂右衛門をとおして見たおさん

第五章は、茂右衛門のために用意された章ですが、ここに出るおさんの呼称がさまざまであることが注意されます。

1. おさん事も死にければ是非もなし
2. おさんは里人にあづけ置き、無用の京のぼり
3. 池に影ふたつの月にもおさん事を思ひやりて、おろかなる泪に袖をひたし
4. どこぞ伊勢のあたりにおさん殿をつれて居るといの
5. 藤田狂言づくし三番続きのはじまりといひけるに、何事やらん、見てかへりて、おさんに咄しにもと

6．ならび先のかた見れば、おさん様の旦那殿

1は、大経師側の公式見解、2・3・5は、茂右衛門の心内語、4は茂右衛門の傍輩《ほうばい》によるうわさ話のなかに出るもの、6は芝居見物のときの状況を記すなかに出るものですが、興味深いのは6の用法でしょう。これは、茂右衛門がたまたま足を運んだ芝居小屋に見物に来ていた大経師の姿を見た箇所に用いられており、おさんが主人を持つ有夫の身であることをあらためて確認したことを示す「様」です。

その直後、丹波の栗売りの言葉から所在を知られ処刑されることになるわけで、その意味でも、まことに暗示的にこの「様」は用いられているといえます。

最終的にこの巻三は、

九月二十二日の曙のゆめ、さらさら最期いやしからず、世語りとはなりぬ。今も浅黄の小袖の面影見るやうに名はのこりし。

という言葉でしめくくられています。ここに至っては、もはや、これまでのようなおさんに対する揶揄的な調子はみられなくなっています。破滅に至った彼女（たち）の運命を、むしろ肯定的に語っているといえます。「世語り」として、彼女たちの事跡を書き伝えていこうという「語り手」の姿勢——それは同時に作者の姿勢でもあります——がもっともよくあらわれている箇所であります。

このように「語り」に注目してこの作品を読んでいくと、密通事件を起こしたおさんを、当時の一般的道徳と

対立させることなく、しかし、否定的にではなく描く方法を西鶴という作者が身につけていたことを読み取ることができるはずです。そこを味わうところに西鶴作品のおもしろさがあると私は思うのです。


**参考文献**

・小野晋「「中段に見る暦屋物語」について」(『国語国文論集』第五号、一九七五年二月)
・江本裕校注『好色五人女 全訳注』(講談社学術文庫、一九八四年)
・東明雅校注『新編日本古典文学全集　好色五人女』(小学館、一九九六年)
・谷脇理史校注『新版 好色五人女』(角川ソフィア文庫、二〇一三年)
・佐々木昭夫「『好色五人女』解—巻三「中段に見る暦屋物語」論—」(『近世小説を読む—西鶴と秋成—』翰林書房、二〇一四年)


**初出について**

本書第1部は、もともと別の媒体にすでに書かれていたものを、筆者が再構成したものです(もちろん、書き下ろしの内容も含まれています)。以下、それぞれの初出を示しておきます。


・「1．はじめに—読まなければなにもはじまらない」、「2．作者と作品の関係について」…いずれも「文学を「研究する」ということ」(金沢大学文学部編『人文科学の発想とスキル』、二〇〇二年)
・「3．「語り」への注目」、「4．御伽草子の「語り」」…いずれも「連続講義　近世小説史論の試み—第一講・序説—」(『上智大学国文学論集』第四十九号、平成二十八年一月)
・「5．おさんという女—『好色五人女』巻三を読む」…「五人女の一の筆—「中段に見る暦屋物語」論—」(『雅俗』第六号、一九九九年一月)および「よくわかる西鶴—『好色五人女』巻三文体分析の試み—」(『文学・語学』第二一五号、二〇一六年四月)

# 第2部

# 古典を「読む」ためのヒント

How to READ the Classical Japanese Literature

How to READ the Classical Japanese Literature

古典を読む前に

# 古典の「本文」とは何か

## ——『春雨物語』の本文研究に即して

高松亮太

私たちは普段活字化された本文で古典作品を読んでいます。しかしながら、その本文は研究者によって手の加えられたものであり、さらにいえば、あまたある写本・版本のうちのひとつでしかありません。実は古典の世界には、同じタイトルの作品でありながら、現在広く読まれている本文とは異なった数多くの本文が、ほとんど日の目を見ることなく眠っています。それでは、私たちはこうした本文とどのように向き合えばよいのでしょうか。

本章では、活字テキストによって覆い隠された古典の本文世界の豊かさと、その世界へのアプローチについて、江戸時代に上田《うえだ》秋成《あきなり》という文人が著した『春雨《はるさめ》物語《ものがたり》』を題材にしながら考えを巡らせてみたいと思います。

## 1　本文を校訂《こうてい》すること

現在、私たちが日本の古典文学を読むときには、活字で刊行されたテキストを利用することが一般的です。研究や教育に携わる方でしたら、新旧の日本古典文学大系（岩波書店）や日本古典文学全集（小学館）、新潮日本古典集成などを用いることが多いでしょうし、より一般向けで手に取りやすいものでしたら、角川ソフィア文庫や講談社学術文庫などが思い浮かぶでしょう。

しかしながら、こうしたテキストは、くずし字で書かれた写本、あるいは印刷された版本をもとにしながら、その本文を現在通行している字体に直し（これを翻字《ほんじ》や翻刻《ほんこく》、翻印《ほんいん》といいます）、さらに手を加えて読みやすくした（校訂した）本文です。したがって、写本・版本そのままの姿ではありません。校訂とは、依拠する写本・版本の原文（底本《ていほん／そこほん》）を選び、翻字し、他の伝本との違い（異同）を比較（校合《きょうごう》）して問題箇所を訂正し、読みやすいように本文を加工する（漢字と仮名を置き換え、適宜改行し、振り仮名・送り仮名を加え、句読点・濁点・カギ括弧等を施すなど）という一連の作業を指します。現在私たちが簡便に古典を読むことができているのは、このような厳密な作業を経て、古典の本文を加工し、読みやすい本文（校訂本文）を提供してくれた先人たちの叡智のおかげなのです。

一方で、このようにして作られた校訂本文は、私たちを古典の「本文」から遠ざけ、豊かな解釈の可能性を奪い去ってしまうことにもなります。というのも、校訂作業とは自ずと校訂者の解釈が入り込むものであり、その校訂本文に即して読んでいる限り、私たちは校訂者の解釈というフィルターを通して古典を享受することになるからです。例えば、古写本には基本的に句読点も濁点も附されていませんから、どこに句読点を打つか、濁点を施すか、といった判断は校訂者の解釈に委ねられています。

『春雨物語』の一篇「血かたびら」には次のような事例があります。まずは、上田秋成自筆本のうちの一本（富岡本）を原文のまま引きます。

みけしきよくてそ夜に月出《いで》ほとゝきす一二声鳴わたるを聞せたまひて大とのこもらせたまひぬ

それでは、この部分に校訂を施した日本古典文学大系と上田秋成全集を並べてみましょう。

みけしきよくてぞ。夜に月出（で）、ほとゝぎす一二声鳴（き）わたるを聞（か）せたまひて、大とのごもらせたまひぬ。

（日本古典文学大系）

みけしきよくて、そ夜に月出、ほとゝきす一二声鳴わたるを聞せたまひて、大とのこもらせたまひぬ。

（上田秋成全集）

校訂方針の違いによる相違もありますが、問題は「みけしきよくてそ夜」の部分です。大系は「そ」を係助詞「ぞ」と判断している一方（ちなみに小学館の全集も新潮集成も同じ処置をしています）、秋成全集は「そ夜」という名詞と判断しています。「そ夜」とは「初夜」（現在の午後八時から九時頃）のことで、平安時代から用例が確認できる語です。詳細は省きますが、いくつかの理由から、ここは秋成全集の校訂が正しいと認められます。

これは作品の理解にさほど影響を与えない程度の瑣末な違いかもしれませんが、こうした事例が校訂本文には数多く潜んでいて、ときに作品解釈に大きな影響を及ぼすミスリードを誘発することに繋がりかねないのです。もちろん校訂本文は非常に利便性の高いものですし、校訂者も慎重に慎重を重ねて校訂していますが、作品を正しく理解しようとするならば、加工された校訂本文を読むだけではなく、その加工を全て取り払って、昔の人々が享受してきた古典の「本文」と向き合うことが大切なのです。

## 2　本文を定めること

ただし、ひとくちに「本文」と向き合うといっても、一筋縄ではいきません。そこには、数多くある写本や版本のうち、どの本で対象作品を読めばよいのか、という問題が横たわっているからです。古典には作者の自筆本が残っている作品は少なく、転写されていく過程で、誤写や脱落、書写者の故意による改変などが起こります。そのため、写本や版本の間には多かれ少なかれ字句に異同がありますし、解釈に大きく関わる表現の違いや脱文、独自異文なども認められます。場合によっては、章段や収録話の前後や出入りすらあるのです。

こうした問題に対しては、いわゆる本文批判（テキスト・クリティーク）という文献学的手法を用いることが一般的です。これは、意識的（意図的）あるいは無意識的（偶発的）に生じた異同に対し、できるだけ多くの写本を突き合わせて比較検討し、本来あったであろう本文を遡源《そげん》的に復元することを目指す作業です。こうして、できるだけ良質な本文（善本）、すなわち原作者のオリジナルに最も近いと思われる本文や、最も古い形態（古態）を持っていると考えられる本文を探求して底本とし、その底本をもとに校訂本文を作っていくことになります。ただし、どの本文も少なからず欠陥を持っており、完全無欠の本文はまず存在しません。現在善本とされているものも、あくまで相対的な評価でしかありませんし、例えば『源氏物語』の大島本や『狭衣物語』の深川本など、長らく良質とされてきた本文に、近年懐疑の目が向けられている作品も少なくありません。

一方、本文異同のなかには、転写の過程ではなく、創作過程で作者自身によって生み出される異同もあります。

近代文学の作品を思い浮かべてみて下さい。多くの場合、作者によって原稿（清書稿）が作られ、それが雑誌や新聞などに発表され、のちに単行本としてまとめられることになります。この過程で作者によって手が加えられることもあれば、編集者の手が入ることもあります。また、全集への収録や文庫本化の際などに改訂が施されることもあります。芥川龍之介《あくたがわりゅうのすけ》『羅生門《らしょうもん》』や井伏鱒二《いぶせますじ》『山椒魚《さんしょううお》』の末尾の改変などは、作者自身による改稿としてよく知られた事例でしょう。このような場合、どの本文に依拠すればよいのかという問題に否応なく直面します。

また、作者による複数の自筆原稿が残っている場合もあります。このとき、清書稿や刊行されたテキストなど、作者自身によって権威化された唯一無二の決定稿を持つ作品でしたら、（さきほどの改訂などの問題はありますが）ひとまずその決定稿を本文として定め、自筆原稿は生成批評・草稿研究の立場から、決定稿に至る過程の草稿（前テキスト）という、作者の意図や生成プロセスを探究する資料として扱うことができるでしょう。しかしながら、例えば宮沢賢治の多くの作品がそうであるように、作者の生前に刊行されたテキストが不在の場合、何をもって底本とするのかという問題はより深刻さを増してきます。決定稿／草稿という二項対立が無化され、それぞれの草稿が自立した本文として扱うことを要請してくるからです。

このように、本文を定めることにはさまざまな困難が伴います。そのため、近年では到達困難な（そもそもひとつとは限らない）原作者オリジナルの本文に遡ろうとする態度や、作者によって権威化された唯一不動の決定稿を求めようとする立場そのものに疑問が呈されてもいます。それでは、こうした現状にあって、私たちは古典の「本文」をどのように捉え、古典の「本文」とどのように向き合えばよいのでしょうか。ここからは、こうした問題について、『春雨物語』の本文研究を素材にしながら考えてみたいと思います。

## 3　『春雨物語』の諸本

上田秋成の最晩年に執筆された『春雨物語』は複数の中短編物語が収録された物語集です。江戸時代にはついに出版されることなく、自筆本・写本でのみ伝わりました。二〇二一年現在、六系統の本文が知られています。概略を紹介しておきましょう。

### ①佐藤本（春雨草紙）

文化三年（一八〇六）二月から文化五年（一八〇八）頃まで秋成が住んでいた南禅寺雑掌《ざっしょう》磯谷《いそがい》家の別棟の壁中から出現した自筆反古です。「血かたびら」「天津《あまつ》をとめ」「目ひとつの神」「捨石丸《すていしまる》」の断片で、最も初期の草稿と目されています。昭和十七年（一九四二）十一月十八日付朝日新聞紙上に発見記事が掲載されました。酒田市立光丘《こうきゅう》文庫蔵。

### ②天理冊子本

秋成の友人羽倉信美《はぐらのぶよし》の次男重村が養子に入った松室《まつむろ》家の旧蔵です。誤脱・貼紙訂正・抹消・書き直しが多く、草稿然としています。もともと冊子体であった自筆稿の一部で、序と「血かたびら」「天津処女《おとめ》」「海賊」「二世《にせ》の縁《えにし》」「目ひとつの神」「捨石丸」「宮木《みやぎ》が塚」「樊噲《はんかい》」「妖尼公《ようにこう》」「楠公雨夜《なんこうあまよ》がたり」が収まります。藤井乙男「秋成雑俎蟹のはらわた（一）」（『国語国文』十三巻十一号、一九四三年十一月）で紹介されました。天理大学附属天理図書館蔵。

### ③富岡本

富岡鉄斎《とみおかてっさい》旧蔵の自筆巻子本五軸で、序と「血かたびら」「天津処女」「海賊」「目ひとつの神」「樊噲」（上）が収まります。江戸時代からその存在は知られ、藤岡作太郎校訂『〈袖珍《しゅうちん》名著文庫〉春雨物語』（富山房、一九〇七）で初めて活字化されました。文化五年本が相次いで発見される昭和二十年代頃までは、『春雨物語』といえば、この富岡本のことを意味していました。天理大学附属天理図書館蔵。

**④天理巻子《かんす》本**

天理冊子本と同じく松室家の旧蔵で、前掲藤井論文で紹介されました。巻子本三軸で、「二世の縁」「死首《しにくび》の咲顔《えがお》」「捨石丸」「宮木が塚」「歌のほまれ」「樊噲」（下）「妖尼公」が収まりますが、「歌のほまれ」以外には欠損があります。富岡本と一連のもの（ツレ）と考えられています。秋成自筆。天理大学附属天理図書館蔵。

**⑤文化五年本**

巻末に「文化五年春三月」という年記を持つ本です。未発見の秋成自筆本から直接写された桜山文庫本とそこから写された西荘文庫本・漆山本の転写本三種が知られています。序と「血かたびら」「天津をとめ」「海賊」「二世の縁」「目ひとつの神」「死首の咲顔」「捨石丸」「宮木が塚」「歌のほまれ」「樊噲」の十篇が収まります。昭和二十四年（一九四九）から二十七年（一九五二）にかけて相次いで紹介されました。早く浅野三平『春雨物語　付春雨草紙』（桜楓社、一九七一年）に注釈があります。

**⑥羽倉本**

羽倉信美の旧蔵。巻末に「文化六年五月」の年記を持つ本です。序と「血かたびら」「天津処女」「歌のほまれ」「海賊」「死首の咲顔」「宮木が塚」が収まります。二〇一七年冬、古書目録に突如として出現、翌年天理大学附属天理図書館の所蔵に帰し、同館館報『ビブリア』第一五四号（二〇二〇年十月）で紹介されました。秋成自筆。

## 4 『春雨物語』の本文史

それでは、こうした複数の不完全な自筆本や首尾整った転写本が存在するなかで、これまで『春雨物語』は主としてどの本に依拠して読まれてきたのでしょうか。現在の主要な注釈書であるⒶ日本古典文学大系（中村幸彦校注）、Ⓑ新旧日本古典文学全集（中村博保訳注）、Ⓒ新潮日本古典集成（美山靖校注）、及び注釈が充実していて利便性も高いⒹ全対訳日本古典新書（浅野三平訳注）が選定した本文を一覧にして示しましょう（木越治「よくわかる『春雨物語』」〈『秋成文学の生成』森話社、二〇〇八年〉を改変）。

| | A | B | C | D |
|---|---|---|---|---|
| 序 | 富岡本 | 富岡本 | 富岡本 | 富岡本 |
| 血かたびら | 富岡本 | 富岡本 | 富岡本 | 富岡本 |
| 天津をとめ | 富岡本 | 富岡本 | 富岡本 | 富岡本 |
| 海賊 | 富岡本 | 富岡本 | 富岡本 | 富岡本 |
| 二世の縁 | 文化五年本 | 文化五年本 | 文化五年本 | 文化五年本 |
| 目ひとつの神 | 富岡本 | 富岡本 | 富岡本 | 富岡本 |
| 死首の咲顔 | 文化五年本 | 文化五年本 | 文化五年本 | 文化五年本 |

| | | | | |
|---|---|---|---|---|
| 捨石丸 | 文化五年本 | 文化五年本 | 文化五年本 | 文化五年本 |
| 宮木が塚 | 天理巻子本＋文化五年本 | 天理巻子本＋文化五年本 | 文化五年本 | 文化五年本 |
| 歌のほまれ | 巻子本 | 巻子本 | 文化五年本 | 文化五年本 |
| 樊噲上 | 富岡本 | 富岡本 | 文化五年本 | 富岡本 |
| 樊噲下 | 天理巻子本＋文化五年本 | 天理巻子本＋文化五年本 | 文化五年本 | 文化五年本 |

このように、注釈書によって底本選定が若干異なってはいますが、いずれにしても『春雨物語』は長らく諸本を取り合わせた混合本文で読まれてきました。なかでも目につくのは、富岡本を尊重する態度です。この背景には、富岡本とそのツレである天理巻子本とを最終稿本とみる中村幸彦の説（日本古典文学大系）が長きにわたって通説とされてきたという歴史があります。また、文化五年本よりも富岡本の方が筋がふくらみ、かつ描写も詳しいことから、作者の意を尽くした本文であると評価されてきたという事情もあります。そのため、富岡本に残る話は富岡本を優先的に底本とし、そこに欠けている本文を天理巻子本または文化五年本で補った本文が作られてきたのでした。

ところが平成に入ると、こうした通説や本文作成の態度に対し、相次いで批判が加えられることになります。それまで富岡本・天理巻子本にいたる草稿のひとつと目され、十分な検討が加えられてこなかった文化五年本の価値を見直す動きが活発になってきたのです。その旗振り役が木越治と長島弘明でした。木越は文化五年本が諸本唯一の完本であることを重視し、『春雨物語』を考えるための出発点にすべきであると提言しました。一方、長島は文化五年本を最終稿本と考えることで稿本間の疑問の多くが氷解することを示しつつ、各稿本をひとまず等価値のものとして扱うべきであると主張しました。これらの成果によって富岡本（及び天理巻子本）最終稿本説は相対化され、諸本の理解は振り出しに戻ることになります。

このような文化五年本を尊重する流れは、当然のことながら研究の動向にも変化をもたらしました。平成二十一年（二〇〇九）には高田衛『春雨物語論』（岩波書店）、平成二十三年（二〇一一）には風間誠史『春雨物語という思想』（森話社）という文化五年本の各篇を論じた成果が次々と発表され、平成二十四年（二〇一二）には文化五年本を全篇の底本とした注釈書が三弥井書店から刊行されたのです。平成という時代は、文化五年本を対象とした研究への機運が高まった時代と言ってもよいでしょう。そうしたなかで長島は、成立順の確定は困難であるとしつつも、改めて①春雨草紙→②天理冊子本→③富岡本・④天理巻子本→⑤文化五年本という推敲《すいこう》順を主張し、筆跡を踏まえながら、諸本すべての執筆時期を文化五年正月から三月の間に限定しました。一方で木越は、諸本を②天理冊子本→③富岡本・④天理巻子本と、①春雨草紙→⑤文化五年本という二系統に分類し、前者が文化四年（一八〇七）に、後者が文化五年に執筆されたと推定しました。文化四年の秋に秋成は自らの手元にあった学問的な原稿を古井戸に廃棄しますが、この著書廃棄に創作意識の変化を見、それが二系統の性格の違いを生んだのではないかと考えたのです。

こうして文化五年本の価値が見直された現在、文化五年本を草稿としてではなく、自立した本文として読み解き、各篇の諸本間の比較検討を重ねたうえで、『春雨物語』を総体として捉え直す試みが重ねられています。

## 5　これからの『春雨物語』研究へ向けて

ところで、このような文化五年本を再評価しようとする動きは、同時に文化五年本の十篇という形こそが『春雨物語』の完本であり、最終的な完成形であるという認識を、以前にもまして強く印象づけることとなったように思います。それでは、『春雨物語』の完成とは何をもっていうのでしょうか。そもそも『春雨物語』に完成（決定稿）というものはあるのでしょうか。

確かに「第一回」と記された「血かたびら」から「第十回」と記された「樊噲」までを備え、限られた範囲ながら転写が行われていた文化五年本は、秋成の意識からしても間違いなく一度完成した本文です。本屋との間には出版の計画も持ち上がっていたようです。しかしながら、それはあくまで「文化五年三月」時点の本文であり、配列であるに過ぎません。

ここで、さきほどの諸本の関係を、伝来という観点から考えてみたいと思います。天理冊子本・天理巻子本は羽倉信美の次男重村が養子に入った松室家から出現しました。富岡本も当初は信美のもとに伝わっていたものでしょう。それに対し、文化五年本は伊勢の地で転写が重ねられ、珍蔵されていったものです。飯倉洋一はこのような伝来を重く捉え、富岡本・天理巻子本を羽倉家に世話になった謝礼として、文化五年本を伊勢の豪商長谷川家に求められて書かれたものと推定しました（その後長島が紹介した秋成書簡によって、伊勢からの注文があった事実が確認されました）。また高松亮太は、木越が提唱した二系統の間に、和歌的・学問的要素の濃淡の差があるとし、系統間の性格の違いを創作意識の変化という秋成の内的要因のみに求めるのではなく、秋成が想定していた読者の違いを考慮に入れるべきであることを主張しました（飯倉・高松に対する長島の反論もありますが、ここでは触れません）。こうした立場からすれば、諸本の執筆順序に関する議論はさほど意味をなしません。書かれた順序とは無関係に、想定する読者によって本文は変容し、揺れ動くことになるからです。

羽倉本が突如として出現したのは、こうした本文研究・諸本研究のさなかにおいてでした。巻末に秋成の亡くなる一ヶ月前にあたる「文化六年五月」の年記を持つ、全六篇の秋成自筆本です。秋成がその邸宅で没した友人羽倉信美の旧蔵書ですから、天理冊子本・天理巻子本（おそらく富岡本も）とともに伝えられていたのではないかと思われます。

その本文の特徴の一端を確認しておきましょう。再び「血かたびら」の一節を例に出したいと思います。私に濁点、句読点を補って示します。

---

**②天理冊子本**

元明《げんめい》より昔は宮殿の有《あり》しさとにて、一あしあがりの宮のためしに、茅茨《ぼうし》剪《き》らず、甘棠《かんとう》うたず。せんだいのおぼしめしに、いにしへをしのびて、長丘にうつらせたまへりしかど、七代の宮のきらびやかにありしを……

**③富岡本**

元明よりせん帝にいたるまで、七代の宮所《みやどころ》なりしかば、昔は宮殿のありしさまを……

**⑤文化五年本**

元明より先帝まで、なゝ代の宮どころなりしむかしは、宮楼《きゅうろう》、殿堂……

**⑥羽倉本**

奈良より昔は宮殿のありさま、一足あがりの宮のありさまにて、茅茨打事なかれ、甘棠うつ事なかれ、のためか也しを、七代の宮居《みやゐ》を……

この引用部分で着目すべき点は、羽倉本の「一足あがりの宮」「茅茨打事なかれ、甘棠うつ事なかれ」に相当する表現の有無です。「一足あがりの宮」とは、『古事記』や『日本書紀』に見える語で、神武天皇東征の際の行《あん》宮《ぐう》として、筑紫国の菟狭《うさ》に建てられた宮と伝えられています。続く「茅茨打事なかれ」は『十八史略《じゅうはっしりゃく》』や『韓非《かんぴ》子《し》』に載る帝堯《ぎょう》の故事によった表現、「甘棠うつ事なかれ」は『詩経』の「召南《しょうなん》」に伝わる召公奭《しょうこうせき》の故事によった表現で、いずれも宮殿や住居などが質素なさまをいい、為政者の徳を讃えたものです。つまりここは、古代の簡略・質素な皇居における理想的な治世の様子を引き合いに出した部分なのです。この表現が天理冊子本と羽倉本にのみ記されていることからも、羽倉本は全体的に天理冊子本に近い本文を持っていることが確認できます（他にも注意すべき特徴がいくつかありますが、ここでは触れません）。

それでは、この事実は『春雨物語』の本文研究に何をもたらしてくれるのでしょうか。右の比較のように本文を突き合わせることで、文章の近しさという観点から、例えば⑤文化五年本→③富岡本・④天理巻子本→②天理冊子本→⑥羽倉本のような改稿過程を想定することも、あるいは可能かも知れません。しかしながら、『春雨物語』の現存諸本は、草稿から唯一無二の決定稿へ向かって直線的に改稿されていったという関係にはありません。諸本間における本文の加除の具合も一様ではないため、改稿に際して直前の原稿だけではなく、複数の原稿が参照されたのではないかと思われるケースもあります。羽倉本の場合にも、部分的に天理冊子本以上に近似する本文を持つ諸本がありますから、例えば手元に残っていた旧稿の天理冊子本（ないしはそれと同質の本文）を軸にしつつ、複数の原稿を参照して執筆した可能性もあるのです（そもそも羽倉本の所収話が全て同時期に執筆されたという保証もありません）。秋成が人の求めに応じて歌文《かぶん》や随筆などの原稿を再写《さいしゃ》することは決して珍しいことではありませんし、それは『春雨物語』も例外ではないと思います。『春雨物語』を晩年の他の歌文や随筆等とは違う崇高なものであるとする認識は捨てるべきでしょう。

かつて盛んに行われてきた、諸本の先後関係を明らかにしようとする議論や最終稿本を特定しようとする議論は、無意味とは言いませんが、現状からは決して建設的な議論とは言えません。『春雨物語』研究はいったんこうした呪縛から自由になるべきです。十篇が収まる文化五年本が「完本＝決定稿」でもなければ、亡くなる一ヶ月前に認められた六篇の羽倉本が「完本＝決定稿」でもありません。また、羽倉本は亡くなる直前まで納得のいく形を求めて推敲が重ねられていた本文でもありません。本文の近しさと執筆された順序にも必ずしも関係はないでしょう。なぜならば、『春雨物語』の本文とは、想定する読者の違いや秋成の内発的な欲求などの複合的な事情によって、揺れ動く性質のものだからです。諸本それぞれがその時点における『春雨物語』であり、揺れ動く本文とその動態そのものが『春雨物語』なのです。そうした本文の流動が文化六年（一八〇九）に止まったのも、持ち上がっていた出版計画が沙汰止みとなったのも、『春雨物語』が結果として「最晩年の傑作」となったのも、あくまで秋成の死という偶然の産物に過ぎません。羽倉本は、こうしたことを改めて語りかけてくれているのではないでしょうか。

前節のⒶからⒹの本文は、いみじくも高田衛が『春雨物語論』で指摘したように、中村幸彦本・中村博保本・美山本・浅野本とでも呼ぶべき、校訂者によって新たに生み出された本文（異文・異本）であり、江戸時代には一度として存在したことのない本文です。『春雨物語』の諸本がそれぞれに異なった性格を有する本文であったことを踏まえるならば、こうした混合本文は、諸本それぞれの本文が本来持っていた特徴や、各諸本が目指していた方向性を見えにくくしてしまうという危険性を孕《はら》んでいます。

つまるところ、『春雨物語』の「本文」を読むという行為は、諸本の先後関係や影響関係、優位性の問題をいったん離れ、各本文を等価値のものとして扱い、本文の異同を揺れ幅として認識したうえで、伝存する諸本それぞれと虚心坦懐《たんかい》に向き合い、各本文をそれぞれに読み解くことに他なりません。そして、伝来を含めた諸本の現状をありのままに受け止め、各本文がどのような性格を持っているのか、各本文がどこに向かおうとしているのかを追究することが求められているのです。

## 6　古典の「本文」を読むこと

こうした本文との向き合い方が求められるのは、何も『春雨物語』に限ったことではありません。例えば、江戸時代には実録（実録体小説）という写本群が存在します。主として江戸時代に起こった様々な実在の事件・人物を、時代設定や人物名をほぼ変えず、その内容があたかも真実を含んでいるかのように書き綴った小説風の読み物です。写本で流通しました。その多くが作者不明であり、書写されていく過程で空想が盛り込まれたり、意図的な改変が行われたりします。つまり、読者＝書写者たちのさまざまな内的欲求によって書き替えが行われ、成長・変容していくテキストが実録なのです。こうしたテキストの場合、特定の変容段階の写本を一本読むことが、その実録の本文を読んだということにはならないでしょう。諸本それぞれを読み、どのような改変が行われ、そこにどのような力学が働いたのかを追究することが、実録を読むということです。

また中世以前の古写本に目を転じれば、前述のように大島本の捉え直しが行われている『源氏物語』をはじめ、それ以上に本文異同が甚だしいことで知られる『平家物語』や『狭衣物語』『枕草子』といった作品の本文研究も、作者自筆本や古態本への遡源を目的とするのではなく、諸本を同列に扱い、それぞれの表現に即して解読しようとする方向に舵《かじ》を切りつつあるようです。あるいは、作者自身による草稿が比較的多く残り、改稿・改訂の跡を辿ることのできる近代文学においても、各草稿を刊行されたテキストと同等のものと見做《みな》して、作品批評の俎《そ》上《じょう》に載せる生成批評も盛んに行われているようです。ことは近世文学に限ったものではなく、古典文学全般、もしくは日本文学全般に（ひいては海外文学にも）共通する問題と言えそうです。

要するに、古典の「本文」とは、現存する諸本・異本のどれかひとつに定められるものではなく、数ある異文とその動態（流動性）こそが古典の「本文」の正体なのです。そして各本文を等価値のものとして扱い、諸本それぞれを自立した本文として読み解き、各本文の特色とその本文が生じた背景を探ることこそが、古典の「本文」を読むということです。

校訂本文は、私たちに読みやすい本文を提供してくれたかわりに、こうした古典の「本文」という豊かな世界へのアプローチの可能性を覆い隠すことにもなりました。しかしながら、いったんそのフィルターを取り払ってみたとき、みなさんの目の前には、まだ開拓されていない（もしくは荒れたままの）豊饒な沃野《よくや》が広がっているのです。

**参考文献**


- 佐藤深雪『綾足と秋成と─十八世紀国学への批判─』（名古屋大学出版会、一九九三年）
- 木越治『秋成論』（ぺりかん社、一九九五年）
- 長島弘明『秋成研究』（東京大学出版会、二〇〇〇年）
- 松澤和宏『生成論の探究』（名古屋大学出版会、二〇〇三年）
- 長島弘明「最晩年の秋成」（『文学』十巻一号、二〇〇九年一月）
- 加藤昌嘉『揺れ動く『源氏物語』』（勉誠出版、二〇一一年）
- 飯倉洋一『上田秋成　絆としての文芸』（大阪大学出版会、二〇一二年）
- 木越治「『春雨物語』論のために─テキストの性格と改稿の問題をめぐって─」（『近世文藝』九十七号、二〇一三年一月）
- 高松亮太『秋成論攷─学問・文芸・交流─』（笠間書院、二〇一七年）
- 長島弘明「『春雨物語』の書写と出版」（『国語と国文学』九十四巻十一号、二〇一七年十一月）


〔附記〕


- 資料の閲覧に際しご高配を賜った天理大学附属天理図書館に深甚の謝意を表します。なお本研究は、JSPS 科研費 JP17K13389 の助成を受けたものです。

現代において、近代文学作品や古典作品を読もうと思った時、一般的には文庫本や全集を手に取るでしょう。学生の方であれば、教科書に掲載された文章を読むこともあると思います。ですが、現代の教科書・文庫本・全集に掲載されているその作品が、書かれた当時、同じような表記で、同じような文字の並びで成立していたのかと言えば、多くの場合、それは違います。本章では、現代の表記法の枠組みに過去の作品を落とし込むことがその作品の「読み」にどのように関わるのか、現代の表記法確立の歴史的な背景も説明しながら、言及します。

# 表記は「読み」にどう関わるか

中野　遙

## 1 『こゝろ』と『こころ』

突然ですが、読者の皆さんは夏目漱石の『こゝろ』を読んだ事があるでしょうか。恐らく、多くの方が「高校の教科書で読んだことがある」あるいは、「文庫本で読んだことがある」と思われたことでしょう。中には、「夏目漱石が好きだ」「『こころ』が好きだ」という方もいらっしゃるでしょう。では、実際に『こゝろ』の本文を引用してみます。次に挙げるのは、今も多くの現代文の教科書で引用されている『こゝろ』の「先生と遺書」の一部です。

---

Kは何時《いつ》もに似合《にあ》はない話《はなし》を始《はじ》めました。奥《おく》さんとお嬢《ぢやう》さんは市《いち》ヶ谷《や》の何処《どこ》へ行《い》つたのだらうと云《い》ふのです。私《わたくし》は大方《おほかた》叔母《をば》さんの所《ところ》だらうと答《こた》へました。Kは其叔母《そのをば》さんは何《なん》だと又聞《またき》きます。私《わたくし》は矢張《やは》り軍人《ぐんじん》の細君《さいくん》だと教《をし》へて遣《や》りました。すると女《をんな》の年始《ねんし》は大抵《たいてい》十五日過《にちすぎ》だのに、何故《なぜ》そんなに早《はや》く出掛《でか》けたのだらうと質問《しつもん》するのです。私《わたくし》は何故《なぜ》だか知《し》らないと挨拶《あいさつ》するより外《ほか》に仕方《しかた》がありませんでした。

Kは中々奥《なかくおく》さんとお嬢《ぢやう》さんの話《はなし》を已《や》めませんでした。仕舞《しまひ》には私《わたくし》も答《こた》へられないやうな立《た》ち入《い》つた事迄聞《ことまでき》くのです。私《わたくし》は面倒《めんだう》よりも不思議《ふしぎ》の感《かん》に打《う》たれました。（以下略）

---

いかがでしょうか。読んでみて、ご自身が教科書で読んだ『こころ』と、何か違いを感じたのではないでしょうか。実際に教科書に掲載されているのは、例えば次のような「先生と遺書」です。（教科書によって表記や掲載箇所には揺れが生じると思います）。

Kはいつもに似合わない話を始めました。奥さんとお嬢さんは市ケ谷《いちがや》のどこへ行ったのだろうと言うのです。私はおおかた叔母さんのところだろうと答えました。Kはその叔母さんはなんだとまたききます。私はやはり軍人の細君だと教えてやりました。すると女の年始はたいてい十五日過ぎだのに、なぜそんなに早く出かけたのだろうと質問するのです。私はなぜだか知らないとあいさつするよりほかにしかたがありませんでした。

Kはなかなか奥さんとお嬢さんの話をやめませんでした。しまいには私も答えられないような立ち入ったことまできくのです。私はめんどうよりも不思議の感に打たれました。

比べてみれば明らかですが、冒頭に挙げた『こゝろ』と今挙げた『こころ』とでは、文章の内容は同じでも、その表記に違いがあります。例えば、「似合はない」と「似合わない」、「だらう」と「だろう」などの仮名遣い、「何處」と「何処」、「云ふ」と「言う」、「教へて」と「教えて」などの漢字表記が挙げられます。そもそも作品名の表記も、『こゝろ』と『こころ』と、同じ平仮名を繰り返す時の表記の仕方が異なっていますね。（「ゝ」は一の字点と呼びます）。

さらに、もう一種類の『こころ』の本文をご紹介します。

Kは何時もに似合わない話を始めました。奥さんと御嬢さんは市ヶ谷の何処へ行ったのだろうと云うのです。私は大方叔母さんの所だろうと答えました。Kはその叔母さんは何だと又聞きます。私はやはり軍人の細君だと教えて遣りました。すると女の年始は大抵十五日過だのに、何故そんなに早く出掛けたのだろうと質問するのです。私は何故《なぜ》だか知らないと挨拶するより外に仕方がありませんでした。

Kは中々奥さんと御嬢さんの話を已《や》めませんでした。仕舞には私も答えられないような立ち入った事まで聞くのです。私は面倒よりも不思議の感に打たれました。（以下略）

実は、冒頭の『こゝろ』は大正三年（一九一四）当時の『こゝろ』の表記によっています。（名著復刻全集　近代文学館『夏名漱石著　こゝろ』〈日本近代文学館、一九六九年〉参照）二番目は、第一学習社の『高等学校現代文』（二〇〇四年）の教科書の『こころ』の文章によったもの、そして三番目に挙げたのは、新潮文庫の二〇〇四年に改版された『こころ』の文章です。比較してみると、どの本文の表記も完全に同じということはなく、それぞれ異なっていることが分かるでしょう。また、表記の違いによって、読む側からの文章の印象や手触りも、少なからず異なってくるのではないでしょうか。

このように、教科書や文庫本で「読んだ」経験があると思っている文学作品であっても、その当時の表記による表現・文章を正確に「読んでいる」とは限らず、また、どの本で読んだのかによっても表記が異なる場合もあり、厳密には異なるテキストを「読んでいる」ということも、少なくないのです。

## 2　日本語の「正書法」

なぜ、現代の教科書掲載の本文と当時の本文とで違いが生じてくるのでしょうか。これには、日本語における「正書法」が関係しています。

正書法とは英語のorthographyの訳語で、「正しく書く法」という語の通り、正しい表記についてのルールのことです。ただし、厳密には、平仮名・片仮名・漢字といった複数の表記方法を持つ日本語において、英語のような正書法を定めることは難しいとも言えます。日本語においては、動物の「猫」を、「ねこ」と書いても「ネコ」と書いても、場合によっては「neko」と書いても、少なくとも誤りではありません。ですが、英語で動物の「猫」を示そうと思ったなら、大文字・小文字やフォント種の差はあれど、「cat」というスペリングの語のみが認められるでしょう。

ですので、ここでは一先ず日本語の現代の「正書法」を、いわゆる現代仮名遣いと常用漢字表に基づいた表記法の事を指すものとして、話を進めていくこととします。日本語においてこうした表記のルールが成立したのは明治期以降で、日本語の歴史全体で見ると、かなり最近のことです。

日本語の表記に関するルールの早いものとしては、明治三十三年（一九〇〇）に示された、近代日本の教育に関する勅令「小学校令」があります。この中の施行規則の第一条「教化及編制」第一節「教則」の第十六条には、次のように記述されています。

---

第十六条　小学校ニ於テ教授ニ用フル仮名及其ノ字体ハ第一号表ニ、字音仮名遣ハ第二号表下欄ニ依リ又漢字ハ成ルヘク其ノ数ヲ節減シテ応用広キモノヲ選フヘシ
尋常小学校ニ於テ教授ニ用フル漢字ハ成ルヘク第三号表ニ掲クル文字ノ範囲内ニ於テ之ヲ選フヘシ

ここで言及されている第一号表とは、次の画像❶のようなものです。
つまり、この「第一号表」によって、現行の我々の思い浮かべる平仮名・片仮名の表記が定まったと言えます。

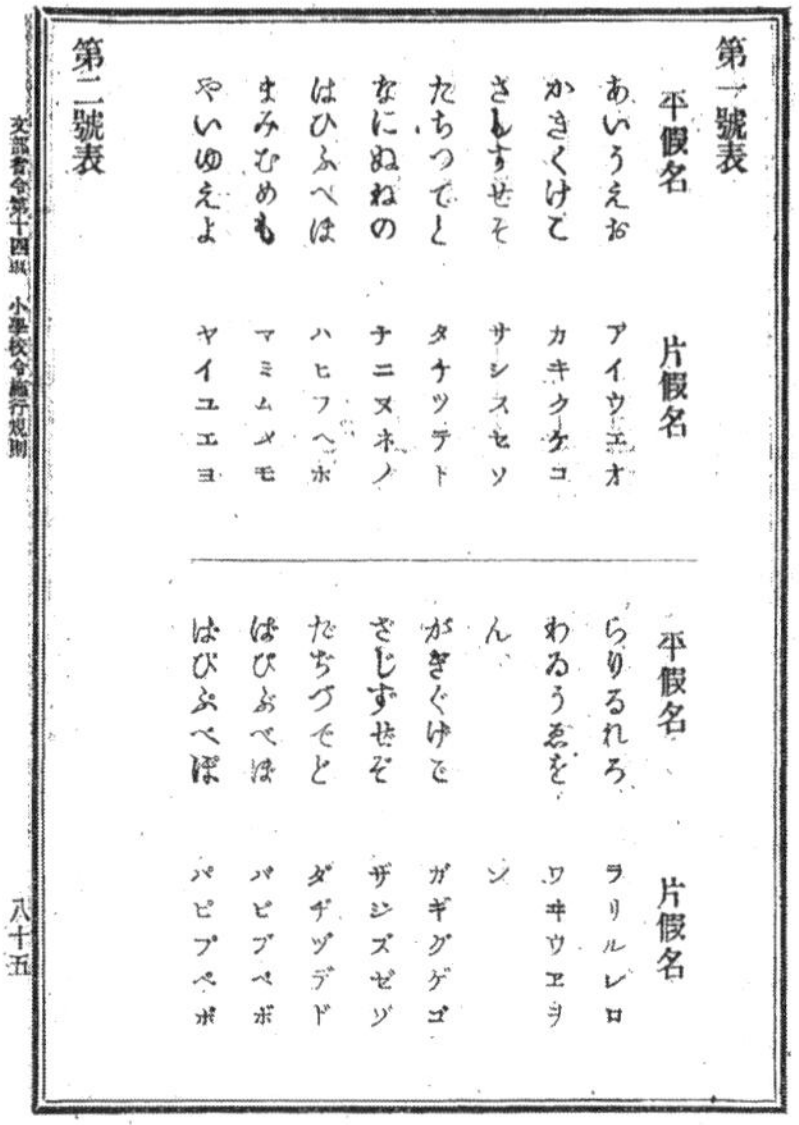


❶文部省編（1900）『小学校令・小学校令施行規則・小学校令改正ノ要旨及其施行上注意要項』（国立国会図書館デジタルコレクションより）

これは同時に、それまでここにある仮名と併用されてきていた他の仮名であっても、「第一号表」に掲載されていない仮名表記は全て例外的な仮名、「変体仮名」として扱われるようになったということでもあります。小学校令施行規則以前は、一部の仮名についてではありますが、印刷物の中でも「変体仮名」の活字が併用されていることも少なくありませんでした。（代表的なものは「し」を「志」で書く例などです。現行の「し」のもととなった漢字、つまり字母は「之」ですが、当時は「志」の「し」を用いる場合もありました）。

昭和二十一年（一九四六）には内閣告示「現代かなづかい」・「当用漢字表」が出されます。これにより、現代使われている表記法の基礎が固められることになります。

仮名遣いについては、昭和六十一年（一九八六）に「現代かなづかい」を改訂した「現代仮名遣い」が公布され、現代の仮名遣いとなりました。現在、古典などで用いられる仮名遣いを「歴史的仮名遣い」と呼ぶのは、この「現代仮名遣い（現代かなづかい）」と対比させるためです。冒頭で引用した『こゝろ』本文の中に「似合はない」「だらう」などのいわゆる歴史的仮名遣いが用いられていたのは、当時はまだ現代仮名遣いが定められていなかったためです。

「当用漢字表」には一八五〇の漢字が掲載されており、その「まえがき」には、「この表は、法令・公用文書・新聞・

雑誌および一般社会で、使用する漢字の範囲を示したものである」とあります。また、「まえがき」に続く「使用上の注意事項」では、「この表の漢字で書きあらわせないことばは、別のことばにかえるか、または、かな書きにする」とも記述されています。ここにもある通り、当用漢字表というのは「使用する漢字の範囲」を示したものであり、その範囲で書き表せない語は別の語に言い換えたり、仮名書きにしたりしなければなりませんでした。

さらに、ここに掲げられた一八五〇字種の字体を定めたのが、三年後の昭和二十四年（一九四九）の「当用漢字字体表」です。その「まえがき」には、「字体の標準」を示し、「漢字の読み書きを平易にし正確にすることをめやすとして選定したものである」「この表の字体の選定については、異体の統合、略体の採用、点画の整理などをはかるとともに、筆写の習慣、学習の難易をも考慮した。なお、印刷字体と筆写字体とをできるだけ一致させることをたてまえとした」とあります。「当用漢字表」と「当用漢字字体表」によって、それまで複数の異体字が併用されていた漢字についても整理を行い、特定の字体への統一を図ったということになります。ここで定められた字体が、いわゆる「新字体」です。冒頭の『こゝろ』の中で、現代の字体と異なる字体が含まれていましたが、これは、先に言及した仮名遣いと同様、『こゝろ』が執筆された当時、まだ字体が整理される前だったことによっているのです。

昭和五十六年（一九八一）には、「当用漢字表」に代わる「常用漢字表」が内閣告示になり、九十五字種を追加した一九四五字が掲げられ、その後、平成二十二年（二〇一〇）には「改定常用漢字表」により、さらに字種が加わり、合計二一三六字種となりました。「当用漢字表」では、先にも見たように、「使用する漢字の範囲」が示されていましたが、「常用漢字表」には「一般の社会生活において、現代の国語を書き表す場合の漢字使用の目安を示すものである」とあり、また、補足説明には「この表を努力目標として尊重する」との記述もあることから、先の「当用漢字表」のように表記を制限するものではなくなっています。つまり、現代においては新字体だけでなく旧字体を使用することに、少なくとも問題はないはずです。

とは言え、新字体となったものをあえて旧字体に戻す、という場合が多くはないということが、『こゝろ』と『こころ』の表記の違いからも窺えるのではないでしょうか。これは、義務教育における漢字の学習による負荷や、同字異表記の混乱などを避けるという意図があるでしょう。

では、過去の文章の表記法を、あえて現代の「正書法」に統一することによる「読み」における効果には、どのようなものが考えられるのでしょう。その効果については、次に古典と表記について取り上げた上で、考えてみたいと思います。

## 3　古典と表記

このように、今我々が普通に用い、また「正しい」と思って使っている現代の「正書法」ですが、日本語の歴史に照らしてみると、それが「普通」で「正しい」ことになったのは大分最近なのです。日本語の「正書法」が定められる以前は、漢字にせよ平仮名にせよ、現代のような表記の決まりはなく、今よりも自由に（場合によっては、書き手や印刷工による各自のルールや都合で）使われていたと言っても良いでしょう。そもそも、漢字表記や仮名遣いを定めた理由のひとつには、印刷に必要な活字種の削減ということがありました。これが、表記法の定まっていない近代や、さらにそれより昔の、写本が主流の時代となれば、表記法の現代との違いがより克明になると言えます。ですが、そうした作品についても、当然現代の教科書や古典文学全集などにおいては現代の「正書法」に落とし込められ、印刷されています。

例えば、次に挙げるのは『新編日本古典文学全集』（小学館、一九九四年）に掲載されている、大変有名な『平家物語』

「祇園精舎」の冒頭です。

祇園精舎の鐘の声、諸行無常《しよぎやうむじやう》の響《ひびき》あり。沙羅双樹《しやらさうじゆ》の花の色、盛者必衰《じやうしやひつすい》の理《ことわり》をあらはす。おごれる人も久しからず、唯《ただ》春の夜《よ》の夢のごとし。たけき者も遂《つひ》にはほろびぬ、偏《ひとへ》に風の前の塵《ちり》に同じ。遠く異朝をとぶらへば、秦《しん》の趙高《てうかう》、漢《かん》の王莽《わうまう》、梁《りやう》の周伊《しうい》、唐《たう》の禄山《ろくさん》、是等《これら》は皆旧主先皇《きうしゆせんくわう》の政《まつりごと》にもしたがはず、楽しみをきはめ、諫《いさめ》をも思ひいれず、天下《てんか》の乱れむ事をさとらずして、民間の愁《うれ》ふる所を知らざッしかば、久しからずして、亡《ぼう》じにし者どもなり。近く本朝をうかがふに、承平《しようへい》の将門《まさかど》、天慶《てんきやう》の純友《すみとも》、康和《かうわ》の義親《ぎしん》、平治《へいぢ》の信頼《のぶより》、此等《これら》はおごれる心もたけき事も、皆とりぐ〵にこそありしかども、まぢかくは六波羅《ろくはら》の入道前太政大臣《にふだうさきのだいじやうだいじん》平朝臣清盛公《たいらのあつそんきよもりこう》と申しし人の有様《ありさま》、伝へ承るこそ、心も詞《ことば》も及ばれね。

---

古典文学の入門や暗誦としてもしばしば使われる箇所ですが、この『新編日本古典文学全集』の表記を見ると、仮名遣いは歴史的仮名遣いに、漢字表記は新字体に統一されているということがうかがえます。実際、『新編日本古典文学全集』の「凡例」には、「用字」について「旧字体を現行字体に改め、当て字・誤字・異体字の類は、原則として正しいものに改めた。本文理解のうえで必要と考えられる場合は、原形を残し、頭注にふれた」「仮名づかいは、歴史的仮名づかいに統一した」と書かれています。

この他にも、「底本は、仮名が多いので、読みやすくするために頻出する語（率る・給ふ・仕る・宣ふ・参るなど）や字音語、そして人名・地名などの固有名詞その他に適宜漢字を当てた」「底本に漢字で記されている語について、『有り』『角て』『也』など仮名に改めたものが若干ある」「底本に表記されない促音『つ』、撥音『ん』、長音『う』は、当時の発音に即して、小さく『ッ』『ン』『ゥ』と挿入した。底本には、これらをカタカナで補入した場合がある

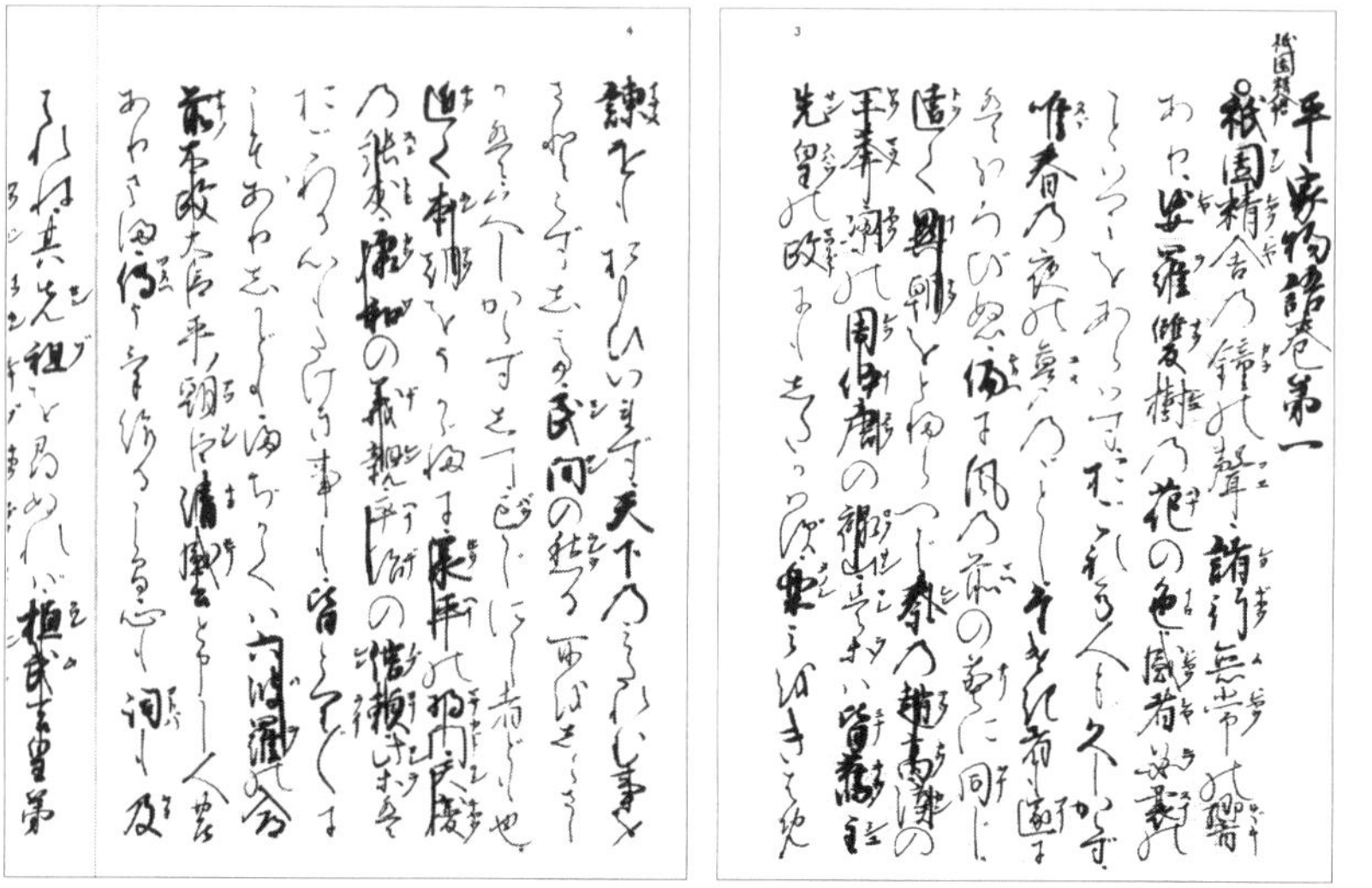

❷高野本　平家物語（東京大学国語研究室『高野本　平家物語〈1〉』笠間書院、1995年より）

が、それらは大きく『ツ』とした」など、「底本」からの表記の調整について記載してあります。

「底本」とは、その文章のもとになった原本のことを指します。つまり、『新編日本古典文学全集』が『平家物語』を収めるにあたって参照した、もとの『平家物語』原本の記述からこれだけ様々な表記を修正した上で、この『平家物語』本文を掲載している、ということになります。この『新編日本古典文学全集』が底本としているのは「高野本《たかのぼん》　平家物語」であると凡例にありました。「高野本　平家物語」の原文は、画像❷のようになっています。

こちらの画像を見てみると、『新編日本古典文学全集』の「祇園精舎」の冒頭と比べて、同じ内容であるのにもかかわらず、印象も読みやすさも異なると思います。特に、平仮名部分が変体仮名であるため、現行の平仮名表記とは大きく異なっていることに気付くでしょう。一行目から見てわかるように、「祇園精舎の」の「の」と、「鐘の」の「の」も、形が違っています。これは、異なった字母の「の」を併用しているためで、「祇園精舎の」の「の」は「乃」が、「鐘の」の「の」は「能」が、それぞれ字母です。現行の「の」の字母は、実は「祇園精舎の」の「の」と同じ「乃」ですが、字母の形が分からなくなる位にくずした形になっています。

　このように、現代の印刷物では違いが分からないものの、実は原文では字母の異なる仮名が併用されているという場合もあるのです。これは、当時の、あるいはその文章の書き手の用字意識を考える上では重要な情報源となり得ます。また、当時は活字による印刷によってではなく、手書きの写本として書物が成立していましたから、文字の書き振り・書き癖などによって、字の形も一様ではありません。

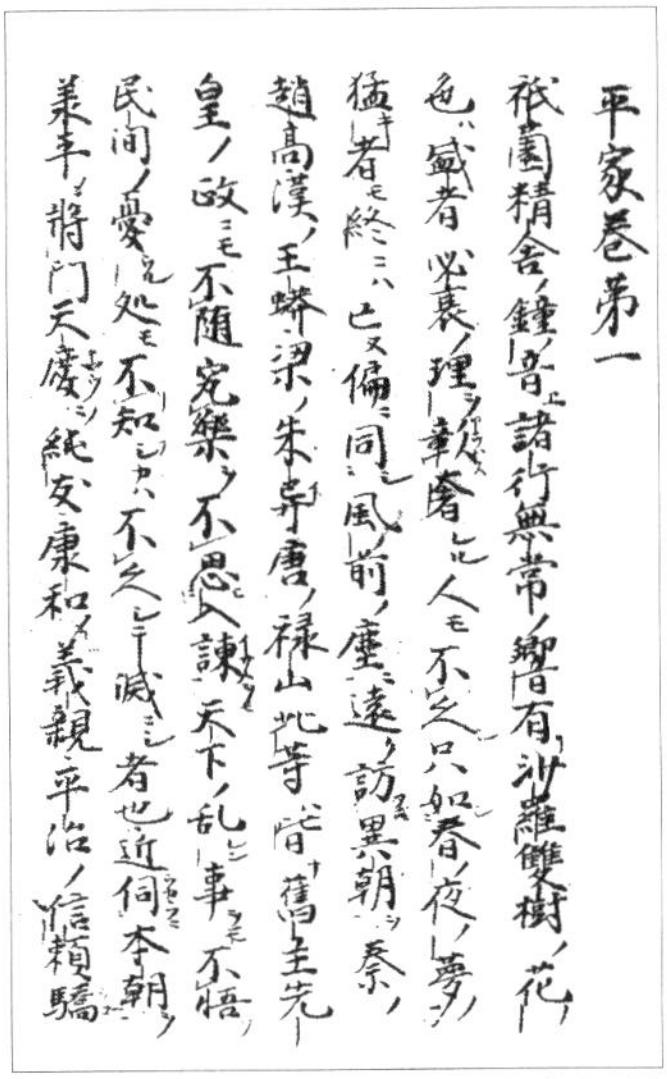

❸屋代本　平家物語（國學院大學『屋代本　平家物語』角川書店、1978年より）

　この他にも、底本によって、同じ本文であっても表記が異なっているという場合もあります。画像❸は、同じ『平家物語』の原本ではありますが、「屋代本《やしろぼん》　平家物語」と呼ばれる、別系統の『平家物語』です。同じ冒頭箇所ではあるものの、記述の仕方や表記法が異なっていることが明らかでしょう。先ほどの平仮名の字母の問題と同様、現代の表記に落とし込まれてしまえば、こうした諸本の表記法の違いは、註に説明でもなければ分かりません。このように複数の本があるということも、普通に読まれる限りでは意識されないことと思います。

　近世の作品でも、作者によって使用する仮名の字母に偏りが生じる場合があるという例もすでに指摘されていますし、仮名の字母によって使用される箇所に偏りがあるということも知られています。また、同語の異表記形が同じ印刷面に併用されているという場合もあり、仮名遣いにかなりバリエーションがあったと言えます。

　こうした原本における表記のバリエーションも、現代の教科書や全集、文庫本では、現代の表記法に整えられ、仮名の違いや原文の書き振りを知ることは出来なくなっています。こうした表記変更の処置は、実際に原文を見れば確認することが出来、また、こうした表記上の処置を経たとしても、文章の内容自体には大きな変化はありません。

では、現代の「正書法」によって印刷されている文章を「読む」のと、原文に依拠した表記で書かれたものや、原文それ自体を「読む」のとで、全く違いはないのかと言えば、そのようなことはありません。原文それ自体や、原文に依拠した表記による本文を「読む」ことは、ただその文章の内容だけを「読む」ということに止まらず、その作品が成立した当時の表記法・用字意識や、印刷・編纂の背景、筆者の表記選択の意図といった、文章外の事柄を含んだ「読み」を可能にします。現代の正書法に過去の表記法による作品を落とし込む際、そこで捨象されてしまう情報が少なからずあるのは事実でしょう。

## 4　表記と「読み」との関係性

ここまでの本章の内容からわかるように、ひとくちに「読む」と言った時にも、色々なレベルの意味があるでしょう。その文章の文意を理解する、内容を知るという意味の「読む」もあれば、文章の語彙・表記といった表現の効果や意図、あるいは、文章が作成された当時の時代状況や編纂・執筆背景などの、文章外の事象の理解を含めた「読む」もあります。表記と「読む」という行為との関係性も、こうした「読む」ことのレベル次第で変化してくるでしょう。

先にも紹介した通り、現代の文庫本や全集の一部、中学高校で使われる教科書では、近代文学や古典作品の表記が、歴史的仮名遣いから現代仮名遣いに、漢字も新字体に変更された状態で掲載されています。原文の語彙や表現を正確に理解し、原文に近い文章を知るためには、これでは当然十分ではありません。ですが、異なる表記法で書かれた文章を現代の表記法に落とし込むという処置は、現代の読者にとっての古典作品・近代文学のハードルを下げることにもなるでしょう。これは、読者に過去の文章も自分たちが今使う日本語の範疇・延長線上にあるという感覚を持たせ、古典・近代文学への距離感を縮めるという点で、大いに意味のあることだろうと考えられます。古典学習者や、趣味の範囲で作品に興味を持つ読者の作品を「読む」という行為のためには、こうした現代日本語の正書法への表記の変更という処置は、効果的なものと言えます。また、そもそも写本時代の文章については、現代で言う同じ種類の平仮名に対して、複数の変体仮名が併用されている場合も多く、それを現代の印刷物に落とし込もうとすれば、どうしても表記法を現代に合わせなければならなくなるでしょう。

一方で、より深い「読み」においては、こうした表記変更の処置は、原文の記述との差を生じさせてしまう要因にもなります。原文や、当時の表記を確認しないままにその作品について見解・考察を述べることは、読み誤りにも繋がり兼ねません。また、先述のような学習者や入門者にとっては「過去の作品との距離感を縮める」という利点になり得ますが、「古典も現代と同じように書かれたものである」と思い込んでしまうことは、むしろ古典というものの正確な理解とは離れてしまうでしょう。現代の正書法の枠組みに修正されている資料を読むときには、読者は常に、原文と現代正書法との差を忘れてはならないと思います。

研究者は当然、原文や当時の表記によった資料を参照しなければなりませんが、学校現場などにおいても、教科書による現代の正書法に落とし込まれた身近な古典・近代文学を「読む」とともに、その原文がどのような資料なのか、どのような表記を持つものなのか、現代とどのように違っているものなのかを紹介するなどの機会があれば、学習者のより深い「読み」に繋がり得るのではないでしょうか。

## 参考文献

・文部省編『小学校令・小学校令施行規則・小学校令改正ノ要旨及其施行上注意要項』（文部省、一九〇〇年、国立国会図書館デジタルコレクション参照）
・名著復刻全集　近代文学館『夏名漱石著　こゝろ』（日本近代文学館、一九六九年）
・國學院大學『屋代本　平家物語』（角川書店、一九七三年）
・小泉保『日本語の正書法』（大修館書店、一九七八年）
・武部良明『日本語の表記』（角川書店、一九七九年）
・木越治「上田秋成自筆本「春雨物語」における仮名字母の用法について」（金沢大学教養部論集　人文科学篇、26（2）、金沢大学教養部、一九八九年）
・武部良明『文字表記と日本語教育』（凡人社、一九九一年）
・木越治「近世文学作品における字母の用法について―「ますらお物語」・『おくの細道』・『教訓私儘育』の場合」（『国語文字史の研究』一、和泉書院、一九九四年）
・古市貞治校注・訳『新編日本古典文学全集　平家物語』（小学館、一九九四年）
・東京大学国語研究室『高野本　平家物語〈1〉』（笠間書院、一九九五年）
・今野真二『仮名表記論攷』（清文堂出版、二〇〇一年）
・夏目漱石『こころ』（新潮社、二〇〇四年）
・第一学習社『高等学校現代文』（第一学習社、二〇〇四年）
・今野真二『正書法のない日本語』（岩波書店、二〇一三年）
・文化庁「現代仮名遣い」 https://www.bunka.go.jp/kokugo_nihongo/sisaku/joho/joho/kijun/naikaku/gendaikana/index.html（二〇二一年七月二十五日閲覧）
・文化庁「当用漢字表」 https://www.bunka.go.jp/kokugo_nihongo/sisaku/joho/joho/kakuki/syusen/tosin02/index.html（二〇二一年七月二十五日閲覧）
・文化庁「当用漢字字体表」 https://www.bunka.go.jp/kokugo_nihongo/sisaku/joho/joho/kakuki/syusen/tosin05/index.html（二〇二一年七月二十五日閲覧）
・文化庁「常用漢字表」 https://www.bunka.go.jp/kokugo_nihongo/sisaku/joho/joho/kakuki/14/tosin02/02.html（二〇二一年七月二十五日閲覧）
・文化庁「常用漢字表（平成22年内閣告示第2号）」 https://www.bunka.go.jp/kokugo_nihongo/sisaku/joho/joho/kijun/naikaku/kanji/（二〇二一年七月二十五日閲覧）

How to READ the Classical Japanese Literature

典拠のはたらき

# 表現の歴史的文脈を掘り起こす
## ——典拠を踏まえた読解の方法

丸井貴史

古典文学には、先行する文学作品の場面設定や表現が取り入れられていることが少なくありません。それを「典拠の利用」と呼びますが、では、典拠を利用することにはどのような意味があるのでしょうか。本章では、井原西鶴《いはらさいかく》『好色一代男《こうしょくいちだいおとこ》』、松尾《まつお》芭蕉《ばしょう》『おくのほそ道』、上田秋成《うえだあきなり》「蛇性《じゃせい》の婬《いん》」（『雨《う》月物語《げつものがたり》』）という、江戸時代の代表的な文学三作の例を通して、典拠を踏まえることで作品の読みをいかに深めることができるか考えてみます。言葉の表面的な意味をなぞるだけでは気づけない、新しい作品世界が立ち現れてくるはずです。

## 1　典拠とは何か――井原西鶴《いはらさいかく》『好色一代男《こうしょくいちだいおとこ》』を例に

井原西鶴『好色一代男』（天和二年〈一六八二〉刊）は、江戸時代の前期、浮世草子《うきよぞうし》というジャンルの幕開けを告げた作品です。主人公の世之介《よのすけ》が、数千人に及ぶ男女と交わりながら日本各地を遊歴し、ついに六十歳の秋、友人たちを引き連れて、女だらけの女護《にょご》の島《しま》へと旅立ちます。

この作品は全五十四章によって構成されているのですが、この五十四という数字によって想起される古典文学がひとつあります。「桐壺《きりつぼ》」から「夢浮橋《ゆめのうきはし》」まで、全五十四帖の構成を持つ『源氏物語《げんじものがたり》』です。つまり『好色一代男』は『源氏物語』のパロディとしての一面を持っており、尽きせぬ性への関心のもと諸国を歩き続けた世之介は、江戸時代版光源氏《ひかるげんじ》というわけです。

古典文学においては、このように先行作品を様々なかたちで取り入れている例が少なくありません。そしておそらく最も多いのは、場面設定や本文の表現に先行作品を利用するケースです。再び『好色一代男』を例として、具体的に見てみます。

世之介は二十八歳のとき、強盗の嫌疑をかけられ投獄されました。しかし、転んでもただでは起きない世之介は、隣の牢に入っていた女を口説き落としてしまいます。女は夫を嫌って家を飛び出してきたものの、その手続きに問題があったため捕えられていたのです。そして翌年、籠払《ろうばらい》（軽罪囚に対する特赦）によって出牢《しゅつろう》が許されると、世之介はこの女と逃避行をすることになります。その場面（巻四の二「形見の水櫛《みずぐし》」）を引用しましょう。

御法事につき諸国の籠《らう》ばらひ、有難《ありがた》や、あぶなきこの身をのがれて、①かの女を負ひて筑磨川《ちくまがは》わたりぬ。その夜は大雹《おほあられ》のふりける。「くず屋の軒につらぬきしは、②味噌玉か、何ぞ」と人のひもじがる時、③麓《ふもと》引き捨てし柴積車《しばつみぐるま》の上におろし置きて、その里にゆきて、④椎《しひ》の葉に粟《あは》のめしを手もりに、茄子香《なすび》の物をもらひて、こころの急ぐ道の程、今二丁ばかりになつて、女の声して「世之介様」と泣くにおどろき、近く走り着きてみるに……

これを読んで、どこか既視感を覚える方も少なくないのではないでしょうか。実はこの場面は、高校の古典の授業でもしばしば取り上げられる『伊勢物語《いせものがたり》』第六段を踏まえているのです。確認のため、そちらも引用してみます。

むかし、男ありけり。女のえ得《う》まじかりけるを、年を経てよばひわたりけるを、からうじて盗みいでて、いと暗きに来けり。①芥河といふ河を率《ゐ》ていきければ、草の上に置きたりける露を、「②かれは何ぞ」となむ男に問ひける。ゆく先おほく、夜もふけにければ、鬼ある所ともしらで、神さへいといみじう鳴り、雨もいたう降りければ、③あばらなる倉に、女をば奥におし入れて……

男が女を連れて逃げ、その途中で川を渡るという設定が同じなのは一目瞭然でしょう（傍線①）。また、『伊勢物語』の女が露を見て「かれは何ぞ」と言うのを、『好色一代男』は「味噌玉か、何ぞ」という台詞に置き換えています（傍線②）。かなり卑俗化されていますが、平安文学の「雅」の世界を「俗」に落とし込むのは、『好色一代男』に顕著な創作手法です。そしてさらに、世之介が女を柴積車の上に一人で残すのも、『伊勢物語』の女が一人で倉に残されるのを踏まえているに相違ありません（傍線③）。

いま見たとおり、『好色一代男』巻四の二の展開は『伊勢物語』第六段に基づいているわけですが、このように場面設定や本文の表現の元になった作品のことを「典拠《てんきょ》」といいます。つまり、「『好色一代男』巻四の二は、『伊勢物語』第六段を典拠としている」ということです。ちなみに傍線④の「椎の葉に粟のめしを手もりに」という一節も、有間皇子《ありまのみこ》が詠んだ「家にあれば笥《け》に盛る飯《いひ》を草枕旅にしあれば椎の葉に盛る」という『万葉集』一四二番の歌を典拠としています。

典拠の利用は、多くの古典文学作品に見られる手法です。では、典拠があるからいったい何だというのでしょうか。典拠の存在は作品の世界にいかなる作用を及ぼしているのか、江戸時代の作品を通して考えてみたいと思います。

## 2　古人とつながる——松尾芭蕉《まつおばしょう》『おくのほそ道』

典拠は小説や物語においてのみ用いられるものではありません。一例として、松尾芭蕉の紀行『おくのほそ道』を見てみましょう。まずはこの旅がいかなる目的のもとになされたものであったかを、作品の冒頭を引いて確認しておきます。

月日は百代《はくたい》の過客《くわかく》にして、行《ゆき》かふ年も又旅人也。舟の上に生涯をうかべ、馬の口とらへて老《おい》をむかふるものは、日々旅にして旅を栖《すみか》とす。古人も多く旅に死せるあり。予もいづれの年よりか、片雲《へんうん》の風にさそはれて漂泊のおもひやまず、海浜《かいひん》にさすらへて、去年《こぞ》の秋江上《かうしやう》の破屋《はをく》に蜘《くも》の古巣をはらひて、やや年も暮れ、春立《たて》る霞の空に、白川の関こえむと、そぞろがみの物につきてこころをくるはせ、……

ここに言う「古人」とは、西行《さいぎょう》や宗祇《そうぎ》、李白《りはく》や杜甫《とほ》など、旅に生きて旅に死んだ、和漢の歌人や詩人を指しています。彼ら漂泊の詩人の系譜に自らもまた連なることを、芭蕉は望んでいるのです。

その芭蕉が最初に目指したのが「白川の関」でした（「白河」と書くのが一般的です）。白河の関は奥州への入口にあたる関所ですから、その方面への旅を志す者であれば、この地をまず最初の目的地に設定するのは当然のことといえます。

芭蕉は三月二十七日に江戸を発《た》ち、日光や黒羽などを経由して、ついに白河の関に到着します。では、そのときの様子はどのように綴られているのでしょうか。

心もとなき日数重なるままに、白河の関にかかりて旅心定まりぬ。「①いかで都へ」と便り求めしもことわりなり。中にもこの関は三関の一にして、風騒《ふうさう》の人、心をとどむ。②秋風を耳に残し、③紅葉を俤《おもかげ》にして、青葉の梢《こずゑ》なほあはれなり。④卯の花の白妙《しろたへ》に、茨《むばら》の花の咲き添ひて、⑤雪にも越ゆる心地ぞする。⑥古人冠を正し衣装を改めしことなど、清輔の筆にもとどめ置かれしとぞ。

卯の花をかざしに関の晴れ着かな　曾良

早く白河の関にたどり着きたいと思い続けていたこれまでの日々は、どうにもそわそわした心持ちであったが、ここに至ってようやく旅の心が落ち着いた――。冒頭の一文はそのような意味です。『おくのほそ道』の旅は、ここからが本番なのだと言ってもよいかもしれません。いずれにしても、ようやく第一の目的地に着いたことへの感慨がここには述べられているわけですが、実はこの箇所の表現は、ほとんどが典拠を持つものばかりです。

まず傍線①は、平兼盛《たいらのかねもり》の「便りあらばいかで都へ告げやらむけふ白河の関は越えぬと」（拾遺集・三三九）を踏まえています。この地を踏んだことに対する感動は、まず平安時代の歌人の歌に対する共感によって示されているわけです。また、傍線②は能因《のういん》の「都をば霞とともに立ちしかど秋風ぞ吹く白河の関」（後拾遺集・五一八）に基づいています。『後拾遺集《ごしゅういしゅう》』の詞書《ことばがき》には、能因の陸奥下向の際の歌であることが明記されていますが、『袋草《ふくろぞう》紙《し》』や『古今著聞集《ここんちょもんじゅう》』『十訓抄《じっきんしょう》』などの書物には、都にいたままこの歌を披露してはもったいないと考えた能因が、長く家に籠《こも》って実際に旅をしたように見せかけたのだと記されています。事実はどうあれ、歌人たちが白河の関という歌枕をいかに強く意識していたかが窺われるエピソードです。

傍線③は、源頼政《みなもとのよりまさ》の「都にはまだ青葉にて見しかども紅葉散りしく白河の関」（千載集・三六五）を踏まえたものです。青葉の緑と紅葉の赤、そして「白河」という地名の白と色彩表現の豊かな歌ですが、傍線④のとおり、『おくのほそ道』では白が卯の花の色に転じています。実は白河の関に咲く卯の花を詠んだ歌は、藤原季通《ふじわらのすえみち》の「見で過ぐる人しなければ卯の花のさける垣根や白川の関」（千載集・一四二）や藤原定家《ふじわらのていか》の「夕月夜いりぬる影もとまりけり卯の花さける白川の関」（夫木抄・二四〇四）をはじめ数多くあるのです。芭蕉が実際に卯の花を見たかどうかはわかりませんが、これらの古歌に詠まれた可憐な白い花の咲き誇る様子が、脳裏に浮かんでいたことは間違いありません。その卯の花は、傍線⑤において雪の白さにも勝ると述べられていますが、これも僧都《そうず》印性《いんしょう》の「あづまぢも年もすゑにや成りぬらん雪ふりにけり白川のせき」（千載集・五四三）や大江貞重《おおえのさだしげ》の「別れにし都の秋の日数さへつもれば雪の白川の関」（続後拾遺集・四九二）など、白河の関の雪景色を詠んだ歌を踏まえた表現でしょう。

そして最後の傍線⑥は、竹田国行《たけだくにゆき》という人物が白河の関を越える際、能因が「都をば」と詠んだこの地を普段の服装で通り過ぎるわけにはいかないと言って装束を改めたという、藤原清輔《ふじわらのきよすけ》『袋草紙』に収められる逸話について述べたものです。

長い旅路の末、ようやくたどり着いた白河の関。しかし芭蕉が綴ったその感慨は、大部分において古歌の表現に彩られていました。ではこのとき、なぜ芭蕉は自身の言葉を紡ぎ出すことをしなかったのでしょうか。

勤務先の学生たちにこの問いを投げかけたところ、最も多かった回答は、「白河の関にたどり着いた感動があまりに大きかったために、それを表現する言葉を見つけ出すことができなかったから」というものでした。確かに万感の思いが込み上げたとき、人はその思いをなかなか言葉にできないものです。これはこれでひとつの回答として成立していますが、ここではもう少し踏み込んで考えてみたいと思います。

実は『おくのほそ道』は、旅の記録をありのままに記したものではなく、事実の改変を多く含んでいることが、同行した門人曾良《そら》の旅日記との比較によって明らかにされています。また、この作品が成稿したのは、実際の旅から数年を経た後のことです。つまり芭蕉は何度も推敲《すいこう》を重ねた上で、虚構を交えたこの作品を完成させたのであって、芭蕉の心情がそのまま表現されているわけではありません。さらに言えば、『おくのほそ道』の作者である松尾芭蕉と、この作品のなかで旅をしている「予」という一人称の人物は、必ずしも一致するものではないのです。

そのように考えてみると、先ほどの問いは「古歌を典拠に用いることで、作品世界には何が表現されたのか」と言い換えることができるでしょう。「予」が白河の関に到着したのは初夏ですから、そこにあるのは「青葉の梢」なのですが、その風景の背後に彼は、能因が詠んだ秋風の音を聴き、頼政が詠んだ紅葉の色を見ています。さらに卯の花や茨の花の背後には、降り積もる雪の光景も浮かんでいます。こうして四季が渾然とした不思議な感覚に陥ったところで、「予」は『袋草紙』の記述を想起するわけですが、このとき彼は間違いなく、自らの心情を竹田国行のそれに重ねているはずです。

ここに描き出されているのは、一種の幻想空間であるといってよいでしょう。時を超えて古人とつながり、そして彼らと同じように自らもまた奥州へと分け入っていく――いささか芝居がかった描写のように思われなくもありませんが、この地をめぐる詩的世界の系譜に自らもまた連なることを思う「予」の姿が、ここには演出されているのです。

## 3　言葉が意図を裏切る――上田《うえだ》秋成《あきなり》「蛇性《じゃせい》の婬《いん》」

白河の関にたどり着いた「予」の感慨は、古歌の表現に彩られることにより、彼一人の心の中だけで完結するものではなくなりました。このように、典拠の言葉が作品の世界に奥行きや広がりを与えている場合、典拠と作品は順接の関係にあるといえます。

しかし、典拠の果たす役割はそのようなものばかりではありません。その例として、次に上田秋成の「蛇性の婬」を取り上げます。これは秋成の代表作『雨月物語《うげつものがたり》』（安永五年〈一七七六〉刊）に収められている作品で、明末の中国で刊行された『警世通言《けいせいつうげん》』という短篇集の巻二十八「白娘子《はくじょうし》永鎮雷峰塔《えいちんらいほうとう》」を翻案したものです。まずは、少し丁寧にそのストーリーを見ていきましょう。

紀伊国《きいのくに》の網元の次男として生まれた大宅豊雄《おおやとよお》は、生業には関心を示さず、和歌や学問にばかり熱中していました。ある日、彼が雨やどりをしていると、そこに真女子《まなご》と名乗る美しい女がやってきます。優雅で教養もある彼女は、まさに豊雄の理想の女性でした。彼女に傘を貸した豊雄は、後日その傘を返してもらうため彼女の家に行き、そこで結婚の約束をします。

ところが、結納の品として真女子から渡された太刀は熊野神社からの盗品で、豊雄は捕縛されてしまいます。無実を証明するため役人と真女子の家に行くと、そこはすっかり荒れ果てていて、先日の様子は見る影もありません。奇妙に思いながら家の中に入っていくと、帳《とばり》の奥に真女子が座っているのが見えます。そして役人が彼女を捕えようとしたそのとき、雷が激しく鳴り響き、真女子の姿は消えてしまいました。

釈放された豊雄は、姉夫婦の住む大和《やまと》の石榴市《つばいち》に向かいます。しかしそこにも真女子はやってきて、豊雄に結婚を迫るのです。豊雄はもちろん拒みますが、上手く姉夫婦に取り入った真女子は徐々に豊雄の警戒心を解いてゆき、ついに二人は夫婦となります。その後の二人は仲睦まじく、春には吉野へ花見に出かけることとなりました。

しかし、吉野で事件は起こります。大和神社《おおやまと》に仕える当麻《たぎま》の酒人《きびと》という老人が、真女子を「邪神《あしきかみ》」と呼ぶのです。すると彼女は滝に飛び込み、姿を消してしまいます。酒人によれば、真女子の正体は蛇であり、豊雄の美貌に心を惑わせ、追い回していたのだろうということでした。

その後、豊雄は采女《うねめ》（宮中の女官）の富子《とみこ》を妻に迎えます。そして結婚二日目の夜、豊雄が富子に戯れかかったその瞬間――という、ここからがいよいよ本題です。作品の本文を引用します。

---

富子即面《やがておもて》をあげて、「古き契《ちぎり》を忘れ給ひて、かくことなる事なき人を時めかし給ふこそ、こなたよりまして悪《にく》くあれ」といふは、姿《かたち》こそかはれ、正《まさ》しく真女子が声なり。

---

なんと真女子が富子に憑依《ひょうい》して、自分以外の女を妻にした豊雄に恨み言を述べたのです。このときの豊雄の驚きは、私たちの想像を絶するものであったに違いありません。彼は言葉を発することもできず、ただ呆然とするばかりでした。

ところで、女が別の女に憑依して男に恨み言を言うという話を、どこかで見聞きした覚えはないでしょうか。実はこの場面は、『源氏物語』の「夕顔《ゆうがお》」という巻を踏まえているのです。

夕顔の花が咲く屋敷に住む女（以下「夕顔」）に心引かれた光源氏は、彼女を「なにがしの院」に伴います。そして仲睦まじく語らいながら一日を過ごしたその夜、源氏は奇妙な夢を見ます。枕元に一人の女が立ち、源氏に恨み言を言いながら、夕顔を揺り起こそうとするのです。はっとして起き上がった源氏が夕顔の様子を窺うと、すっかり正気を失っています。そしてしばらく経った後、彼女は静かに息を引き取ったのでした。

枕元に立った女の正体を、源氏は「荒れたりし所に棲《す》みけんもの」と考えています。つまり「なにがしの院」の霊だというわけです。しかし、秋成と同時代の人々はそのように理解してはいませんでした。室町時代に一《いち》条《じょう》兼良《かねら》が『花鳥余情《かちょうよせい》』という書物において、この女を源氏の愛人六条御息所《ろくじょうのみやすんどころ》の生霊であると指摘して以降、その説が広く支持されていたのです。江戸時代前期に北村季吟《きたむらきぎん》が著した『源氏物語湖月抄《こげつしょう》』においても、室町後期成立の注釈書『細流抄《さいりゅうしょう》』を引用するかたちで、「御息所の念なるべし」という注記がなされています。したがって「蛇性の婬」のこの場面について考える際には、やはり江戸時代の理解に即して、真女子と六条御息所を重ねてみなければなりません。

注目したいのは、六条御息所と考えられていた女が源氏に語りかけた言葉です。

> おのがいとめでたしと見たてまつるをば尋ね思ほさで、かくことなることなき人を率《ゐ》ておはして時めかしたまふこそ、いとめざましくつらけれ。

これが真女子の台詞とほとんど同じであることにお気づきでしょうか。つまり真女子の恨み言は、『源氏物語』のこの場面を典拠としていたのです。では、そのことは物語においていかなる意味を持つのでしょうか。

私のことをおろそかにして、こんな大したことのない女を寵愛なさるとは恨めしいことです――。二人の言葉を訳すとすれば、このようなものになるでしょう。しかし、ここで注意しなければならないのは、二人の言葉は同じであっても、立場はまったく異なっているということです。

六条御息所は亡くなった前東宮（皇太子）の妃でした。そうした身分の人からすれば、夕顔は確かに「大したことのない女」でしょう。では、真女子の場合はどうでしょうか。確かに真女子は「都風《みやび》たる事をのみ好」む豊雄の理想どおりの女であり、それゆえに豊雄から強く愛されました。しかし、采女であった富子もまた、彼女と同様に「都風《みやび》」な女なのです。つまり真女子と富子は、豊雄にとって同程度の価値を持つ女として設定されているのであり、真女子が富子のことを「大したことのない女」と言ったところで、その言葉には何の実質性もないと言わねばなりません。真女子は富子によって、妻の座のみならず、豊雄の恋の相手が自らでなければならない理由までをも奪われていたのです。

富子に憑依した真女子の意図は、自らの優位性を主張することにありました。しかし、その際の台詞が六条御息所の言葉を典拠とするものであったために、彼女の意図は反転することとなったのです。このように、典拠の言葉が登場人物の意図や思惑を裏切ることになる場合、典拠と作品は逆接の関係にあるといえます。

典拠は場面設定や表現の単なる元ネタではありません。典拠の存在を知ることで、作品の読み方が一変することもあるのです。ぜひ「蛇性の婬」と『源氏物語』を読み比べ、その感覚を味わってみてください。

## 4　再び『好色一代男』を考える

ここまで「順接」「逆接」という語を用いて、典拠が作品に及ぼす作用について検討してきました。典拠のはたらきをこの二つのパターンに限定するわけではありませんが、典拠の役割について考える際には、それが作品の内容とどのように結びついているかを考えることが重要だということを示したつもりです。

それでは話を冒頭に戻し、あらためて『好色一代男』巻四の二における『伊勢物語』の意味を考えてみましょう。世之介の性に対する探究心は見事というほかないものですが、実はその反面、性そのものにしか関心が向けられていないように思われる場面も少なくありません。たとえば十五歳のとき、世之介はある未亡人と懇ろになり妊娠させてしまいますが、あろうことか彼はその子どもを六角堂（現在の京都市中京区にある頂法寺）のあたりに捨ててしまうのです。また、二十七歳のときにも関係を持った女が妊娠しますが、そのときも彼は面倒を嫌って姿をくらましてしまいます。このように、性への欲望に忠実である一方で、それに附随する様々な問題については、冷淡なほど責任を取ろうとしないのです。

こうしたエピソードは、世之介における性がきわめて自己本位のものであったことを示しています。彼の行動のすべてがそうだというわけではありませんが、相手を思いやることがほとんどないという印象は、読み手の中に強く残るはずです。

しかし、いつまでもこのようなことを続けられるはずがありません。子を宿した女を捨てたのと同じ二十七歳の年、今度は人妻を強姦しようとするのですが、そのとき女の夫が帰宅して、世之介は捕えられてしまいます。その罰として片小鬢《かたこびん》（片側のこめかみあたりの髪）を剃られると、それが見咎《みとが》められて強盗に疑われることとなり、こうして本章冒頭に紹介した出来事へとつながっていくのです。

長々とこのようなことを述べてきたのは、巻四の二の世之介と、それ以前の世之介とを比較してみたかったからにほかなりません。前述のとおり、世之介は隣の牢に入っていた女を背負って逃避行をするわけですが、二人は入牢《にゅうろう》していたわけですから、もちろんそれまで体の関係はありません。それにもかかわらずこうした行動を取るというのは、平気で子を捨て、女を捨てていたそれまでの世之介の姿とは、大きく異なるように思われてならないのです。
『伊勢物語』第六段は、手の届きそうにない女に思いを寄せ続けてきた男が、必死の思いでその女を盗み出すという物語です。『好色一代男』巻四の二はその「パロディ」としばしば評されるわけですが、そうだとすれば、世之介のこの行動も『伊勢物語』の主人公の真似《まね》事にすぎないものと言うべきなのかもしれません。しかし私は、そこにこそ大きな意味があると考えています。

逃避行の途中、世之介が女をひとり残して食料を求めに行っている間に、女は夫の家の者に見つけられ、打ち据えられてしまいます。面倒を嫌うこれまでの世之介であったなら、それを見て姿をくらましても不思議ではありません。しかし彼は女のもとに駆け寄って、自らもまた散々に打ちのめされてしまうのです。唐突とも思える世之介のこの変貌は、何に起因しているのでしょうか。

前述のとおり、世之介の逃避行は『伊勢物語』の恋を模倣したものでした。しかし、その『伊勢物語』の男とは、女に対する絶えることのない愛情と、自らの恋を守り抜く覚悟を胸に、ひたすら走り続ける存在なのです。そして世之介はその姿を模倣し、自らに重ねることで、男の誠実さと熱情をも受け継いだように思われます。

世之介は正気を取り戻すとすぐに、奪い返された女を探し始めます。しかし残念ながら、彼女は（おそらく夫の家の者による折檻《せっかん》を受け、命を落としてしまっていました。世之介は彼女の遺体を目の前にして心からの涙を流すのですが、不思議なことに女はそのとき目を見開いて、世之介に笑いかけたのです。死んだ女をも微笑ませるほどの、世之介のこうした一途な思いは、『伊勢物語』の男の姿が彼に投影されなければ、決して発露することはなかったに違いありません。

## 5　おわりに

典拠を踏まえて作品を読むということは、言葉の持つ歴史的な文脈を掘り起こし、それを「今」「ここ」にある言葉と重ね合わせてみる営為にほかなりません。作者はそれを読者に要求し、読者もそれを理解するのが、古典文学のあり方であると言って差し支えないでしょう。古典文学は言葉の多層性によって成立しているのです。

そのことと矛盾するように思われるかもしれませんが、最後にひとつ付け加えておきたいのは、典拠は必ずしも作者が意識的に用いたものとは限らないということです。かつてロラン・バルトは、「テクストとは、無数にある文化の中心からやって来た引用の織物である」と述べましたが、ここに言う「引用」とは、決して作者の自覚的な営為のみを指すものではありません。あらゆる言葉には歴史的な文脈があるという当然の事実を想起すれば、その意味は理解されるでしょう。

このことからも明らかなように、作品を読むということは、決して作者の意図を読むことと同義ではありません。「引用の織物」を解きほぐす権利は読者に与えられており、新しい「読み」の可能性は、常に読者に開かれているのです。


参考文献
・ロラン・バルト『物語の構造分析』（花輪光訳、みすず書房、一九七九年）
・前田金五郎『好色一代男全注釈　下巻』（角川書店、一九八一年）
・尾形仂『おくのほそ道評釈』（角川書店、二〇〇一年）
・鈴木健一『伊勢物語の江戸―古典イメージの受容と創造―』（森話社、二〇〇一年）
・丸井貴史「「白蛇伝」変奏―断罪と救済のあいだ―」（木越治・勝又基編『怪異を読む・書く』国書刊行会、二〇一六年）

〔附記〕

・作品本文の引用は、『雨月物語』は『上田秋成全集』（中央公論社）、和歌は『新編国歌大観』（角川書店）、それ以外は『新編日本古典文学全集』（小学館）によります。

How to READ the Classical Japanese Literature

文体の意味と役割

# 文体の持つ可能性

古典文学では、作品のジャンルによって用いられる文体が異なります。作者は作品を書くときに、どのような意図でその文体を選んでいるのでしょうか。ここでは、古典文学における文体の役割を読み解いていきます。

紅林健志

## 1　はじめに――なぜ文体研究が必要か

文学研究とひとくちに言っても、その内実はさまざまです。作品の内容を研究するものもあれば、作者の伝記について研究するものもあります。あるいは作品の書誌情報を記述する書誌学もまた、文学研究の一領域です。しかし、これら多様な文学研究はいずれも最終的には「文学的な表現」の研究をめざしている、という点で共通しています。伝記研究は作者がどうしてその表現を生み出したかを考える上で必要です。作品内容とは無関係に見える書誌学ですが、どのような本のかたちで書かれたのか、という問題は実際の表現を考える上で欠くことのできない基礎研究といえます。このように文学研究とは究極的には「文学的な表現」を研究するもの、ということができます（少なくとも私はそのように考えています）。こうした立場からすれば、その作品が「何を書いているのか」、という内容の問題ももちろん重要ですが、「どのように書いているのか」という問題も同じか、それ以上に重要なものといえます。これは言い方をかえれば、どのような文体で書いているか、ということです。

「文体」というと、作家固有の文章の特色のことを思いうかべるかもしれませんが、ここでは、文章の様式のことをさすことばとして使用します。言文一致体の登場によって、現在では、法律などの公文書や手紙、そして文学作品もすべて均一な文体で書かれています（あるいはそのように見えます）。しかし、近代以前の古典文学作品が生み出された時代のことばの世界は、そのような均一なものではありませんでした。公文書は漢文、手紙は文末に「候」をつける候文《そうろうぶん》。そして、和歌が出てくるような文学作品は和文体で書かれるというように、さまざまな文体が、状況によって使い分けられていました。現代文学では、作品のジャンルによって文体がちがうということはありませんが、古典文学では、作品のジャンルによって文体は異なっています。よって、作者が作品を書く時に、どのような文体で書くかは、きわめて重要な問題でした。従って作者がどのような意識でその文体を選んだのかを考えることで、作品の背景が見えてきます。

## 2　文体を選ぶ

古典文学における文体は大きく三つに分けることができます。漢文体と和文体、そして両者の中間的な文体です。ただし中間的な文体といっても内実にはかなり幅があります。これについては後に詳しく検討します。

古典文学史の展開には文体が大きく関わっています。文体を工夫することで、新たな表現が可能になり、文学史に新たな展開をもたらす事例が、しばしば見られます。一例として日記文学があげられます。紀貫之《きのつらゆき》『土佐日記』(承平五年〈九三五〉頃成立)は「男もすなる日記といふものを、女もしてみむとてするなり」ではじまります。「男性の書く「日記」を女性の自分も書くのだ」と解釈される箇所です。貫之は男性ですので、女性に仮託して書いていると説明されます。そして同時にこの箇所は、本来漢文で書くべき日記を和文で書くことの宣言にもなっています。「男もすなる日記」というのは漢文体の日記をさします。漢文体の日記は、原則、公務の記録であり、私的な述懐などはありません。それに対し、『土佐日記』では、女児を亡くした嘆きを吐露するなど、私的な述懐が描かれています。漢文日記と『土佐日記』の内容的な差異は文体のちがいによってもたらされたものといえます。

漢文は歴史書や記録類に使われる文体です。事実を的確に記すのに適し、さらに公的な性格を強くもっています。一方で、和文体は和歌とともに用いられ、叙情的な内容を描くのに適した文体となっています。公的な性格の漢文に対し、私的な性格を色濃く有している文体といってよいでしょう。漢文体は事実を的確に描くのには適していますが、個人的な感情を丁寧に描くことには適していません。『土佐日記』で私的な述懐を描くことが可能になったのは、個人的な感情を丁寧に描くことに適した和文体を採用したためといえます。

『土佐日記』以降、『蜻蛉日記《かげろうにっき》』（天延二年〈九七四〉頃成立）、『紫式部日記』（寛弘七年〈一〇一〇〉以降成立）、『更級日記』（康平三年〈一〇六〇〉頃成立）などが書かれ、日記文学というジャンルが形成されますが、これは貫之が文体を工夫し、新しい文学ジャンルを生み出した結果です。このように文体を工夫することによって、それまでできなかった表現が可能になる、そしてそれが一つのジャンルになってゆく、ということが文学史にはしばしば起きています。これは文体が表現の新たな可能性を引き出したためといえるでしょう。

『土佐日記』のように、序文や作品の冒頭で、文体について言及する例はしばしば見られます。そこから作者がどのような意図で文体を選んだかを適切に汲み取る必要があります。

## 3　文体と心情表現（1）――物語

以下、具体的に文学作品をとりあげて、文体の特徴を見ていきます。特に広義の小説類の心情の描き方に注目します。はじめに『源氏物語』（長保三年〈一〇〇一〉以後起筆）を見てみましょう。以下は「若菜下」の女三《おんなさん》の宮《みや》と柏木《かしわぎ》の密通を知った光源氏の苦悩する心中が語られる場面です。

わが身ながらも、さばかりの人に心分けたまふべくはおぼえぬものを、といと心づきなけれど、また気色に出だすべきことにもあらずなど、思し乱るるにつけて、故院の上も、かく、御心には知ろしめしてや、知らず顔をつくらせたまひけん、思へば、その世のことこそは、いと恐ろしくあるまじき過ちなりけれと、近き例《ためし》を思すにぞ、恋の山路はえもどくまじき御心まじりける。

「さばかりの人」は柏木をさします。柏木と自分を比較し、女三の宮が柏木に心を傾けたことを不快に思うものの、二人を指弾することもできない。そして源氏は、父桐壺院《きりつぼいん》も自分と藤壺《ふじつぼ》の密通のことを知っていたのではないかと、自らの犯した罪の恐ろしさにおののきます。源氏の心中が詳細に描かれています。『源氏物語』の文体には和文体の特徴がよく表れています。和文体はすでに述べたように、私的な感情を描くことを得意とします。『源氏物語』のように、登場人物の視点から詳細にその心の内を説明することが可能なのです。これは登場人物の中に入り込んで、心中を語っている（ように見える）文体といえます。

## 4　文体と心情表現（2）——軍記

次に『平家物語』（寿永四年〈一一八五〉以降成立）を見てみましょう。とりあげるのは巻三「足摺《あしずり》」です。これは鬼界が島に流された三人のうち、成経《なりつね》・康頼《やすより》のみが恩赦によって島を去ることになり、一人残された俊寛《しゅんかん》が嘆き悲しむ場面です。ここでは、現在もっとも流布している覚一本《かくいちぼん》から引用します。

> 僧都《そうづ》せん方なさに、渚にあがり倒《たふ》れふし、おさなき者の、めのとや母なンどをしたふやうに、足ずりをして、「是乗せてゆけ、具してゆけ」と、をめきさけべ共、漕ぎ行く船の習《ならひ》にて、跡は白浪ばかり也。

俊寛の悲嘆が胸にせまる場面です。しかし、『源氏物語』とはちがって、俊寛の心の中に入って直接説明するような描写ではありません。あくまでセリフと行動によって、登場人物の心情を描いています。俊寛の心中を語り手が述べることもありますが、ここでの語り手は、あくまで登場人物の外側から、その時の感情を推測する心情描写の方法をとっています。これは第三者的な視点から語る文体といえます。

『平家物語』の文体は、文学史において「和漢混淆文《わかんこんこうぶん》」としてとりあげられます。和文と漢文両方の要素をもっている文体という意味です。ただ、軍記のはじまりとされる『将門記《しょうもんき》』（天慶三年〈九四〇〉以降成立）が漢文で書かれているように、基礎となっているのは漢文です。漢文を訓読した漢文訓読体に、物語の語彙などを導入して叙情的な場面も描くことを可能にした文体ということができます。漢文は私的な感情よりも事実を描くことに適した文体と述べましたが、『平家物語』が第三者的な視点から心情を描くのも、事実を記述する漢文的な性格に起因するものと考えられます。

日本語学者の野村剛史氏が、中古の書きことばと中世・近世の書きことばのちがいについて興味深い指摘をしています。以下、私なりにまとめて説明します。物語のような中古の和文では、和歌を伴うこともあり、登場人物の視点で語ることが一般的でした。和歌とは「作者＝登場人物」の視点で歌われるものだからです。和歌を伴って書かれる和文も和歌の「作者＝登場人物」視点に対応するかたちで、個人的な心情を描くことができるように発達してきました。それに対して軍記のような「歴史叙述」の文体、あるいは「説話」の文体は、事後的な語りであるとしています。歴史や説話は事件が終わったあとに、全体を俯瞰《ふかん》する第三者的な視点から語るものです。そのため心情描写も第三者の視点から把握できるものが中心となります。特に『平家物語』は登場人物が実在の人物ということもあり、登場人物の心の内を代弁するような書き方では不自然になってしまいます。『源氏物語』の文体と『平家物語』の文体のちがいはこのように説明することが可能です。

『源氏物語』の文体では、戦乱の描写をするには、いささか冗長です。中世以降は戦乱の時代ですので、軍記は同時代の文学の中でも重要な位置を占めるようになっていきます。そのため『平家物語』の文体は、広義の小説の文体として主流となっていくのです。しかし、そのことにより、小説の心情描写はやや型にはまったものになっていきます。

## 5　文体と心情表現（3）――お伽草子

心情の描き方でいえば、室町時代のお伽草子などは『平家物語』の系譜に連なる作品といえます。文体も事後的な語りですし、語り手は登場人物の心中を代弁しません。『浦島太郎』（室町末期成立）を見てみましょう。『浦島太郎』は全体的に心情表現のとぼしい作品です。物語全体を通じて、主人公の浦島太郎が何を考えているのか、ほとんど伝わってこないのです。心情がわずかに汲み取れるのは、たとえば、次のような場面です。これは浦島が竜宮城から帰るところになります。

> さて浦島太郎は、互《たがひ》になごりを惜しみつゝ、かくて有るべきことならねば、かたみの箱を取持ちて、ふるさとへこそ帰りけれ。忘れもやらぬ来《こ》し方《かた》行末の事共《ことども》思ひ続けて、はるかの波路を帰るとて、浦島太郎かくなん、
> 　かりそめに契《ちぎ》りし人のおもかげを忘れもやらぬ身をいかゞせん

地の文では、浦島太郎の心情は外部からわかる部分しか述べられていません。ただし、和歌からは結婚した女房（いわゆる乙姫のこと）との別れを惜しむ浦島太郎の心情が読み取れます。前述のように、和歌は「作者＝登場人物」の視点から書かれるものなので、ここのみ登場人物の心中を直接あらわした表現になっています。つまり、和歌があることで、かろうじて浦島太郎の心情を彼の視点から叙述することができているのです。

これはお伽草子やそれに続く近世の仮名草子の文体の特徴になっています。お伽草子や仮名草子では登場人物の視点から心情を語る役割を担うのは地の文ではなく、作中の和歌になります。この場合、和歌を詠む層の人たちが物語の主人公であれば問題はありません。実際中世小説ではそのように書かれています。一介の漁師にすぎない浦島太郎や、ほとんど浮浪者同然の生活をしている物くさ太郎もなぜか和歌を詠む主人公として設定されています。しかし、現実的な視点から見れば、これは違和感のある設定です。別の言い方をすると、当時の小説の文体では、和歌を詠まない人物を主人公として書くことが困難になってしまっているのです。従来の小説の文体で書けないのであれば、新しく文体を考案しなければなりません。

## 6　文体と心情表現（4）——浮世草子

近世になると、小説の文体にさまざまな試みがなされるようになります。いくつかとりあげます。まず、井原《いはら》西鶴《さいかく》の文体です。西鶴は独自の文体で『好色一代男《こうしょくいちだいおとこ》』（天和二年〈一六八二〉刊）を書き上げました。この西鶴の文体は追随する作者に模倣され、やがてそれは浮世草子というジャンルになっていきます。西鶴の文体を見てみましょう。ここでは『好色五人女《こうしょくごにんおんな》』（貞享三年〈一六八六〉刊）巻四「恋草からげし八百屋物語」をとりあげます。八百屋の娘お七《しち》は火事から避難した先の寺で吉三郎《きちさぶろう》という若衆と恋に落ちます。以下は二人の出会いの場面です。指に刺さったとげを気にする吉三郎に対し、抜いてあげようとするお七の母親、そしてそれをお七が少し離れたところから見ています。

やごとなき若衆の、銀の毛貫《けぬき》片手に、左の人さし指にあるかなきかのとげの立ちけるも心にかかると、暮方の障子をひらき、身をなやみおはしけるを、母人《ははびと》見かね給ひ、「ぬきまゐらせん」と、その毛貫を取てしばらくなやみ給へども、老眼のさだかならず、見付る事かたくて、気の毒なるありさま、お七見しより、我なら目時の目にてぬかん物をと思ひながら、近寄りかねてたたずむうちに、母人よび給ひて、「これをぬきてまゐらせよ」とのよし、うれし。

『浦島太郎』では「ふるさとへこそ帰りけれ」のように原則、文末は過去形です。しかし、『好色五人女』は現在形の文末も使用します。また、過去形の意味合いも少しちがっているようです。『浦島太郎』が事後的な語りであり、過去形は事件の進行している時点と、語りの時点を区別するために使用されています。それに対し、『好色五人女』では、過去形は吉三郎が「身をなやみおはしける」時点から、母親がとげを抜こうと「なやみ給」ふ時点への時間の経過を表すために使用されているようです。このように過去形と現在形を交互に使うことで時間の経過を表しています。『浦島太郎』が軍記と同様の事後的な語りなのに対し、『好色五人女』は、事件の進行している時点を現在として語っている、あるいはそれにかなり近い語りのようです。

さらに引用の最後の部分、「母人よび給ひて、『これをぬきてまゐらせよ』とのよし、うれし」。この「うれし」は当然お七の心情ですが、これをお七の視点から語っているわけです。語り手とお七がここでは同化しています。西鶴の文体は一文が長く、一文の中で、主語が何度も変化します。この自由自在に主語を変えていく文体によって、登場人物になりきってその心情を語る視点と、全体を俯瞰する第三者の視点を自由に往還しながら語ることに成功しているわけです。ここに浮世草子の文体の特徴があると考えます。

西鶴の浮世草子には登場人物の心情を代弁する和歌は原則出てきません。それはこの独自の文体によって、登場人物の心情をある程度まで代弁できるようになったためといえます。これにより和歌を詠まない人々を主人公とした小説が可能になりました。それまで小説の登場人物たりえなかった当時の市井の人々を描くことができるようになったのです。

この浮世草子の例も、冒頭であげた『土佐日記』などのように、既存の文体では描けない対象を描くために、新たな文体が生み出された例といえます。このように文学史の展開に文体は深く関わっています。

## 7　ファッションとしての文体（1）――初期読本

浮世草子は従来の小説とくらべて、はるかに日常のことばに近い文体で書かれています。日常のことばに近いということは、卑俗な表現になってしまうおそれがあることになります。そのため近世中期になるとより格調高い表現を求めて、新たな小説形式が登場します。それが読本です。中国白話小説の影響を受けた、より本格的な小説です。

ここまでは主に内容との関連から文体を考えてきましたが、文体には別の役割もあります。それは書き手のあり方を示す役割というものです。読本は浮世草子に対して、知的で格調の高い小説です。よって文体もそれまでの浮世草子とはちがったものを必要としました。これは内容が新しい文体を要請したということもありますが、それ以上により格調高く、知的な書き手のあり方が新しい文体を要請したといえます。

読本の嚆矢《こうし》となる都賀庭鐘《つがていしょう》『英草紙《はなぶさぞうし》』（寛延二年〈一七四九〉刊）を見てみましょう。ここでは巻二の「豊原《とよはらの》兼秋《かねあき》音《いん》を聴きて国の盛衰を知る話《こと》」をとりあげます。四国に公務で赴いた楽人《がくじん》豊原兼秋が琴を弾いていると、一人の樵夫《きこり》があらわれます。兼秋は樵夫の琴の知識に驚きます。

兼秋是を聞きて、心中に想ふやう、誠にこの道は、其むかしあやしき草の庵より伝はりし事もありつれども、今の世にては貴人の手に而已《のみ》もてはやして、村父野人《そんぷやじん》には疎《うと》き物なる上、琴は中にも其の伝《でん》絶え絶えにて、我が家より外に知るものなし、彼いかがして聞きとりたるや。或《あるい》は若《も》し外の家にも伝ありて伝へたるや。彼を呼んで盤問《なじり》ふべしと

一見、軍記の文体に近い印象を受けますが、登場人物の心中思惟《しい》を詳細に説明しています。軍記とは異なる近世小説の文体です。この文体を選択した理由について、『英草紙』は序文で、「風雅の詞《ことば》に疎きが故に、其の文俗に遠からず、草沢《さうたく》に人となれば、市街の通言《つうげん》を知らず、幸いにして歌舞伎の草子に似ず」と述べています。「風雅の詞」は物語のようなみやびな文体を、「歌舞伎の草子」は西鶴に影響を受けた八文字屋本《はちもんじやぼん》の浮世草子をさすといわれています。みやびな文章というわけではないが、卑俗な文章にもなっていないということです。つまり、作者は、和歌に精通しているわけではないが、浮世草子をいささか卑俗なものと感じる知識人の一人であり、文体はそうした作者のあり方、より具体的にいえば、作者の知性のあり方を表すものになっているといえます。

もう一つ初期読本の例を見ておきたいと思います。建部綾足《たけべあやたり》の『西山物語《にしやまものがたり》』（明和五年〈一七六八〉刊）という作品です。これは源太《げんた》騒動とよばれる刊行の前年に起きた実際の事件を扱っています。江戸時代に起きた事件を作品化したものですが、文体は『万葉集』や『源氏物語』等のことばをちりばめた擬古文《ぎこぶん》で書かれています。以下、愛する「かへ」という女性をうしなった宇須美《うすみ》という青年の心中を描いた場面です。

昼はまだいとのどけくて、春のひかりはやぶしわかずさし渡れど 古今集　春のひかりやぶしわかねば石のかみ古にしさとも花咲にけり 何のこゝろもなければ、たゞ青き雲にうちむかひて、ひねもす《終日》 いせ物語 空ながめするに、

うらうらに照れる春日にひばりあがりこころかなしもひとりしおもへば万葉　うらうらは今云うららかなり

ともおもひをりける。友がき古語のもとよりはつ桜の枝をはなかめ《花瓶》にさして古今集、露うちなどしておくりけるを、床のまへにするゑ置て、つくづくと見るにさえ、なきてわかれし人ぞ恋しき後撰　桜花雨にぬれたる顔みればなきて別れしひとぞ恋しきともによび出ける。

心情描写ということでいえば、『浦島太郎』のような和歌を使って心情を描く方法をとっています。作中では『英草紙』のような心中思惟も使用されています。しかし、うららかな春の日に、一人自らの悲しい心中に向き合う宇須美という青年を描くには、やはり地の文で描くよりも、和歌を使った表現の方がはるかにすぐれているということなのでしょう。既存の表現形式の中から、自らの目的に合致するものを選択しているといえます。

そして、特徴的なのはやはり擬古的な文体です。しかも「古今集」「いせ物語」「万葉」といった割注の形で、語の出典を示しています。これは古典に通じていない初学者への配慮の意図もありますが、同時に『古今和歌集』や『伊勢物語』や『万葉集』と同じ、みやびな意識で書かれた作品であることを示すものでもあります。作者は古代のみやびな世界へ憧れ、自らもそうした世界に帰属したいという意識でこの文体を選びとっているのです。これも作者の知性のあり方を表す文体といえます。

古典文学はジャンルによって文体がちがっていますが、『英草紙』と『西山物語』は同じ初期読本というジャンルに属しているにもかかわらず、その文体は大きく異なります。初期読本がジャンルとしてはややゆるやかなまとまりだからですが、しかし、両者の文体は、従来の浮世草子に対して、格調の高い作品をめざしている点では共通しています。格調高い作品であることを表すためにそれぞれの文体を採用しているのです。もちろんそうした文体をとったことによって、内容にも影響を与えていますが、それ以上に、格調高い世界に作品が帰属することを表す、ファッションのような役割が前面に出た文体です。

## 8　ファッションとしての文体（2）――後期読本

最後に山東京伝《さんとうきょうでん》の『忠臣水滸伝《ちゅうしんすいこでん》』（寛政十一年〈一七九九〉前編刊）に触れておきます。これは、庭鐘や綾足などの初期読本に対して後期読本のはじまりとされる作品です。『忠臣蔵』と『水滸伝』を取り合わせた作品となっており、全体としては『忠臣蔵』なのですが、それぞれの場面は『水滸伝』風に描かれています。そして、その文体には、白話小説の語彙がちりばめられています。

已《すで》に半月ばかりまちけるが、すこしも無影响《おとづれなかりけれ》ば大に心を悩せ、只得《ぜひなく》且《まづ》一封《いつぽう》の艶簡《えんじよ》を修《とゝの》へ、私《ひそか》に貌好《かほよ》がもとに贈て試ばやとおもひつきぬ。畢竟《ひつきやう》師直《もろなほ》家に回怎地《かへりなにごとを》か計る、且下回《まづつぎのだん》に分解《ときわくる》を聴《きけ》。

「只得」「怎地」などが白話小説の語彙です。訓として日本語の意味が付されているので、白話の知識がなくても読解に問題はありません。ただし、見慣れない字面ではあったでしょう。あるいは「且下回に分解を聴」という白話小説特有の言い回し。総じて当時の人々にはかなり異様な印象を与える文体であったはずです。これは京伝にとって、『水滸伝』らしさを出すための趣向の一つに過ぎなかったようで、実際、京伝の次作『復讐奇談《ふくしゅうきだん》安積沼《あさかのぬま》』（享和三年〈一八〇三〉刊）では、このような白話の語彙は使われていません。しかし、この見慣れない文体は、かなり新鮮なものとしてうけとられたようです。後の読本では京伝のこの文章を模倣し、白話の語彙を多用する文体が出現します。曲亭馬琴《きょくていばきん》の読本などはその代表格といえるでしょう。京伝にとっては単に『水滸伝』

のパロディをするために選んだ文体が、白話小説に憧れる作者たちから模倣される。この例も作品の内容が新しい文体を要請した、という部分もありますが、やはり作者の規範とする小説のあり方を示す一つのファッションとして機能しているということができます。

文学史の展開をおおまかになぞるかたちで議論をすすめて来ましたが、文学史において、文体が重要な役割を果たしていたことが見えてきたのではないでしょうか。新しい文体を工夫することで、新しい表現が生まれてきました。そこには従来の文体の欠点を補う意識があったと考えることができます。また、近世になると、どの文体を選択するかは、作者のあり方、作品のあり方を示すファッションのような役割をするものにもなっていきます。

以上、文体研究はまだまだ方法的に確立されていないこともあり、不十分な議論となった部分も多くありますが、文学研究においては、どのような文体で書かれているか、文体の背後にどのような意識が隠されているかを考察することはきわめて重要です。文体というのは新しいジャンルを生み出す力を持ったものであり、軽々に扱うわけにはいきません。現代語訳で古典を鑑賞することでは得られない文学研究の醍醐味がここにはあります。


**参考文献**

・山口佳紀他校注・訳『新編日本古典文学全集1　古事記』（小学館、一九九七年）
・菊池靖彦他校注・訳『新編日本古典文全集13　土佐日記　蜻蛉日記』（小学館、一九九五年）
・阿部秋生他校注・訳『新編日本古典文学全集23　源氏物語④』（小学館、一九九六年）
・市古貞次校注・訳『新編日本古典文学全集45　平家物語①』（小学館、一九九四年）
・市古貞次校注『日本古典文学大系38　御伽草子』（岩波書店、一九五八年）
・暉峻康隆他校注・訳『新編日本古典文学全集66　井原西鶴集①』（小学館、一九九六年）

・中村幸彦他校注・訳『新編日本古典文学全集78　英草紙　西山物語　雨月物語　春雨物語』（小学館、一九九五年）
・『山東京伝全集』第十五巻（ぺりかん社、一九九四年）
・野村剛史『日本語の焦点　日本語「標準形《スタンダード》」の歴史　話し言葉・書き言葉・表記』（講談社、二〇一九年）

How to READ the Classical Japanese Literature

古典文学のなかの手紙

# 書簡体小説の魅力と「読み」の可能性

岡部祐佳

手紙は、書き手が相手に自らの意思を伝達するための通信手段です。書き手の知らないことは書くことができませんし、都合の悪いことは書かなければ相手に知られることはありません。つまり、手紙に書かれた内容というのは、多かれ少なかれ書き手の認識や記憶、あるいは思惑によって制限を受けることになるのです。古典のなかにも、この手紙の特質をうまく利用した読み応えのある作品があります。本章では、書簡体小説『万《よろず》の文反古《ふみほうぐ》』を通して、手紙を手がかりに作品を「読む」方法について考えてみたいと思います。

# 1　はじめに

書簡体小説とは、手紙の体裁をとった小説という意味であり、登場人物の手紙やそのやり取りを通じて、作品全体の物語が進行していく小説形式のことを指します。現代でも、湊かなえ『往復書簡』（幻冬舎文庫、二〇一二年）など、数多くの書簡体小説が著わされていますが、実はこの形式が定着し広く親しまれるようになったのは、江戸時代になってからのことでした。

もちろんそれ以前の人々にとっても、手紙は重要な通信手段でした。しかし中世以前の社会では、文字を書くことができる層が限られており、貴族や僧侶・武士など、特別な教育を受けた上流階級の人々のみが、文字を使ったコミュニケーションを行うことができたのです。このような状況が一変したのが江戸時代でした。江戸時代になると寺子屋などでの教育が盛んになり、庶民層の識字率が一気に向上します。この寺子屋で使われる教科書は往来物《おうらいもの》と呼ばれ、その原型は往復の手紙文を集めたものでした。また、全国を繋ぐ街道や海路などの交通網が整備され、手紙や荷物を届ける飛脚という職業が発達します。実は飛脚の歴史は古代の飛駅使《ひえきし》・駅使《えきし》まで遡《さかのぼ》ることができるのですが、これらは公用文書の輸送を行うものでした。しかし江戸時代になると町飛脚《まちびきゃく》が発達し、庶民間の商業的・日常的な通信を支えるようになりました。つまり江戸時代は、手紙という通信手段がより多くの人々にとって身近なものとなった時代だったのです。

人々にとって親しみのある文物が、同時代の文芸作品に描かれるのは当たり前のことです。そしてその文物が人々にとって身近であればあるほど、作品のなかでの描かれ方も多様になり、さまざまな工夫が凝らされるようになっていきます。書簡体小説の流行は、このような当時の時代背景が生み出した必然の現象であったといえるでしょう。そのなかには、単なる小道具という域を超えて、手紙というものの性質を上手に利用した、読み応えのある作品も登場します。

## 2　西鶴『万《よろず》の文反古《ふみほうぐ》』について

『万の文反古』は、元禄九年（一六九六）に刊行された浮世草子です。『好色一代男』などの著者として有名な、井原西鶴の作とされています。西鶴は元禄六年（一六九三）にすでに亡くなっていますが、『万の文反古』は彼の未発表原稿を集めて出版された遺稿集と考えられています。

この作品以前の書簡体小説は、作中人物の手紙と地の文を組み合わせて話を展開させるものがほとんどでした。なかには地の文をさほど用いず、まるで文例集のような形で手紙を並べていく作品もありましたが、その場合も往信・返信を合わせて載せるのが基本です。ところが『万の文反古』は、掲載される十七通の手紙それぞれの間に全く関連性がないという珍しい特徴を持っています。各話は一通の手紙とそれに対する簡単なコメントのみで構成され、たとえ返信であったとしても往信を一緒に載せることはありません。また手紙に対するコメントも、偶然その手紙を拾って読んだ第三者が述べたという設定が取られています。つまり読者である我々は、提示されているたった一通の手紙の内容以外、ほとんど情報を与えられないまま、話を読み進めていかなくてはなりません。

しかし、手紙に書かれる内容は、常にその書き手の意識や意思の範囲内に限定されてしまうものです。書き手が知らないことは書くことができませんし、書き手が隠しておきたいと思うことはあえて書かれないという可能性もあります。

かつて、アメリカの文芸批評家であるウェイン・C・ブースは、『フィクションの修辞学』（原題：*The Rhetoric of Fiction*）という本の中で、「信頼できない語り手（*Unreliable narrator*）」という概念を提示しました。

この概念は、一人称の語り手によって進められていく物語には、語り手の嘘や偏見、あるいは記憶や知識の範囲によって、読者の得られる情報が左右されてしまう危険性があるということを指摘したもので、その後の小説読解に大きな影響を与えました。

『フィクションの修辞学』が刊行されたのは一九六一年のアメリカですから、日本の古典文学が成立した当時にこのような考え方があったわけではありません。しかし、手紙というものの持つ性質――常に書き手という一人称の語り手によって書かれる――は、江戸時代であっても現代であっても、そして日本でも外国でも共通しています。「信頼できない語り手」という概念がなくとも、作品の中で同様の現象が発生していることは十分に考えられるでしょう。しかも、『万の文反古』の場合、一通の手紙以外の情報がほとんど提示されないという特殊な構造を持っています。つまり、読者は「信頼できないかもしれない語り手」の持つ情報や主張を、一方的に与えられ続けることになるのです。

『万の文反古』という作品を読む際には、そのような「信頼できないかもしれない語り手」の証言の信憑《しんぴょう》性を慎重に検討していく必要があります。本文に散りばめられたヒントを頼りに、語り手の示す情報の矛盾や主張のほころびを読み取っていくことで、まるで推理小説のようなエキサイティングな「読み」の可能性が拓《ひら》けていくのです。次節以降、『万の文反古』巻五の二「二膳《にぜん》居《す》ゑる旅の面影《おもかげ》」を具体的に読み進めながら、その面白さを体感してみましょう。

## 3　江戸時代の不倫嘱託《しょくたく》殺人事件

《あらすじ》

盲目の孫を持つ祖母が知人に出した手紙。将来、孫が勾当《こうとう》（盲人の官位の一つ）になれるように、座頭へ弟子入りする橋渡しを依頼している。孫が失明した経緯やその不憫《ふびん》さを語り、続けてその母親が起こした密通《みっつう》（不倫）事件の顛末《てんまつ》を書き記す。この母親は、不倫相手に夫を殺させたにもかかわらず、夫の死を嘆き悲しんでいた。いっぽう男のほうは、自分の犯した罪が明らかになることを恐れたのか、逃げ出してしまう。しかし逃走中の男のもとに、殺害した夫の亡霊が現れるという事件が起こる。男は観念して自首し、打ち首となる。女も言い逃れはできないと悟ったのか、池に身を投げて自殺してしまった。

この手紙は、孫の将来を心配した祖母が知人に出したものです。手紙のはじめとおわりには、盲目となってしまった孫に対する思いが切々と語られます。しかし、それ以外のほとんどの部分は、その孫の母親が起こした密通事件に筆が費やされています。

今までは申さず候へども、長市郎《ちょういちろう》が母の事、世に又もなき悪人、同じ所に密夫《みつぷ》をこしらへ、二年あまりもしのびあひしが、七十五度にもおよびけるが、はし〴〵この沙汰いたせしに、長之進《ちょうのしん》耳に入れどもすこしも動《どう》ぜず、我が子ながら落付きて、一思案して、ひそかにその男をぎんみいたせしに、女房この事を通じて、隠し男に長之進を闇うちにいたさせ、その身もこれをなげきかなしみ申候。

二年ものあいだ不倫をしたあげくその不倫相手に夫を殺させ、「その身もこれをなげきかなし」んでみせる孫の母親は、確かに祖母の言うとおり「世に又もなき悪人」のように思えます。しかもこの女は、奉行による取り調べにも、「まことがましく、『是非に夫《つま》の敵を取りて給はれ』と、この事ふかくなげ」いてみせたというのですから、まさに極悪人と称しても差し支えないように思えます。

## 4 「噂」の謎

しかし、これはあくまでも祖母の目を通して語られる事件の全体像です。実はこの祖母の証言を慎重に読んでみると、矛盾する点が浮かび上がってきます。この点については、すでに西島孜哉《あつや》氏の指摘がありますが、ここでは本文に沿って具体的に見ていくことにします。

まずは、先ほど引用した箇所の傍線を引いた部分に注目してみましょう。祖母によれば、女の不倫は夫が殺害される前から「はしぐ〵」で「沙汰」つまり噂されており、その噂は夫自身の耳にも届いていたそうです。すなわち女が不倫をしていたことについては、殺害事件が起こる前から、多くの人々が知っていたということになるでしょう。ところが、祖母は先ほどの引用部分に続けて、次のように書いています。

それまでは、かかるたくみとはしらず、夫をうたれ、女の身にしてはふびんもひとしほまさり、おの〳〵力をつけ申候。

殺害事件が起きた直後、祖母をはじめとする周囲の人たちは、女を「ふびん」に思い励ましていたというのです。「それまでは、かかるたくみとはしらず」と言っていますが、それでは、事件の前から「はしぐ〵この沙汰」をしていたのは一体誰だったのでしょうか？

また、事件について奉行の取り調べがあったということは先ほど述べました。しかしその結果は、「いろいろ御詮議《ごせんぎ》あそばし候へども、しれずして」、つまり色々と調べてみても犯人を突き止めることができなかったとされています。しかし、これも事前に噂が流れていたとすればおかしな話です。普通、不倫の噂が流れている女性の夫が殺されたとき、まっさきに疑われるのはその女性と不倫相手でしょう。それにもかかわらず、この奉行は夫の敵を取ってほしいと嘆く女を「ふびんにおぼしめ」すことはあっても、疑っている様子はありません。事件に関する祖母の手紙の記述は、明らかにつじつまが合わないのです。

## 5　密通事件はあったのか?

奉行の取り調べでも、何も突き止められなかったこの殺人事件は、犯人の自首によって幕を閉じます。祖母によると、「何とやら心がかりになりて、世上よりうたがふやうにおもはれ」た男は、勢州桑名《せいしゅうくわな》(伊勢国桑名、現在の三重県桑名市のあたり)まで逃走します。彼はそこで旅籠屋《はたごや》に泊まり夕食を食べるのですが、そのときになぜか膳が二つ運ばれてきたのです。不審に思った男が旅籠屋の亭主に尋ねると、自分と前後して確かにあと一人、男性が座敷へ入っていったのだと言います。その男性の特徴を詳しく聞いてみると、なんと殺害された長之進そのものでした。それを聞いた男は涙ぐみ、亭主の前で長之進を殺したことを自白します。そして自首することを決心して国元へ帰り、打ち首となりました。

手紙の書き手である祖母は、旅籠屋での男の発言を、不倫と殺人の自白として捉えているようですが、果たして本当にそうなのでしょうか。というのも、男が旅籠屋の亭主に語った自白の言葉は、次のようなものだったからです。

我《われ》、国元《くにもと》に長之進といふ者を、さる子細あつて闇討にいたし、ひそかに立ちのき、あづまの方《かた》へ身を隠さんとこれまでまゐりしが、只今の咄の男、我が手にかけし長之進がその夜の出立にうたがひなし。さては我が身に付きそひ、その執心はなれず。かくあれば何国《いづく》までものがるる所なし。我ゆゑ迷惑する人もあるべし。これより生国に立帰り、ありのままに命を帰さん

そもそも、男の逃走時の様子や自首の経緯については、祖母が直接知り得ることではありませんから、おそらくは誰かから伝え聞いた話なのでしょう。ですからこのあたりの事情は、事実というよりも祖母の知っている情報と捉えるほうが正確です。それにしても、先ほど引用した男の自白からは、「男が長之進を殺した」ということはわかっても、「その妻と不倫をしており、妻の指示によって長之進を殺した」ということまではわかりません。男は、長之進を殺した理由については、「さる子細あつて」としか言っていないからです。

また、この事件で正式に罪を問われて処刑されたのが、不倫相手とされる男だけであったことも不自然です。当時の法律では、女性が夫とは別の男性と関係を持つ不義密通は重罪でした。しかも今回の場合はそこに嘱託殺人が絡んでいますから、事態はより深刻といえるでしょう。

江戸時代の法典として有名な「御定書百箇条《おさだめがきひゃっかじょう》」第四十八条には、密通に対する刑罰が定められています。それによると、密通した男女は「死罪」とされています。「死罪」とはいわゆる死刑のことですが、死後に財産が没収されたり、死体が刀の試し斬りに使われたりするなど、単なる「打ち首」より重い刑罰でした。さらに、「御定書百箇条」では、密通したうえに夫を殺した女を「引き廻しのうえ磔」、夫を殺すように勧めたり殺すのを手伝ったりした男を「獄門」と定めています。引き廻しとは、罪状を書いた紙とともに罪人を市中に引き回した後、刑場へ連れて行くというものです。そして磔とは、罪人を柱に磔にして晒《さら》した後、槍などで刺し殺すという刑罰です。

また、獄門とはいわゆるさらし首のことで、斬罪に処せられた罪人の首を刑場などに晒しておくことをいいます。

ちなみに、「御定書百箇条」自体の成立は寛保二年（一七四二）とされているため、『万の文反古』よりも後にできたものということになります。しかし、この法典は過去の先例や取り決めを基礎として、それを法典形式に整備したものです。しかも、先ほど確認した密通に関する刑罰については、それ以前の慣例を引き継いだということを示す、「従前々の例」という但《ただ》し書きが付されています。ですから、先ほど確認した密通に関連する刑罰も、「御定書百箇条」成立以前のものとさほど大きな違いはないはずです。

このように見てみると、密通とそれに絡んだ嘱託殺人については、男女ともに「死罪」以上の刑罰に課せられるのが、当時の感覚として一般的であったことが推測されます。ところが「二膳居ゑる旅の面影」では、男は打ち首に処されているものの、女のほうは、男の自首と処刑の後に、「女ものがれぬ所と、身を姿の池に沈め、目前におのれが悪事さらし」た、つまり池に投身自殺したとされています。

男は旅籠屋での出来事の後、すぐに大和の国（今の奈良県）に帰国し、宣言どおり自首をして「すみやかに」打ち首となっています。もし男が自首した際に密通のことを話していたとすれば、当然、女にも何かしらの取り調べがあり、密通の罪に問われたうえで処刑されるのが自然な流れといえるでしょう。「御定書百箇条」第一〇三条では、殺人に対する刑罰を「首を刎ね、死骸取り捨て。但し様物には申し付けず」、つまり単なる打ち首と定められています。すなわち「二膳居ゑる旅の面影」で男が受けた処罰は、単なる殺人事件に対するものと考えることができるということになります。

実は、この「二膳居ゑる旅の面影」には典拠とされる話がいくつか指摘されています。ところがどの典拠においても、夫を殺したのは女であると明確に示されており、最終的に女と不倫相手のどちらともが処刑されて死ぬことになっています。つまり、女の最期を刑死ではなく自殺としたのは、作者が独自に典拠を改変した部分ということになります。オリジナルをあえて変更するからには、そこには何らかの意図が込められていると考えるべきでしょう。

それでは、作者がこの改変に込めた意図とは一体何だったのでしょうか。ここまでに見てきた祖母の証言の矛盾や、当時の刑罰との相違に着目すれば、おのずとそれは明らかになるでしょう。おそらく、この密通事件自体が、実は存在しなかったのではないでしょうか。男が長之進を殺した単なる殺人事件に、いつの間にか、密通事件という別の要素が混ざり込んでしまった、という可能性が浮上してきました。

## 6　女はなぜ自殺したのか？

ここまで、祖母が手紙の中で語る密通事件自体が、実は存在しなかったのではないかということを述べてきました。それでは、なぜ祖母は存在しない密通事件を、まるで真実であるかのように語るのでしょうか。そして、孫の母親はなぜ、死ななければならなかったのでしょうか。

先ほど言及した西島氏の先行研究では、もともとこの祖母と嫁との間には確執があり、そのために祖母が自分勝手な思い込みをしてしまったのではないか、と指摘されています。しかし、この二人の間に以前から嫁姑問題があったかどうかについては、作品内の記述からは読み取ることができません。ここでは、もう少し作品の本文に寄り添いながら、その理由を考えてみたいと思います。

ここでポイントになってくるのが、祖母が手紙の中で主張していた「噂」の存在です。殺人事件以前から密通の噂があったという祖母の証言は、前後関係から言って明らかに矛盾していることはすでに指摘しました。しかし、それはあくまで噂が「事件以前からあった」ことを否定できるというだけで、噂の存在自体を否定することはできません。

祖母によると、盲目となってしまった孫の長市郎は、周囲の人々から「蝉丸のおとし子」と呼ばれています。蝉丸とは、能や浄瑠璃などでよく知られる盲目の琵琶の名手です。失明した長市郎のことを呼ぶのであれば、同じく盲目であったとされる「蝉丸」というあだ名を付けてもよさそうなものです。しかし、人々はあえて長市郎のことを「蝉丸のおとし子」と呼んでいます。「おとし子」とは、身分の高い人が、正妻ではない女性に産ませた子という意味を持つ言葉です。つまり、長市郎につけられた「蝉丸のおとし子」というあだ名には、「密通によって誕生した子ども」という、周囲の軽蔑の意識が反映していると考えられるのです。

もちろん、祖母が「信頼できないかもしれない語り手」である以上、その語り全てを嘘ではないかと邪推することは可能です。しかし、何の根拠もないままに全ての語りを嘘だと捉えてしまうと、作品自体が崩壊してしまいかねません。他の部分ととくに矛盾がないものについては、ひとまずは「信頼できそうな」語りとして考えておくべきでしょう。ですからこの場合、密通の噂自体は存在していたと考えてみるのがよさそうです。となると問題は、その噂が一体いつごろから広まり始めたのか、ということになります。

不倫相手とされた男は、「世上よりうたがふやうにおもはれ」たために逃げ出したとされ、旅籠屋では「我ゆゑ迷惑する人もあるべし」と供述しています。しかし、長之進の殺害については、奉行の詮議があったにもかかわらず、犯人不明ということで一通りの決着がついていました。そのような状況で突然、ふたたび犯人捜しが始まるとは考えにくいでしょう。また、男の「我ゆゑ迷惑する人もあるべし」という言葉も気にかかります。男が逃げ続けることによって、誰か迷惑する人がいるということは、代わりに疑われてしまう人がいるということを指すと思われます。わざわざこのような発言をする以上、男にはその人物についての具体的な心当たりがあったのではないでしょうか。

このように考えてみると、密通事件の「噂」の発生時期がおのずと特定されてきます。おそらくこの噂は、奉行の取り調べが終わった後、男が「世上よりうたがふやうに」思われた時期に発生したのではないでしょうか。だからこそ、男は自分の罪が発覚することを恐れて逃げ出したのです。しかし、旅籠屋での事件をきっかけに観念した男は、「ありのまま」に話すことを決め自首をします。そうすることによって、「我ゆゑ迷惑する人」つまり密通を疑われている女の疑いが晴れるだろう、という気持ちもあったのでしょう。実際、女に対して処罰が下されることはありませんでした。

ところが、先ほどから述べているように、女のほうは自ら池に身を投げて命を絶ってしまいます。祖母はこれについて、逃げ切れないと観念したためだと考えているようですが、もしそのような理由で女が自殺したとすれば、それは男が捕まった直後でなくては不自然です。男が捕まり自白をしたから自分も同時に罪に問われるだろう、そう思って自殺をしたのであればつじつまが合います。しかし実際には、男は自白後に「すみやかに」打ち首となり、女に捜査の手が及んだ様子はありません。ということは、女の自殺の理由は別にあると考えるほうがよさそうです。そしてその理由こそが、密通の噂だったのではないでしょうか。

噂が生じ始めたとき、男はその場所から逃げ出し桑名へと向かっていました。しかし女のほうは、噂が蔓延《まんえん》していく場所に一人取り残されていました。すでに述べたとおり、当時人妻の密通は重罪でした。しかも今回の場合、殺人事件までもが絡んでいます。祖母の手紙からうかがえる辛辣《しんらつ》な態度から考えるに、おそらくこの女は、周囲から厳しい非難の目を向けられていたはずです。誰も味方になってくれない状況で、精神的に追い詰められてしまったからこそ、自ら命を絶つという選択肢を採らざるを得なかったのではないでしょうか。

一度疑い始めると、全てが怪しく見えてしまうということがあります。おそらく、この祖母と女のもともとの関係はさほど悪くなかったのでしょう。だからこそ事件直後の祖母は、夫の死を悲しむ女を「ふびん」に思い、励ましさえしていたのです。しかし、広まっていく噂を信じてしまったがために、過去の女の殊勝な態度までもが、「まことがまし」く、憎らしいものに思えてきたのでしょう。はじめに指摘した祖母の証言の不審点についても、噂の時期を考え直すことによってこのように矛盾なく説明することができてしまいます。

この話に描かれていたのは、単なる密通殺人事件の顛末ではなく、噂によってすれ違ってしまった、人間同士の悲しい関係性だったのではないでしょうか。そして、そのすれ違いを描くうえで、書簡体小説という形式は実に効果的であったということができるでしょう。

## 7 おわりに

本章では、『万の文反古』巻五の二「二膳居ゑる旅の面影」を例に、書簡体小説を「読む」方法の一例を示しました。とくに何も意識せずに読んでしまうと、手紙の中に書かれた密通事件は実際にあったことで、孫の母親は極悪人であるという祖母の主張を鵜呑みにしてしまうことになります。しかし、常に書き手の意識や認識の制約を受けざるを得ないという、手紙の特質を理解したうえで読んでみると、この祖母は一気に「信頼できないかもしれない語り手」へと変貌します。作品のなかに散りばめられたヒントを頼りに、書き手の証言を改めて整理してみることで、ミステリーを読み解いていくような「読み」の面白さを味わうことができるのです。

『万の文反古』には、ほかにも十六篇の話が収録されています。そしてそれらは、書き手の設定や受取人との関係性、描かれるシチュエーションなどについて、さまざまな工夫が凝らされているものばかりです。みなさんもぜひ、『万の文反古』という作品に挑戦し、書簡体小説を「読む」楽しみを体感してみてください。

引用・参考文献

・ウェイン・C・ブース著、米本弘一・服部典之・渡辺克昭訳『フィクションの修辞学』（叢書 記号学的実践13）（水声社、一九九一年）
・谷脇理史・神保五彌・暉峻康隆校注『新編日本古典文学全集68 井原西鶴集③』（小学館、一九九六年）。引用文中の傍線は引用者による。
・西島孜哉「『万の文反古』原三巻の因果話」（『西鶴 環境と営為に関する試論』（勉誠社、一九九八年）収録。初出は『武庫川国文』第四十七号、一九九六年三月）
・福永英男編『『御定書百箇条』を読む』（東京法令出版、二〇〇二年）
・岡部祐佳「『万の文反古』「二膳居る旅の面影」試論」（『上方文藝研究』第十三号、二〇一六年六月）

# 絵を読み解く
## ——近世・明治の出版物を読む

有澤知世

いわゆる「挿絵」と聞くと、ストーリーの内容を視覚化するもの——作品のなかでは補助的な要素——を思い浮かべるかもしれませんが、絵と文とが合致した文芸の形態は古く平安期の絵巻に見られ、限られたスペースのなかで絵と詞書《ことばがき》を駆使し、時間と空間の推移と変化を鑑賞者に理解させる構図法は、脈々と受け継がれてゆきます。詞書は徐々に画面の中に入り込んで絵と混じり合うようになり、板に文字や絵を彫る製版技術の洗練によって、あらゆるレベルで絵を読み解くことを前提とした出版物が世に送り出されました。本章では、近世後期から明治初期にかけての出版物に注目し、多様な意味や機能をもつ文芸作品の絵を読み解きます。

## 1　重層化させる絵——余情豊かに描く

「本歌《ほんか》取り」という手法があります。誰もが知っている古歌の語句や趣向をふまえて新たな和歌へと発展させる方法で、「本歌」と呼ばれるもとの歌に、新たな表現が重なり、作品世界に奥行きをもたらす効果があるのです。

また散文においてもしばしば、誰の目にも明らかなように、あるいは簡単にはわからないようなかたちで、異なるテクストを作品の中に取り込むことがあります。ここでは絵と文字が有機的に作用して、重層的な作品世界を構築している例をみていきます。

近世中～後期にかけて制作された、読本《よみほん》とよばれる長編歴史小説群があります。絵と文章により巧みに壮大な物語を描くこのジャンルのうち、平将門《たいらのまさかど》の遺児・相馬良門《そうまよしかど》とその姉瀧夜叉《たきやしゃ》姫たちによる復讐の企みを描いた『善知安方忠義伝《うとうやすかたちゅうぎでん》』（山東京伝《さんとうきょうでん》作・歌川豊国《うたがわとよくに》画、文化三年〈一八〇六〉刊）における優れた事例を紹介しましょう。

> 決起を目論む良門を諫《いさ》めるため、将門旧臣の子・善知安方は切腹する。その義兄鷺沼太郎則友《さぎぬまたろうのりとも》は、越中立山《たてやま》地獄谷で安方の霊に逢い、安方の故郷陸奥《みちのく》外が浜に住む妻の錦木《にしきぎ》（太郎の妹）および一子千代童《ちよどう》への伝言を依頼された。長途を急ぎ夜に入って外が浜の家を訪ねあてた則友は、やつれはてた錦木と再会する。安方諫《かん》死《し》の報を伝え、この家に宿った則友が夜明けて目覚めたとき、家も人もなく、身は野原の中に臥していた。近くの古松の下に塚があり善知の妻と記した文字を見た則友は、錦木の死を初めて知ったのである。

巻之二にある右の挿話は、上田秋成《うえだあきなり》の読本『雨月物語《うげつものがたり》』（安永五年〈一七七六〉刊）巻之二「浅茅《あさじ》が宿《やど》」をふまえており、字句を多く借用していることが、小池藤五郎等により指摘されています。

❶『善知安方忠義伝』巻之二　十八丁裏・十九丁表（専修大学図書館蔵）

❷『雨月物語』巻之二　三丁裏・四丁裏（国文学研究資料館蔵）

「浅茅が宿」は次のような話です。

下総国《しもうさのくに》葛飾郡《かつしかこおり》に住む勝四郎は、家運挽回のため、妻・宮木《みやぎ》を残して上京する。都で七年を過ごして帰国した勝四郎は、荒れ果てたわが家にひとり夫を待ち続ける宮木の姿を見る。喜ぶ妻と共に臥して目を覚ますと、妻はおらず家は廃墟となっており、妻の筆跡で和歌が記された那須野紙《なすのかみ》を見つけ、宮木の死を悟る。

京伝は読本のスタイルをつくりあげるにあたり、『雨月物語』からしばしば学んでいることが指摘されており、彼に近い位置にいる読者たちも、すぐさまこの先行作品のことを想起したことでしょう。

さて、『善知安方忠義伝』の挿絵に目を転じると、磯辺に立って嘆く則友と、その背景に外が海、松の古木が描かれ、さらに薄墨で、則友の手を取り泣く錦木の亡霊と廃屋とが描かれています［❶］。この挿絵の墨摺の部分は、「浅茅が宿」の、廃屋となった我が家を見て嘆く勝四郎の挿絵［❷］の構図を反転させたものであることが、鈴木重三によって指摘されているのですが、薄墨の板を加えることによって、則友が一夜に見た幻影をも描き出しており、夫を待ち、死してなおそこにとどまり続ける錦木の哀しみと、儚い再会の後にそのことを知った男の嘆きが、時間の経過を伴って余情豊かに表現されているのです。
なお、初摺本以外では、この薄墨の部分が省かれていることが、鈴木重三によって指摘されています。『善知安方忠義伝』の諸本における薄墨の有無については、『山東京傳全集』読本2「解題」の「補説」に詳しいので、ご参照ください。

## 2　雄弁な絵――言外に描き出す

絵とテクストが同じ画面の中で入り混じって、相互に補い合うという文芸形態の真骨頂は、江戸時代に出版された「草双紙《くさぞうし》」と呼ばれる絵本群にあるでしょう。草双紙は、出版時期や内容、造本形態の違いによって、それぞれ「赤本《あかぼん》」「黒本《くろぼん》」「青本《あおぼん》」「黄表紙《きびょうし》」「合巻《ごうかん》」と呼ばれていますが、ここでは黄表紙の祖『金々先生栄花夢《きんきんせんせいえいがのゆめ》』（恋川春町《こいかわはるまち》作・画、安永四年〈一七七五〉刊）を見てみましょう。あらすじは、次のとおりです。

❸『金々先生栄花夢』下之巻　一丁表（国文学研究資料館蔵）

江戸でひともうけしようとする田舎青年・金村屋金兵衛《かねむらやきんべえ》は、目黒不動で名物の粟餅《あわもち》を食べようとし、それができあがるつかのまの夢に、富商・和泉屋清三の養子となって遊里で豪遊するも、放蕩がたたって勘当の身となる顚末を見、人間一生の楽しみもしょせん粟餅のできあがる間の夢にすぎないと悟る。

夢の中で急に大金持ちになった金兵衛は、取り巻きたちと連れ立って

❹『金々先生栄花夢』上之巻　一丁裏・二丁表（❸に同）

❺『当世風俗通』十丁表
（国立国会図書館蔵）

吉原へ出かけ、「金銀をますに入、節分の祝儀をいわ」という豪遊ぶりを見せます［❸］。

ここで注目すべきは、金銀を撒きながらも、彼の左隣に座る遊女・かけのから目線を外さない金兵衛と、座敷の大騒ぎにそっぽを向くかけの、そして撒かれた金を拾い集める取り巻きたちの姿のコントラスト。かけのの台詞は記されていませんが、彼女の気を引こうとして空回りする金兵衛と、金兵衛の使う金にしか興味のない人間たち、その大騒ぎを冷ややかに眺める、花柳界の女たち（かけのだけではなく、その後深川の場でもおまづという女に軽視されています）による人間模様が一図に描かれているのです。

また、作品冒頭で登場した時の金兵衛の姿［❹］は、清三邸の下女に「とんと雷子《らいし》がもの草といふかつこうだ」と評されています。これは二世嵐三五郎が演じた「物ぐさ太郎」をふまえた言で、ぼんやりした田舎者らしい様子を揶揄されていたのですが、大金持ちになると一変、この吉原の場では、当時の流行ファッションを図解した『当世風俗通《とうせいふうぞくつう》』（安永二年〈一七七三〉刊、文は朋誠堂《ほうせいどう》喜三二《きさんじ》、絵は春町の作とされる）に載る「上之息子風」［❺］、つまり上流のお坊ちゃん風そっくりの姿に描かれており、彼の羽振りの良さや、上から下まで流行を取り入れてしまうミーハーさ、あか抜けなさが、一目で了解されるというわけです。

## 3　共通認識をつくる絵——善の侠客《きようかく》・野晒悟助《のざらしごすけ》

「この髑髏《どくろ》模様の着物を着た男性は、どのような人だと思いますか？」——［❻］の絵について、大学の講義で学生にアンケートをとると、大抵「悪人」「やくざ者」といった答えが大半を占め、数人からは「お洒落な人」「とがった人」「ロックな人」等の回答があります。

現代人にとっての「髑髏模様の着物」は、「髑髏模様の旗」や「髑髏模様の瓶」とは違って、特定の意味はなさそうですが、ある時期においては、ひとつのイメージを想起させるものでした。

この絵は、室町時代の禅僧・一休禅師の伝記を大枠とする京伝の読本『本朝酔菩提全伝《ほんちょうすいぼだいぜんでん》』（歌川豊国画、文化六年〈一八〇九〉刊）の登場人物「浪華伉侠《なにわのおとこだて》　野晒悟助」を描いたものです。

「おとこだて」とは、男気があり、強い者をくじき弱い者を助け、信義を重んじる、いわゆる侠客のこと。もと一休禅師の弟子であった悟助は、生来の乱暴な気質を制御できなかったため破門され、俗世に戻って葬儀屋を営んでいますが、その暮らしぶりが変わっています。

> 毎月上《まいげつかみ》十五日は俗体《ぞくたい》に袈裟《けさ》をかけ、精進潔斎《しやうじんけつさい》にて朝夕香《あさゆふかう》を焼経《たききやう》を読《よみ》、万《よろづ》をつゝしみて、いかほどしのびがたき事《こと》ありても、怒《いかり》をなさず争《あらそふ》ことをせず、柔和忍辱《にうわにんにく》を専《もつぱら》とし、下《しも》十五日は俠者《をとこだて》の打扮《いでたち》して、所々方々《しよく〳〵はう〴〵》の人立《ひとだち》おほき所《ところ》を徘徊《はいくわい》し、剛《つよき》をくじき柔《よはき》をたすけ、人《ひと》の難儀《なんぎ》を見ては救《すくは》ずといふ事なかりしゆゑに、人皆大《ひとみなおほい》に喜《よろこ》びぬ。

悟助は過去の過ちを悔い、一月のうち上十五日は出家として精進潔斎を行い、月の下十五日は、善を勧め悪を懲らす侠客として振る舞っているというのです。彼の侠客衣装に描かれた髑髏模様の由来は、有名な古典のエピソードに求められます。

曾《かつ》て荘子《さうじ》が髑髏《どくろ》の語《ご》、小町《こまち》があなめの歌《うた》を悟《ご》して、衣服《いふく》に髑髏《どくろ》の形《かたち》をゑがく。人《ひと》の災《わざはひ》を去《さる》こと実是《まことにこれ》髑髏《どくろ》目《もく》中《ちう》の草《くさ》を抜《ぬく》が如《ごと》し。

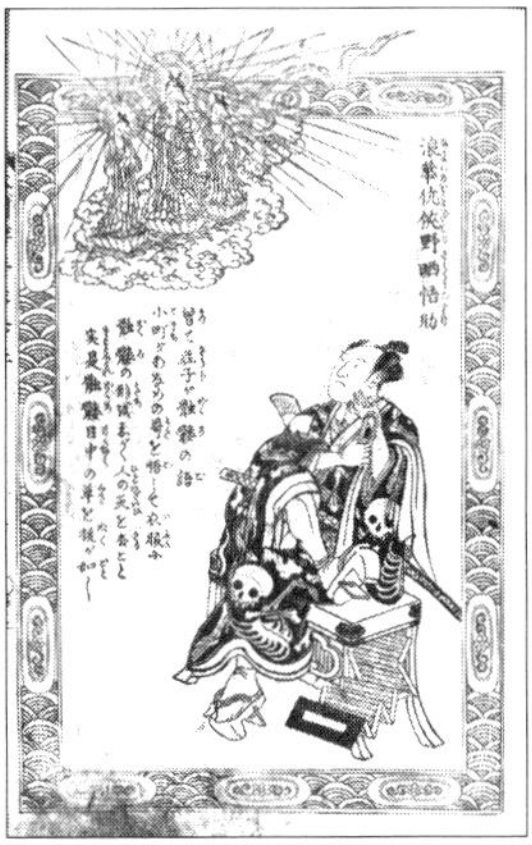

❻『本朝酔菩提全伝』巻之一四十三丁表（国文学研究資料館蔵）

❼歌川国貞画「男達野晒悟助 市村家橘」（早稲田大学演劇博物館蔵、作品番号：101-0414）

ひとつは、『荘子』に登場する髑髏のエピソード。荘子が夢の中で野晒になった骸骨と対話し、人間のどのような楽しみも、何もない死の世界の楽しみには及ばないと言われたもの。

もうひとつは、能の『通小町《かよいこまち》』や説話集の『古事談《こじだん》』などに見られる、自身を想う男性たちを無下にした報いをうける小野小町のエピソード。薄《すすき》原を歩く僧が、「秋風の吹くにつけてもあなめあなめ　小野とは言はじ薄生ひけり（秋風が吹くたびに、ああ目が痛い痛い。小野とは言うまい、薄が生えているだけなのだから）」という和歌を耳にし、目の穴から薄が生えた小町の髑髏を見つけて供養するというものです。

以上からもわかるように、髑髏は基本的に「死」を意識させる文脈で登場するものでしたが、『本朝酔菩提全伝』では、人《ひと》の災《わざはひ》を省《はぶく》こと髑髏《どくろ》目中《もくちう》の草《くさ》を抜《ぬく》がごとくすべしといふ意《こゝろ》にて、野曝《のざらし》の白骨《はくこつ》を地紋《もやう》につけたる衣服《いふく》を著《き》たるゆゑに、野曝《のざらし》悟助《ごすけ》と異名《いみやう》して、尊敬《そんきやう》せざるはなかりけり。

とあるように、髑髏の目を傷める薄を「苦しみ」と捉えて、薄を抜く、つまり「人々の災いを省く」という善の侠客としての使命を、新たに象徴させたのでした。

さて、特徴的な衣装をまとった善の侠客は、後続作品でも好まれるところとなります。まず悟助の生みの親である京伝自身が、『ヘマムシ入道昔話』（歌川国直画、文化十年〈一八一三〉刊）という合巻作品で、もう一度「浪花《なには》の男《おとこ》伊達《だて》野晒《のざらし》悟助《ごすけ》」を登場させています。

彼は敵役に、「町人でも野晒めは、手ごはい奴じやそうにござる」「ム、その野晒といふは聞き及んだ男伊達、常の衣服に野晒の白骨を染めて着る由」と評されていることから、『本朝酔菩提全伝』の悟助と同じく、義理堅く、強い人物として評価されており、髑髏模様の着物がトレードマークのようです。

ところが本作における「野晒悟助」には、一休の弟子で半聖半俗であるという設定はなく、髑髏模様の由来についても説明されません。つまり、『本朝酔菩提全伝』における悟助の〈勧善懲悪を為す強い侠客〉という性格のみが、髑髏模様と一対になって、『ヘマムシ入道昔話』の悟助へと引き継がれているのです。

さらに、式亭三馬《しきていさんば》作の合巻『二枚続吾妻錦絵《にまいつづきあづまのにしきえ》』（歌川国貞《くにさだ》画、文化十年刊）に登場する侠客・浮世猪之助《いのすけ》は、借金の義理から心ならずも悪人に加担していたが、そのしがらみから逃れた後は主人公の味方となるという人物で、彼の役どころが「善」に転じた後は、読者に何の断りもなく、髑髏模様の衣装を身につけた姿で描かれるようになります。

つまり髑髏模様の衣装は、『本朝酔菩提全伝』や「野晒悟助」から独立し、作者と読者の間で、善の侠客を象徴するモチーフとして了解され、言外に登場人物の性格を示す機能を担っていたと考えられるのです。

さて、『本朝酔菩提全伝』は後に歌舞伎化し、特に野晒悟助の活躍が中心の後半は『酔菩提悟道野晒《すいぼだいごどうののざらし》』（河竹黙阿弥作、元治二年〈一八六五〉一月江戸市村座初演）と改題され再演されます。悟助を演じた市村家橘《かきつ》（後の五代目尾上菊五郎）の衣装には髑髏の意匠が用いられました。その姿は役者絵に描かれ［❼］、さらに侠客を描いた続き物の浮世絵（歌川国芳画「国芳もやう正札附現金男《しょうふだつきげんきんおとこ》　野晒悟助」等）においても踏襲されています。このように、野晒模様は悟助と一対で認知される機会が多かっただろうと思われますが、変わった例としては、月岡芳年《よしとし》・一蕙斎《いちけいさい》芳幾《よしいく》による浮世絵「英名二十八衆句」シリーズ（慶応二年～同三年〈一八六六―六七〉刊）の中で、江戸後期の侠客・国定忠治《くにさだちゅうじ》が野晒模様の衣装を着ています。民衆を救う侠客として講談や演劇に登場した国定忠治の性格を一枚絵で表すには、鑑賞者が〈善の侠客〉の象徴として認識している髑髏模様が有効だったのではないでしょうか。

なお『本朝酔菩提全伝』以前にも、侠客と髑髏の衣装との結びつきは確認できます。たとえば、様々な職種の遊客を紹介する絵本『吉原こまざらい』（寛文六、七年〈一六六六、七〉頃刊）や、菱川師宣《ひしかわもろのぶ》の絵本『岩木絵つくし』（天和三年〈一六八三〉刊）に、髑髏模様の衣服を身につけた侠客風の遊客の姿が描かれており、人目に触れる風俗を好み、豪胆さをもっぱらとする侠客が、死をも恐れぬ気概を込めて髑髏を身に着けたのではないかと推察されます。

京伝が野晒悟助を造形した際、こういった昔の風俗が念頭にあった可能性があると思われますが、テキストによって髑髏に「勧善懲悪」の意味を与えたことが『本朝酔菩提全伝』の工夫であり、悟助を独特の存在にしているといえるでしょう。

侠客の衣装の文化については、小池三枝『服飾の表情』が詳しいのでご参照ください。

## 4　絵から時代を読み解く――正義か悪か、背中の髑髏模様

最後に、明治初期の報道メディアに目を向けてみましょう。

明治五年（一八七二）四月。「徳川家快復《けくわいふく》。朝敵奸賊征伐《ちょうてきかんぞくせいばつ》」の旗を押し立てた群衆が、新潟県庁を襲う事件がありました。一群を率いたのは、旧会津《あいづ》藩士の渡辺悌助《ていすけ》。戊辰《ぼしん》戦争以来明治政府に不満を募らせていた彼は、旧知の月岡帯刀《たてわき》と組み、信濃川の分水工事のために住民に課せられた重い負担に反対する一揆を利用して、新潟県庁へ攻め込もうとしたのでした。

俗に「悌輔騒動」と呼ばれるこの騒動は、『東京日日新聞』四十八号（明治五年四月十三日）等で報道され、さらにそれらの記事を元にした錦絵版『東京日々新聞』五十号（轉々堂主人記、一蕙斎芳幾画、明治七年〈一八七四〉刊）も出版されました。

「錦絵新聞」とも呼ばれたその一枚摺りは、明治五年に創刊された『東京日日新聞』の内容を、わかりやすく調子の良い文章とセンセーショナルな錦絵とで伝えた新しいメディアでした。

錦絵版『東京日々新聞』五十号［❽］が伝えた事件の顚末は、次のとおりです。

---

明治五年四月初旬。北越《ほくゑつ》の頑民等《くわんみんら》、県庁《けんちょう》に逼《せま》つて不平の趣旨《しゆし》を強訴《がうそ》せんと、密《ひそか》に会合する機《き》に乗《しやう》じ、旧会津《もとあいつ》福岡藩の浪士《らうし》等、之《これ》に応じ一揆《いつき》を煽動《せんとう》して処々に蜂起《はうき》す。総勢凡六千余人。上に「天照皇」の三文字。下に「徳川家快復《けくわいふく》。朝《ちよう》敵奸賊征伐《てきかんぞくせいばつ》」と記《しる》したる旗章押《はたおし》たて、兵器を携《たつさへ》て、新潟《にいがた》・柏崎の両庁を襲《おそ》はんとす。参事公以下《さんじかういか》の県《けん》官、奔走《ほんそう》して説諭《せつゆ》に及べど。理非を弁せぬ賊兵《ぞくへい》の勢ひ、ます〳〵盛《さか》んにして。数名《すめい》の官吏《くわんり》に

手傷《きず》を負《おは》せ。鎮撫《ちんぶ》の道も絶果《たへはて》ければ。兵力《へいりよく》をもて征《せい》するにぞ。素《もと》より烏合《うがう》の土寇《どこう》なれば、忽地《たちまち》に遁走《とんそう》し。巨《きよく》魁《わい》の浪士も捕虜《とりこ》となり、日ならず鎮静《ちんせい》なしたるは。天威《ゐ》の赫々《かくく》たるゆへなり。

文章よりも先に目を惹くと思われる絵には、硝煙の中、槍を携え指揮を執る「一揆ノ隊長会藩　渡辺悌蔵《ママ》」の横顔と、その脇に控える「安正寺住僧　月岡帯刀」の姿が描かれ、悌助は、背中に髑髏模様が描かれた陣羽織を着ています。

しかし、彼らの服装について唯一触れている史料は、悌助のいで立ちを「白小袖ニ黒地鈍子之野袴、黒絽ニ三ツ葵紋付之割羽織、同紋付之鉢巻、二尺五寸之太刀ヲ帯シ」（『新潟県史　資料編14　近代二』〈新潟県編、一九八三〉所収、渡辺悌助の供述）と記しており、実際に身につけていたのは、徳川家の「三ツ葵」紋をつけた黒い羽織だったようです。

さて、「三ツ葵」紋を描くことを遠慮するにしても、代わりに描いた意匠が、なぜ髑髏だったのでしょうか。

❽『東京日々新聞』五十号（架蔵）

髑髏模様が野晒悟助的性格を想起させるということは、当時の文脈から明かであり、一揆の群衆を「理非を弁せぬ賊兵《ぞくへい》」「烏合《うがう》の土寇《どこう》」等と批判的に評する記事内容とはそぐわない表現であるように見えます。

その理由を、「絵を担当した芳幾が自らの主張を、髑髏模様を以て表現した」とするのは、いささか短絡的でしょう。まず錦絵版『東京日々新聞』は基本的に、現体制たる新政府を称揚する立場をとっており、新政府の威光や文明開化をことさら有り難がり、旧体制的な物事や、「科学的ではない」出来事について批判的に記す傾向にある、ということを確認しておく必要があります。一枚摺りのニュースメディアは、限られたスペースでわかりやすく表現する必要があるため、特にその色が顕著なのです。

その一方で、『東京日々新聞』には、彼らが否定する迷信や怪奇現象、道徳的とは言い難い、痴情のもつれの殺人事件等を取り上げた記事が目立ちます。芳幾得意の血の表現とグロテスクな構図を多用した扇情的な紙面は、読者の目を惹きつけて喜ばせようとするもので、テクストで主張している内容と、実際の「売り」とが乖離しているメディアであるといえます。悌助の背中に髑髏模様が描かれたのは、いわゆる読者サービスのためであり、芳幾が読者の心情に寄り添った結果だったのではないでしょうか。

言い換えれば、『東京日々新聞』の読者たちは、新体制への反乱事件に「勧善懲悪」を見出したり、秩序外の「善」の存在として美化したりすることでカタルシスを得ることができた、ということです。

一揆の鎮圧を「天威《ゐ》の赫々《かくく》たるゆへなり」と称えながら、その騒動の首謀者と共に、前時代の文脈を受け継ぐ〈善の髑髏模様〉を描いた新時代のメディア『東京日々新聞』。そこに、強力なエネルギーで変化を遂げてゆく時代の底に在った静かな矛盾を、読みとることができるのではないでしょうか。

**参考文献**


・小池藤五郎『山東京傳の研究』(岩波書店、一九三五年)
・小池三枝『服飾の表情』(勁草書房、一九九一年)
・千葉市立美術館編『文明開化の錦絵新聞―東京日々新聞　郵便報知新聞全作品』(国書刊行会、二〇〇八年)
・佐藤かつら『歌舞伎の幕末・明治　小芝居の時代』(ぺりかん社、二〇一〇年)
・鈴木重三『改訂増補　絵本と浮世絵』「近世小説の造本美術とその性格」(ぺりかん社、二〇一七年)
・『山東京傳全集』(ぺりかん社)

漢詩読解入門

# 漢詩を読み解く
## ——青地礼幹「喜義人録成二首」を例に

山本嘉孝

漢詩を読み解くために必要となる、（一）詩語の用例を探す、（二）漢詩が必要とされた場について理解する、という二つのステップについて、日本で作られた漢詩を例に紹介します。取り上げる漢詩は、江戸時代、赤穂浪士の敵討《かたき》ちについて加賀藩の武士が詠んだ五言律詩です。あわせて、漢詩・漢文の世界観についても考えます。

## 1　漢詩を読み解くための二つのステップ

漢詩は知的パズルです。漢詩を読み解くためには、そのパズルがどのように組み立てられているかを分析するとともに、なぜ、またどのような場で、漢詩という知的パズルが必要とされたのかを理解する必要があります。

漢詩を読み解く上で、最も重要なのは、次の二つのステップ（段取り）であるといえます。

（一）詩語の用例を探す。
（二）漢詩が必要とされた場について理解する。

漢詩で使われる漢字は、作り手が勝手に思いついたものではなく、他の漢詩に用いられている二字または三字の組み合わせであることが一般的です。これらの漢字の組み合わせを「詩語」と呼ぶことにします。

漢詩は、旅立つ人の送別、あるいは宴会など、社会的・社交的な場で人から人へと贈られることが少なくありません。自分ひとりのために作った漢詩であっても、その背後には、漢詩をともに学び、ともに作る集団の存在があります。その集団で（あるいは少なくとも、その集団が活動した場所と時代で）、どのような漢詩が尊重され、必要とされていたかを把握できていると、漢詩が制作された過程を想像しやすくなります。

## 2　赤穂浪士を詠んだ漢詩

具体例を使って説明するのが近道ですので、実際に一首の漢詩を読み解いてみましょう。漢詩とひとことで言っても、膨大な数と種類がありますが、二つのステップについて説明しやすく、長すぎず、そして韻律の型がしっかりとした近体詩《きんたいし》で、漢詩・漢文の世界観をよく表していると思われる、江戸時代の日本で作られた漢詩を取り上げます。

加賀藩士で、儒者でもあった大地東川《おおちとうせん》（一六九五～一七五四）が編纂した『赤穂義人録後語《あこうぎじんろくこうご》』（宝永六年〈一七〇九〉跋《ばつ》、甘雨亭叢書《かんうていそうしょ》第四集所収）には、東川の師で伯父にも当たる儒者、室鳩巣《むろきゅうそう》（一六五八～一七三四）が著した『赤穂《あこう》義人録《ぎじんろく》』の完成を祝う、鳩巣の友人・門人たちの漢詩・漢文が集められています。『赤穂義人録』は、赤穂浪士の伝記と元禄十五年（一七〇二）の敵討《かたき》ちの経緯について漢文で記した歴史書です。

『赤穂義人録後語』には、東川と同じく加賀藩士で鳩巣の門人であった青地礼幹《あおちのりもと》（一六七五～一七四四、号は麗《れい》沢《たく》）の漢詩「喜義人録成二首」（義人録成《ぎじんろくな》るを喜《よろこ》ぶの二首）が載っています。「赤穂義人録の完成を喜ぶ」という意味の題で、二首の五言律詩《ごごんりっし》「其一《そのいち》」・「其二《そのに》」から成る連作です。本章では二首目を読みます。その原文は、次のように刷られています（参考文献のリンクから、デジタル画像もご覧下さい）。

一撃博浪椎。猛風虎嘯悲。粉身酬レ国日。血涙復レ仇時。忠義華夷見。精誠草木知。還欣遷史在。宇宙大名垂。

漢詩は本来、句ごとに改行せず、このように詰めて書くのが一般的でした。五言律詩ですので、五字の句が八つあります。最低限の訓点《くんてん》が付されており、三句目と四句目にレ点《れてん》があります。

## 3　下準備——漢和辞典で一字ずつ調べる

二つのステップに入る前に、少し下準備が必要になります。

まず、漢詩に使われている漢字を漢和辞典（おすすめは、現代日本語訳が豊富に載る『漢辞海』です）で一字ずつ調べ、読み方、意味、平仄《ひょうそく》を確認します。二字から成る熟語を調べるには『大漢和辞典』が便利です。副詞的な機能を持つ一字（例えば「還」）の意味を調べるには、『漢語文典叢書』に収められた江戸時代の辞典類・参考書が役立ちます。ただし、辞典を調べるだけでは不十分なので、当座の訓読・意味把握にとどめておきます。

今日、漢詩は句ごとに改行して掲出するのが普通です。その下に、訓読《くんどく》（「書《か》き下《くだ》し」や「読《よ》み下《くだ》し」ともいいます）を加え、さらにその下に、韻律の型を示す平仄《ひょうそく》と韻字を示すと、次のようになります。

青地礼幹「喜義人録成二首」其二

| | | |
|---|---|---|
| 一撃博浪椎 | 一《ひと》たび撃《う》つ　博浪《はくらう》の椎《つい》 | ●●●●◎ |
| 猛風虎嘯悲 | 猛風《まうふう》　虎嘯《こせう》して悲《かな》しむ | ●○●●◎ |
| 粉身酬国日 | 粉身《ふんしん》　国《くに》に酬《むく》ゆる日《ひ》 | ●○○●● |
| 血涙復仇時 | 血涙《けつるい》　仇《あだ》に復《むく》ゆる時《とき》 | ●●●○◎ |
| 忠義華夷見 | 忠義《ちうぎ》　華夷《くわい》見《み》て | ○●○○● |
| 精誠草木知 | 精誠《せいせい》　草木《さうもく》も知《し》る | ○○○●◎ |
| 還欣遷史在 | 還《ま》た欣《よろこ》ぶ　遷史《せんし》在《あ》りて | ○○○●● |
| 宇宙大名垂 | 宇宙《うちう》に大名《たいめい》垂《た》るるを | ●●●○◎ |

訓読は、中国語以外の言語の語彙と語順を使って、漢詩や漢文を読む方法です（なお訓読は解釈・翻訳の一種であり、絶対的な正解は存在しません）。漢詩は、中国語音で音読したほうが、本来の響きを味わうことができますが、日本では、長らく訓読されてきました。

ただし、漢詩を作るときは、日本でも中国語音に基づく韻律の決まりが固く守られてきました。漢詩は、最低でも二句ごとに押韻《おういん》する（韻を踏む）必要があり、律詩や絶句といった近体詩では、平仄の決まりもあります。押韻と平仄のルールについては、小川環樹『唐詩概説』、および『漢辞海』付録の「中国古典の文体・詩律」を参照して下さい。

青地礼幹の漢詩は、第一句を除き、五言律詩の平仄の定型からはずれていません。用いられている韻字（◎）は、椎《つい》・悲《ひ》・時《じ》・知《ち》・垂《すい》の五つで、「上平声《じょうへいしょう》四支韻《ししいん》」という韻目《いんもく》に属しています。

漢詩が知的パズルだというのは、押韻・平仄のルールで決められた韻律の形に合うように言葉を並べていくからです。まず、韻目を決めると、韻字として使える漢字の候補が定まります。次に、第一句の二字目を平声（○）か仄声（●）のどちらにするかを決めると、おのずと漢詩全体の平仄の形が決まります。また、律詩の場合は、第三・四句と五・六句が対句になっていなければならない、という制約もかかります。韻律の定型にそって、詩語をいかに選び出して組み合わせるかに、作り手の学力とセンスが表れるのです。

## 4　第一ステップ——詩語の用例を探す

下準備を終えたところで、ようやく一つ目のステップに入ることができます。

漢詩の作り手は、古い漢詩にある詩語を切り貼り（実態は「引用」に近いです）することで、先行作品にある情景・情感を自分の漢詩の中に取り込むことができます。あるいは、同時代の人物が作った漢詩の詩語を引用すれば、連帯を示すこともできます。

漢詩を読み解く側にいる私たちとしては、漢詩の作り手が思い浮かべていたものと同じ用例を探し出せるとは限りません。しかし、作り手の腹中にどのような詩語の用例があったかを推測することは可能であり、それができると、作り手が詩語に持たせた情感（イメージ）が何であり、どのように響き合うのかが聞こえてきます。漢詩の作り手が何を表現しようとしたかだけでなく、どのように表現しようとしたかが見えてくるのです。

詩語は、本来であれば、長年の読書・勉強によって学習されるべきものです。多くの漢詩を記憶していれば、その分、知っている詩語も増えます。ただ、現代の日本では漢詩を大量に読むような教育は行われていません。

そこで、詩語を探すための実用的な方法として紹介したいのは、データベースを使った電子テキスト検索です。ただし、データベースは目星を付けるために利用すべきで、そこから引用することは避けなければなりません。十分に校訂された本文ではないためです。また機械による検索は穴だらけです。自力でページ・画像をめくり、自分の目で用例を探す、いわゆる「根性引き」もあわせて行うことが必要です。

個人的に、詩語の検索に最も役立つと思うデータベースは、「捜韻《ソウユン》」(https://sou-yun.cn/) です。無料公開されており、最古の漢詩集『詩経』から近現代まで、中国で作られた代表的な漢詩の電子テキストを検索することができます。詩語は、二字または三字の漢字の組み合わせずつ、検索します。青地礼幹の漢詩であれば、「一撃」、「博浪椎」、「猛颪」、「虎嘯悲」……で検索していき、三字の組み合わせから取り出した二字（「博浪」、「虎嘯」……）でも検索してみます。

問題は、あまりにも大量の検索結果が出てきてしまい、どれを参考にすればよいのかすぐには判断が難しい、という点です。「一撃」を検索すると、二四三件の結果が出てきます。「博浪椎」を検索すると、この順番でこの三字が並んでいる用例だけではなく、「博浪」と「椎」が離れて使われている漢詩も含む九十二件がヒットします。

## 5　用例を絞り込む

詩語の用例の検索結果は、絞り込まないと使えません。二つの観点から絞り込む方法があります。第一に、文脈の類似、第二に、漢詩の作り手が参考にした可能性です。

文脈の類似は、内容やテーマから判断してもよいですが、字面だけを眺めて、同じような字と一緒に使われているかで判断してもよいです。「虎嘯」は、青地礼幹の漢詩では、「風」や「悲」の字と同じ句に使われています。「捜韻」の検索結果には、「風」の字と一緒に使われている「虎嘯」の用例が少なくありません。これらの用例は文脈が近いです。

「虎嘯」と「風」の関連は重要な点ですが、まだ十分に絞り込めません。ここからさらに、青地礼幹の漢詩にある他の字・詩語と一緒に使われている「虎嘯」の用例を、根気よく目で探します。そうすると、唐代の有名な詩人、李白《りはく》（七〇一～七六二）の五言古詩「経下邳圯橋懐張子房」（下邳《かひ》の圯橋《いけう》を経《へ》て張子房《ちやうしばう》を懐《おも》ふ）では、「虎嘯」の語と一緒に、「博浪」と「椎」の語が使われていることが分かります。

この李白の漢詩は、字面も内容も、青地礼幹の漢詩と文脈が近いです。しかし、絞り込むための第二の観点、つまり青地礼幹が実際に参考にした可能性についても吟味しなければ、青地礼幹の漢詩がどのようにして組み立てられたのかを推測することができません。ここでいったん、第二ステップに進む必要があります。

## 6　第二ステップ——漢詩が必要とされた場について理解する

青地礼幹が李白「経下邳圯橋懐張子房」を実際に参考にした可能性について考えるには、この李白の漢詩が、礼幹の生きていた時代に、どのような資料で読まれていたかを確認する必要があります。

グーグル検索などを上手く使えば、この李白の詩は、『唐詩選《とうしせん》』という、江戸・明治期に日本で広く学ばれた漢詩集に収録されていることが分かると思います。では、礼幹は『唐詩選』を手に取ったのでしょうか。

礼幹の漢詩が作られた年は、宝永六年（一七〇九）であったと考えられます。『唐詩選』の和刻本《わこくぼん》（日本で再出版された海外の書物）が最初に刊行されたのは享保九年（一七二四）です。中国で出版された『唐詩選』は日本ではほとんど流通しなかったので、宝永六年の時点で、青地礼幹は『唐詩選』を手に取っていなかったと思われます。

『唐詩選』が売り出される前の江戸時代の日本では、『唐詩選』とほぼ同じ漢詩を集めた『唐詩訓解《とうしくんかい》』という漢詩集の和刻本が読まれていました。礼幹の師、室鳩巣が、ちょうど宝永年間に、『唐詩訓解』から詩語を切り貼り・引用して漢詩を作ったこと、また李白・杜甫《とほ》を筆頭とする、唐代、特に盛唐《せいとう》（七一二～七六五）の詩人たちを理想視し、最も頻繁に作詩の手本としたこと、そしてときには宋代（九六〇～一二七九）の漢詩も手本にしたことが、研究によって分かっています（詳細は、近刊予定の拙著に書いています）。

礼幹のこの漢詩は、本章の冒頭でも触れたように、『赤穂義人録』の完成を祝うために作られました。礼幹一人で祝ったのではなく、著者である鳩巣と、その友人や門人たちと一緒に祝いました。つまり、この漢詩は、鳩巣を中心とする集団の中で必要とされたのです。であれば、鳩巣が理想とした漢詩の作り方にしたがって作られていても不思議ではありません。詩語を分析してみると、実際、そのように作られていることが分かります。

## 7　第一ステップ（再）――用例をさらに絞り込む

ここで、再び詩語探しに戻りましょう。漢詩を読み解く際は、このように、第一ステップと第二ステップの間を行き来するのが自然です。

なるべく恣意的《しい》にならないように、全ての検索結果（また「根性引き」の結果）に目を通しつつ、『唐詩訓解』に載る唐代の漢詩、およびその他の盛唐・宋代の漢詩を中心に、用例を絞り込んでいきます。全部に目を通すのは大変ですが、集中して確認すべき範囲が分かっているだけでも、気持ちは楽になります。

このようにして用例を精選していくと、次のようになります。礼幹が用いた詩語を傍線で示します。⑩の用例のみ宋代の漢詩ですが、それ以外は全て唐代（特に盛唐）の漢詩です。

①李白「独漉篇《どくろくへん》」…「為君一撃、鵬摶九天」（君《きみ》が為《ため》に一《ひと》たび撃《う》って、九天《きうてん》に鵬摶《ほうたん》せん）

②杜甫《とほ》「後苦寒行《こうくかんかう》」其二…「晩来江門失大木、猛風中夜飛白屋」（晩来江門大木《ばんらいかうもんたいぼく》を失《うしな》ひ、猛風中夜《まうふうちうや》に白屋《はくをく》を飛《と》ばす）

③李白「経下邳圯橋懐張子房」（下邳《かひ》の圯橋《いけう》を経《へ》て張子房《ちやうしばう》を懐《おも》ふ）…「子房未虎嘯、破産不為家。滄海得壮士、椎秦博浪沙」（子房未《しばういま》だ虎嘯《こせう》せず、産《さん》を破《やぶ》りて家《いへ》を為《をさ》めず。滄海《さうかい》に壮士《さうし》を得《え》て、秦《しん》を椎《つい》す博浪沙《はくらうさ》）

④杜甫「江頭五詠《かうとうごゑい》　丁香《ていかう》」…「晩堕蘭麝中、休懐粉身念」（晩《ばん》に蘭麝《らんじや》の中《うち》に堕《お》ちん、身《み》を粉《こ》にする念《ねん》を懐《いだ》くことを休《や》めよ）

⑤張仲素《ちょうちゅうそ》「塞下曲《さいかのきよく》」其二…「功名恥計擒生数、直斬楼蘭報国恩」（功名擒生《こうめいきんせい》の数《かず》を計《はか》るを恥《は》づ、直《ただ》ちに楼蘭《ろうらん》を斬《き》つて国恩《こくをん》に報《むく》いん）

⑥白居易《はくきょい》「長恨歌《ちやうごんか》」…「君王掩面救不得、回首血涙相和流」（君王面《くんわうおもて》を掩《おほ》ひて救《すく》ふこと得《え》ず、首《かうべ》を回《めぐ》らせば血涙《けつるい》相《あ》ひ和《わ》して流《なが》る）

⑦崔顥《さいこう》「孟門行《まうもんかう》」…「満堂尽是忠義士、何意得有讒諛人」（満堂《まんだう》尽《ことごと》く是《こ》れ忠義《ちうぎ》の士《し》、何《なん》ぞ意《おも》はん讒諛《ざんゆ》の人有《ひとあ》ることを得《え》んとは）

⑧杜甫「厳公庁宴同詠蜀道画図得空字」（厳公《げんこう》が庁《ちやう》に宴《ゑん》す。同《おな》じく蜀道《しよくだう》の画図《ぐわと》を詠《ゑい》ず。空《くう》の字《じ》を得《え》たり）…「華夷山不断、呉蜀水相通」（華夷山《かいやま》断《た》へず、呉蜀《ごしよく》水《みず》相《あ》ひ通《つう》ず）

⑨李白「古風《こふう》」其三十七…「精誠有所感、造化為悲傷」（精誠《せいせい》感《かん》ずる所《ところ》有《あ》り、造化《ざうくわ》為《ため》に悲傷《ひしやう》す）

⑩黄庭堅《こうていけん》「送范徳孺知慶州」（范徳孺《はんとくじゆ》が慶州《けいしう》に知《ち》たるを送《おく》る）…「乃翁知国如知兵、塞垣草木識威名」（乃翁《だいおう》の国《くに》を知《し》ること兵《へい》を知《し》るが如《ごと》し、塞垣草木《さいゑんさうもく》も威名《ゐめい》を識《し》る）

⑪杜甫「詠懐古蹟五首」（古蹟《こせき》を詠懐《ゑいくわい》す。五首《ごしゆ》）其五…「諸葛大名垂宇宙、宗臣遺像粛清高」（諸葛《しよかつ》が大名《たいめい》宇宙《うちう》に垂《た》る、宗臣《そうしん》の遺像《いざう》粛《しゆく》として清高《せいかう》）

なお「遷史」は司馬遷《しばせん》の『史記《しき》』のことです。鳩巣たちがよく読んでいた『朱子語類《しゆしごるい》』に用例があります。「復仇」の語も『宋史《そうし》』などの散文からの切り貼り・引用だと思われます。漢文（散文）の電子テキストを検索するには、「中国哲学書電子化計画」や「漢籍リポジトリ」などのデータベースが便利です。

⑤と⑩の用例では、「むくゆる」に「報」、「しる」に「識」の字が使われていますが、礼幹は「酬」と「知」の字を使っています。「報」（仄声）のかわりに「酬」（平声）を用いたのは、「孤平《こひょう》」（五言句の場合、上三字の平仄が●○●となること）をなるべく避けるためだったかもしれません。また「識」の字は韻字にできません。漢詩では、押韻・平仄の定型に合わせるべく、似た意味の字を代用したり、語順を変えたりすることがよくあります。

一方で、鳩巣が宝永三年に作った五言律詩「塞下曲」（『鳩巣先生文集』前編巻五）に「欲知酬国日、須我斬楼蘭」（国《くに》に酬《むく》ゆる日《ひ》を知《し》らんと欲《ほつ》せば、我《われ》が楼蘭《ろうらん》を斬《き》るを須《ま》て）とある箇所から「酬国日」の三字を引用し、師へのオマージュを表現した可能性も指摘できます。

## 8 作り手が参照し得た資料を確認する

ここで、礼幹が実際に参照し得た書物（すなわち信頼できる本文）で、あらためて、これらの用例を探す必要があります。

③・⑤・⑦の漢詩は『唐詩訓解』に、⑥の漢詩は室町・江戸・明治時代を通してよく学ばれた漢詩集『古文真宝』前集に載っています。残りは李白・杜甫・黄庭堅という有名な詩人たちの作で、『分類補註李太白詩』（延宝七年〈一六七九〉刊）、『杜少陵先生詩分類集註』（明暦二年〈一六五六〉跋刊）、『山谷詩集』（寛永十二年〈一六三五〉刊）といった、十七世紀に出版された和刻本に載っています。全て礼幹が参照し得た書物です。

礼幹が実際に見たのが、これらの和刻本であったか、あるいは唐本《とうほん》（中国で作られた書物）であったかは確証できませんが、和刻本のほうが唐本より流通範囲が広かったはずなので、礼幹が参照した確率は高くなります。また和刻本には訓点が付されていることが普通なので、当時の訓読についても有益な情報が得られます。①〜⑪の用例は、これらの和刻本に載る本文と訓点に基づいています（「捜韻」の電子テキストと異同があります）。

日本に所在している漢籍（和刻本・唐本・朝鮮本）については、「全国漢籍データベース」で書名や所在を調べるのが便利です。和刻本漢籍の本文を確認するには、汲古書院の影印（「汲古書院　和刻本」で検索して下さい）が便利ですが、近年は国内外で、和刻本・唐本・朝鮮本のデジタル画像のインターネット公開が進んでいます。有名な漢詩については、現代の訳注本で現代語訳や語釈などもあわせて確認することをおすすめします。

## 9　第二ステップ（再）――内容と表現方法を吟味する

このようにして集めた用例に基づき、まず、礼幹の漢詩が表面的に表現している内容を現代日本語訳してみましょう。「悲壮な英雄（張良《ちょうりょう》のこと）は、博浪沙で鉄槌の一撃を加え、風を巻き起こすような大活躍をした。身を砕いて祖国の恩に応《こた》えたあの日、血の涙を流した敵討《かたき》ちの時。（張良の）忠義は中国と外国の人々が目にするところになり、（張良の）真心は（無心の）植物までもが知っている。さらに喜ぶべきなのは、司馬遷が書いた『史記』によって、（張良の）名声が時空の果てまで知れ渡っていることだ」という内容です。漢の初代皇帝に仕えた武将、張良（紀元前二五一～一八六）が、祖国（韓）の敵《かたき》を討つため、韓を滅ぼした秦の始皇帝を博浪沙（地名）で襲撃したこと、またその活躍が司馬遷による歴史書『史記』によって世界中、また後世に、広く永く知れ渡っていることを称賛しています。

しかし、これだけでは、まだ、この漢詩を読み解いたことにはなりません。礼幹は、このような内容によって、何を伝えようとしたのでしょうか。

ここでもう一度、礼幹の漢詩がどのような場で必要とされたかを思い出して下さい。鳩巣の『赤穂義人録』の完成を祝う場です。実は、礼幹の漢詩は、赤穂浪士を張良に、そして鳩巣の『赤穂義人録』を司馬遷の『史記』に見立てていて、「博浪沙」は江戸の吉良邸を、「国」は赤穂藩を、「華夷」は日本と海外のことを指しています。川平敏文氏が明らかにされたように、鳩巣の『赤穂義人録』は、朝鮮をはじめとする外国でも読まれることが想定されていました（当時、漢文は国際語でした）。

つまり、礼幹の漢詩は、当代日本の人物（赤穂浪士・室鳩巣）を古代中国の人物（張良・司馬遷）に擬《なぞら》え、前者が後者と肩を並べる（あるいは超えている）ことを暗示し、前者を称賛する表現として機能しています。礼幹は、鳩巣たちが尊重していた唐土の名詩人たちの宝石のような詩語をちりばめながら、以上のような「見立て」を行うことによって、赤穂浪士と鳩巣への最大限の賛辞を贈りつつ、自身の学識もひそかに誇示しています。ここまでを理解しなければ、礼幹の漢詩を読み解いたことにはなりません。

なお、赤穂浪士は、用例⑩と⑪に登場する、北宋の名臣、范仲淹《はんちゅうえん》（九八九～一〇五二）や、三国時代の武将、諸葛亮《しょかつりょう》（一八一～二三四）にも重ね合わせられているともいえます。

本章で紹介した二つのステップは、大まかな原理としては、あらゆる時代と地域で作られた漢詩を読み解く上で適用可能だと考えます。とはいえ、用例が探しにくく、制作の背景が分からない漢詩もあります。また、日本で作られた漢詩には、和歌に見られる趣向を踏まえるものも存在します。作者・時代・場所によって、用例の源泉は様々に異なっています。用例探しには、柔軟な態度と、根気と、試行錯誤が不可欠です。

ただし、そもそも、昔の人が何を考えていたか、完全に知ることはできません。どれほど懸命に古人に寄り添っても、後世の私たちの読みが推測の域を出ないことは、謙虚に心に留めておかねばなりません。

## 10　漢詩・漢文の世界観

礼幹が、赤穂浪士や古代中国の人物を称賛したことは、予定調和のように見えるかもしれません。しかし、当時の日本では、赤穂浪士が社会の調和を乱したと考える人もいたので、礼幹の漢詩は、強い意見の主張を行っています。また過去（古代中国）の敬慕は、単なる懐古趣味ではなく、現在（当代日本）の堕落に対して警鐘を鳴らすことも意味しました。礼幹が赤穂浪士・鳩巣を張良・司馬遷に見立てて称賛したことには、当代日本の武家や儒者は（赤穂浪士や鳩巣のような者を除いて）全然ダメだ、という強烈な当世批判も込められています。

漢詩・漢文は、内に反骨精神を隠し持っています。ただしそれは、反権力・反体制の思想ではなく、汚濁・腐敗した権勢者やエリート層に対する批判意識です。このような意識は、政治の現場（例えば、明治維新）に活かされるのが王道ですが、民間の文人・知識人の一見おだやかな作品（例えば、夏目漱石の小説）にも脈々と流れていることがあります。このような世界観も念頭に置くと、漢詩が読み解きやすくなるかもしれません。

**参考文献**


・『唐詩訓解』（大和文華館蔵、新日本古典籍総合データベース）https://doi.org/10.20730/100174852
※李白「経下邳圯橋懐張子房」はコマ六八〜六九。
・『赤穂義人録後語』（国文学研究資料館蔵、新日本古典籍総合データベース）https://doi.org/10.20730/200017588
※青地礼幹「喜義人録成二首」はコマ二九〜三〇。
・吉川幸次郎他編『漢語文典叢書』全七巻（汲古書院、一九八九〜一九九八年）
・諸橋轍次『大漢和辞典』修訂増補版・全十五巻（大修館書店、一九九〇〜二〇〇〇年）
・小川環樹『唐詩概説』（岩波文庫、二〇〇五年）
・戸川芳郎監修『全訳　漢辞海』第四版（三省堂、二〇一六年、iOS アプリ版）
・川平敏文「室鳩巣『赤穂義人録』論―その微意と対外意識」（井上泰至編『近世日本の歴史叙述と対外意識』勉誠出版、二〇一六年）
・山本嘉孝『詩文と経世―幕府儒臣の十八世紀』（名古屋大学出版会、二〇二一年）
・「捜韻」https://sou-yun.cn
・「全国漢籍データベース」http://kanji.zinbun.kyoto-u.ac.jp/kanseki
・「中国哲学書電子化計画」https://ctext.org
・「漢籍リポジトリ」http://www.kanripo.org

How to READ the Classical Japanese Literature

## 「文学」の範囲

# 地誌を「読む」ということ

真島　望

近世の地誌を「文学」として読むことにはどのような意味・可能性があるのでしょうか。江戸・東京の総鎮守として知られる神田明神の祭神をめぐる記述を例として、単なる名所・観光地の案内や解説にとどまらない、その魅力の一端を紹介します。自分たちの足下に眠る物語の探究は、真摯に歴史に向き合うことの重要性を我々に語るでしょう。

# 1　近世地誌とはなにか

「地誌」という書物のジャンルに聞きなじみがあるという方はどれくらいおられるでしょうか。おそらくとても少ないのではないかと想像します。まして、それを実際に手に取り読んだ経験のある人ともなれば、さらに数は減ることでしょう。

極めて乱暴に言ってしまえば、地誌とは現代で言うところのガイドブック——それも非常にマニアックな情報が満載の——に類似するものとひとまずお考え下さい。しかし、そうするとこれは、本書のテーマである「古典文学」なのかという疑問が生じるのではないでしょうか。やはりどちらかというと地理学や歴史学に関連するものだと思われるでしょうし、そのような側面があるのは事実です。現在でも書店や図書館で、ガイドブックや県史・市史（誌）の類を、小説と同じ棚に陳列していることはありません。

しかし、少なくとも近世以前の地誌は充分に「文学」として捉えるべき性質を有しています。それはどのような点か。別の機会に述べたことがあり（拙著『近世の地誌と文芸』汲古書院、二〇二一年三月）、行文の都合上やや重複してしまいますけれども、少々説明を試みます。

小説や他の文芸と同様に、近代地誌の歩みも江戸時代の地誌を否定することから始まりました。大ざっぱに言えば、自然科学に基づく客観的叙述を尊び、主観的な情趣を根拠とする情緒的側面を排除しようという姿勢を見せたのです。

具体的にはそれは、『日本地誌提要』（明治八年〈一八七七〉～同十年刊）の凡例に、

一　山河・湖沼・原野・港湾等、州中最著《さいちょ》ノ者ヲ挙ゲ、名人題詠ヲ以テ聞ユル者ノ如キハ、之ヲ略ス

とあるように（傍線部稿者、以下同じ）、詩歌によって名所とされる場所は採用しないというのが一つ。

実はこれは非常に重要な問題をはらんでいます。なぜかと言うと、日本において「名所（などころ）」とは歌枕《うたまくら》（古来繰り返し和歌に詠まれてきた地名）に淵源《えんげん》をもっており、名所の集成としての地誌は、その意味で文学に直結するということができるからです。

ただ、この歌枕は、平安時代に名所を描いた屛風に賛をする歌（屛風歌）によって定着したとされ、本来和歌文化圏における共通理解を前提とした観念的なものであり、実際にどこに位置するのか、どのような場所なのかということはさして重視されませんでした。それが後代、貴族文化とともに和歌の力が相対的に衰え、また、交通の便が改善されるなどして、実際に訪れることができるようになると、以前のような観念性は徐々に後退し、江戸時代には現在の観光地に近い「名所（めいしょ）」となっていったのです。このような出自をもつために、近世までの地誌では、その名所が名所である根拠として詩歌が充分に役割を果たしていたわけですが、近代地誌はそれを認めませんでした。

近代地誌が振り捨てたもう一つの要素については、地理学者石田龍次郎氏が、明治三十六年（一九〇三）から大正四年（一九一五）にかけて刊行された『大日本地誌』（山崎直方《なおまさ》・佐藤伝蔵編）の「人文の部」を「従来の地誌的記述とあまり変わらず、歴史の記述では戦場や戦記の叙述が主とな」っていると指摘し、科学的記述をとった「地文の部」と比較すると「旧套《きゅうとう》」（古い形式）だとして否定的に批判するのが参考になります。すなわち、その原因を「戦場や戦記の叙述が主とな」っているところに求めている点です。

日本における戦争の記録といえば軍記物（古典文学）が想起されますが、源平の争乱を描く『平家物語』にせよ、南北朝の対立など中世の混乱期を材とする『太平記』にせよ、科学的・客観的描写が徹底されているとは言えません（たとえば前者は平家に同情的）。

つまり、先述の詩歌の問題も含め、近代地誌が近世地誌を反面教師として削ぎ落としたのは、以上のような主観的情趣であり、むしろそこにこそ、近世地誌を文学として捉えうる根拠の一点が存します。では、そのような地誌というジャンルの書物を、「文学」として読む意義やおもしろさはどこにあるのか。具体的に考えてみたいと思います。

## 2　江戸地誌に見る将門説話

東京のＪＲ御茶ノ水駅から徒歩で五分ほどの所に、神田明神（千代田区外神田二丁目）という社《やしろ》があります（正式名称は神田神社）。現在でも日々参詣人が絶えず、広く崇敬を集める神社ですけれども、江戸時代には特に日本橋川から北東方面の町人を氏子に持つ、江戸の総鎮守として重要な宗教施設でした。

当初は江戸城にほど近い、神田橋御門内にあった（現在将門塚がある辺り）ものが、慶長八年（一六〇三）つまり江戸幕府が開かれた年に駿河台に移転され、元和二年（一六一六）に現在の地に移ったとされます。

当社の社伝やホームページなどによると、祭神は第一に大己貴命《おおあなむちのみこと》（国土経営の神）、第二に少彦名命《すくなひこなのみこと》（農業や医療の神、近代になって祭神に加えられる）、そして第三に平将門《たいらのまさかど》を祀るとしています。前二者が『古事記』『日本書紀』に見える神であるのに対し、将門のみ実在した平安時代の武将です。これは、非業の死を遂げた人間を神として祀ることで、その祟りとしての疫病や災害を鎮めようとする怨霊信仰や御霊信仰《ごりょうしんこう》と呼ばれるもので、菅原道真《すがわらのみちざね》を祭神とする天満宮信仰が著名です。なぜ、純然たる神とともに将門が鎮座するのか、近世の地誌にそのあたりの事情はどのように述べられているか、見てゆきましょう。

平将門は、平安中期の武将で、下総《しもうさ》（現千葉県北部・茨城県の一部）を本拠として勢力をふるい、天慶二年（九三九）いわゆる「平将門の乱」を起こして、朝廷を模した「国家」を樹立。自ら「新皇」を名乗りましたが、結局 平《たいらの》貞盛《さだもり》・藤原秀郷《ふじわらのひでさと》（俵藤太）に討たれ、京都で首をさらされることになりました。つまり、「朝敵」とされる人物です。

彼が神田明神に祀られることになった経緯は、たとえば近世初期の『東海道名所記』（浅井了意《あさいりょうい》著、万治末年〈一六六一〉頃刊）には、

---

それより、神田の明神にまいる。この神は、むかし、桓武《かんむ》天皇六代の後胤《こういん》、平の小次郎将門、朱雀院《しゆじやくゐん》の御宇承平二年に、総州《さうしう》相馬の郡にありて。兵をあつめ。むほんをおこし、伯父《をぢ》常陸の大丞国香《くにか》をころして。関東をうちなびけ。平親王《へいしんわう》とあふがれ。天下をくつがへさんとせしに。天慶《ぎやう》三年に。国香が子。平貞盛《たいらのさだもり》、俵《たはら》藤太秀郷《とうだひでさと》。藤原の忠文《たゞぶん》勅命をうけて、はせむかひ。俵藤太すでに将門をころしけるに。そのくび。とんで、此所におちとゞまりしを。いはひしづめて。神田の明神と号す。その首死せずして、たゝりをなしけるを、ある人

まさかどは　米《こめ》かみよりぞきられけるたはら藤太がはかりごとにて

と、よみたりければ。此首、から〳〵と、わらひて。それより目をふさぎ、たゝりをなさゞりきと、申つたへたり

とあり、殺されたのち、斬られた首が飛んで落ちた場所で祀ったのが始まりというのです。また、驚くべきことにその首は死ぬことなく、祟りをなしていたところ、「まさかどは……」の狂歌によって鎮まったと伝えています。

なお、この歌の「米かみよりぞきられける」というのは、将門の全身は鋼鉄で矢や刀が通らないが、唯一こめか

みだけが肉身で、それを知った俵藤太に斬られたということを意味します。

この歌や将門の超人的逸話自体は『平治物語』（十三世紀中頃成）下巻・『太平記』（応安年間〈十四世紀後半〉成か）巻十六や御伽草子『俵藤太物語』（室町時代成）などに見ることができます（弱点のこめかみを射られたとする場合もある）。『東海道名所記』はこれを神田という地に結び付けたことになります。中世以前の説話では普通京都で梟《きょう》首《しゅ》されたことになっており（史実としても）、首が飛んで武蔵（江戸）へ来たという件《くだり》は出てきません（なお、これらの説話は、将門の乱を主題とする『将門記』（平安中期成）には見えない）。

主要な江戸地誌では、微差はあるものの、以後近世後期まで『東海道名所記』と同様の話が語られ続けます（表1）。そこには、さらに尾ひれが付くことも。F『古郷帰乃江戸咄《こきょうがえりのえどばなし》』には、首の顛末は同様ながら、

表1　神田明神の祭神（△＝将門への言及はあるが、祭神とせず）

| 書名 | 成立年 | 平将門 | 大己貴命 |
|---|---|---|---|
| ㋑ 本朝神社考 | 正保二年（一六四五）以前刊 | ○ | × |
| ㋺ 神社考詳節 | 正保二年刊 | ○ | × |
| A 東海道名所記 | 万治末年（一六六〇）頃刊 | ○ | × |
| B 江戸名所記 | 寛文二年（一六六二）刊 | ○ | × |
| ㋩ 神社啓蒙 | 寛文十年刊 | △ | ○ |
| C 江戸雀 | 延宝五年（一六七七）刊 | ○ | × |
| D 紫のひともと | 天和三年（一六八三）成 | × | × |
| E 江戸鹿子 | 貞享四年（一六八七）刊 | ○ | × |
| F 古郷帰乃江戸咄 | 同右 | ○ | × |

| | | | | |
|---|---|---|---|---|
| G | 日本鹿子 | 元禄四年（一六九一）刊 | ○ | × |
| H | 国花万葉記 | 元禄十年刊 | ○ | × |
| I | 和漢三才図会 | 正徳五年（一七一五）跋刊 | ○ | × |
| ㈡ | 江府神社略記 | 享保十二年（一七二七）序刊 | △ | ○ |
| J | 江戸内めぐり | 享保十三年刊 | ○ | ○ |
| K | 江戸砂子 | 享保十七年刊 | ○ | ○ |
| L | 江府名勝志 | 享保十八年刊 | ○ | ○ |
| M | 再板増補江戸惣鹿子名所大全 | 寛延四年（一七五一）刊 | ○ | ○ |
| N | 新編江戸志 | 安永四年（一七七五）以前成 | ○ | ○ |

扨《さて》むくろは。下総《しもをさの》国より。此武蔵国迄追来《むさしのくにまでをいきた》り。せいきつきてたをれけるを。路辺《ろへん》に埋《うづみ》けるに。何《なに》となく光《ひかり》物出《ものいで》て。しんどうやむ事なければ。国の守《かみ》より都へうつたへ。将門《まさかど》の首《くび》を申くだし。むくろと一所《いつしよ》にうづみ。一社《しや》の神にいわひて。からだの明神《みやうじん》とあかめ奉《たてまつり》ける故《ゆへ》。しんとうも鎮《しづま》りけると也。いつの頃《ころ》よりか。あらためて神田《かんだ》大明神と申也。

と、下総に残された遺骸が、京都に持ち去られた頭部を追って、武蔵国までやって来たところ、力尽きて倒れてしまった。それが祟りをなしたために、頭部を取り寄せ、ともに埋葬し「からだ明神」として祀ったのが転じて「神田明神」と称されるようになったという起源譚が見られます。この話も相応に知られるところとなったと見えて、「将門はからだ斗《ばか》りを敬まはれ」（『新編柳多留』三十集）などという川柳が残っています。

この荒唐無稽にも思える江戸地誌の将門祭神説は何を根拠とするのか。再び表1を見て下さい。江戸地誌に先行する資料として、(イ)『本朝神社考』と(ロ)『神社考詳節』（前者の抜粋・増補版）を掲げています。どちらも林《はやし》羅《ら》山《ざん》という儒学者の手になる、全国の神社の由来・縁起を解説したものです。前者には「武蔵国江戸の神田の明神は、世に伝ふ。平将門が屍《しかばね》、此に埋めるものなり」（原漢文）とあるだけながら、後者には将門の行状を述べた後、

> 遂に将門を誅伐《ちゅうばつ》す。秀郷、其の首を得たり。伝へ言ふ、将門が首飛びて此に留ると云々。続本朝文粋《ぞくほんちょうもんずい》に見ゆ（原漢文）[*1]。

とあって、将門の首が江戸まで飛来した旨が記されています。

羅山は徳川家に仕え、幕府の学問ブレーンとして活躍した大知識人であり、江戸時代を通じて幕府の文教を司った林家《りんけ》の祖ですから、その学問・教養には権威が認められ、地誌作者にとってもそれは例外でなく、近世初期の地誌が羅山著作に従ったことは想像に難くありません。そして、刊行地誌は先行する地誌の内容を無批判に利用する傾向にあるため、長い時間継承されることになるのです。

## 3　将門祭神説への疑問

ところで、現在神田明神の主たる祭神となっている大己貴命の話はどう扱われているのでしょう。表1に明らかなように、平将門に加えて大己貴命が祭神として明記されるのは、地誌では『江戸内めぐり』（安勝子《あんしょうし》編、享保十三年〈一七二六〉刊）が嚆矢《こうし》ですが、これは非常に簡便な内容の書物ですので、実質的には『江戸砂子』（菊岡《きくおか》

沾凉《せんりょう》編、正編享保十七年刊・続編同二十年刊）がその初発となります。つまり、当時の地誌では祭神として大己貴命が登場するのはかなり後のことで、羅山の説が近世中期、享保時代に至るまで影響力を保ち、一般に広く浸透していた様子が窺われます。

しかし、地誌以外の書物へ目を向けてみると、早い段階で大己貴命を祭神とする説が指摘されていました。㋩『神社啓蒙』（白井宗因《しらいそういん》著、寛文十年〈一六七〇〉刊）は、一応平将門の乱の原因や結果を記しながら、末尾に、「社家者流の説に曰く、神田の社は大己貴命の鎮座たり。将門の社は本殿を去ること百歩許《ばか》り」（原漢文、国文学研究資料館蔵本による）と記して、大己貴命が主で、将門は本殿と別の社に祀られるとする社家（神田明神の神職か）の説を掲げているのです。これは直接地誌に影響することはなかったようですが、広く読まれた考証随筆『広益俗《こうえきぞく》説弁《せつべん》』（井沢蟠竜《いざわばんりょう》著、正徳五年〈一七一五〉刊）に引き継がれました。同書は件《くだん》の超人説話を妄説として厳しく批判し、神田明神の祭神も将門ではなく、大己貴命をもってすべきと断じました。

『神社啓蒙』・『広益俗説弁』二書は、さらに下った享保十二年の㋥『江府神社略記』（荒井嘉敦《あらいよしあつ》著）に継承され、同書は大己貴命を祭神とし、将門を祀るというのは俗説だとするに至ります。これが地誌に影響したと見え、以後の江戸地誌は一様に両者を併記し、将門は後から祀られたとするようになるのです。

㋩・㋥はともに神道・神社関係の資料で、㋩の著者は神道に通じた和学者であり、『広益俗説弁』を著した井沢蟠竜も山崎闇斎《やまざきあんさい》（近世前期の儒学者、神道家）に学んだ神道家でしたから、将門説を否定して大己貴命説を採るのは、天皇に反旗を翻した朝敵を江戸随一の神社で祀ることへの不満を表明したものだと考えられます。あるいはまた、御霊信仰に見られる仏教的色彩を忌避したということもあるかもしれません。

たとえば、朱子学の徒でありながら、同時に熱烈な神道家で、自ら垂加神道という儒家神道を提唱した先述の山崎闇斎は、自らの詩「神田明神」（五言絶句、『垂加草全集』〔享保六年〈一七二一〉跋刊〕巻二所収）において、「霊祠元ト是レ進雄ノ尊、土俗妄ニ伝テ称二ス将門一ト」（起句・承句）と詠み、将門祭神説を否定し「進雄」（＝スサノオ）が祀られているとします。

しかし、新井白石《あらいはくせき》（近世中期の儒学者・政治家）が指摘する（『白石手簡』）ように、『永享記《えいきょうき》』（室町時代の軍記物）には将門が神田明神に祀られていたとする記述があり、本来は大己貴命が祭神であるとする、神道家たちの主張は根拠に乏しいと言わざるを得ません。いずれにせよ、すでに江戸時代のうちから諸説紛々としていた様子が見受けられるのです。

## 4 『江戸名所図会』の特色

再び地誌の記述に目を移しましょう。先ほど確認したように、『江戸内めぐり』・『江戸砂子』以降平将門と大己貴命が祭神として併記されるようになりました。すると、それと歩調を合わせるごとく、初期の地誌に見られたような、斬られた首が笑っただの、その首が飛んで来ただのという、荒唐無稽な話は影をひそめるようになってゆきます（前掲表1—J〜N）。

この記載傾向を決定的にしたのが、著名な『江戸名所図会《えどめいしょずえ》』（斎藤幸雄《さいとうゆきお》・幸孝《ゆきたか》・幸成《ゆきなり》編、長谷川雪旦《はせがわせったん》画、天保五年〈一八三四〉・同七年刊）という、民間の江戸地誌の最高峰とも言うべき存在の作品でした。「名所図会」というのは秋里籬島《あきざとりとう》（近世後期、京都の俳人）によって考案された様式で、細密な風景画を挿絵としてもち［❶・❷］、中世以前の遠い過去まで射程に収める歴史叙述が特徴の一連の地誌のことです。上方《かみがた》（京阪地方）を中心に様々な地域が対象となり続刊されました。

徐々にセンセーショナルな記述は和らいできていたとはいえ、それでもなお将門やその係累の祟りを鎮めるために大己貴命と合祀《ごうし》されたとする説話は残っていたのですが、『江戸名所図会』ではそれすらも消え、真教坊《しんきょうぼう》（時宗の僧侶）が将門の霊を相殿《あいどの》（同じ社殿に複数の神を合わせ祀ること）にしたことのみが冷静な筆致で述べられます（表2下段）。先に見た『東海道名所記』における語られ方と比較すると、その違いは明白と言えるでしょう。

表2

| |
|---|
| 『江戸砂子』巻一 |
| 中野の古戦場にその（注―将門の弟将頼《まさより》の）猛気《もうき》とゞまり、人民をわづらはしむる事年あり。延文の頃一遍上人二代真教坊当初遊行の時、村民此事を慷《なげ》く。その党《とう》の長なれば将門の霊を相殿にまつりて神田大明神二座とす。かたはらに草菴《さうあん》を立て芝崎の道場とす。是浅草神田山日輪寺なり。 |
| 『江戸名所図会』巻五 |
| 中古《ちうこ》荒廃《くはうはい》し既《すで》に神燈絶《しんとうたえ》なむとせしを、遊行《ゆぎやう》上人第《だい》二世真教坊《しんけうばう》、東国遊化《とうごくゆうけ》の砌《みぎり》、こゝに至《いた》り、将門《まさかど》の霊《れい》を合《あはせ》て二座《にざ》とし、社《やしろ》の傍《かたはら》に一宇《いちう》の草庵《さうあん》をむすび、芝《しば》崎道場《さきだうぢやう》と号《かう》す。 |

（上下段ともに架蔵本による）

『江戸名所図会』の作者斎藤家は、江戸神田雉子《きじ》町の草創《くさわけ》名主（江戸が開かれた当時から江戸各町を支配して民政を行った町役人）を代々勤めた家柄でしたから、まさに江戸の歴史を背負う、生粋の江戸人による地誌ということになります。役職上、様々な古文書に触れる機会に恵まれ、当時一流の文人たちと交流をもった人物による地誌ということで、その内容は質・量ともに先行する地誌を凌駕するものでした。

ここでも、記述の骨子は先行の『江戸砂子』に拠りながら、「祟り」という客観的な視点からは不合理と思われる要素を削り、真教坊の没年（文保三年〈一三一九〉）と矛盾する「延文」（南北朝時代の年号、一三五六～一三六一年）という、将門の霊が祀られた時期も削除していることがわかります（表2上段の波線部）。説話としてのおもしろさは後退する一方で、正確性への配慮が看取されるわけです。『江戸名所図会』における語られ方は、近世最高水準の地誌の「進歩」を示していると言うことができるかもしれませんが、それまで絶えることが無かったことを考えれば、江戸後期に至るまで将門の怨霊譚は強い影響力と、江戸の人々に対する訴求力を有していたということになるの

＊近世前期の挿絵（上段）と比較すると、『名所図会』挿絵（下段）の写実性の向上は明白。

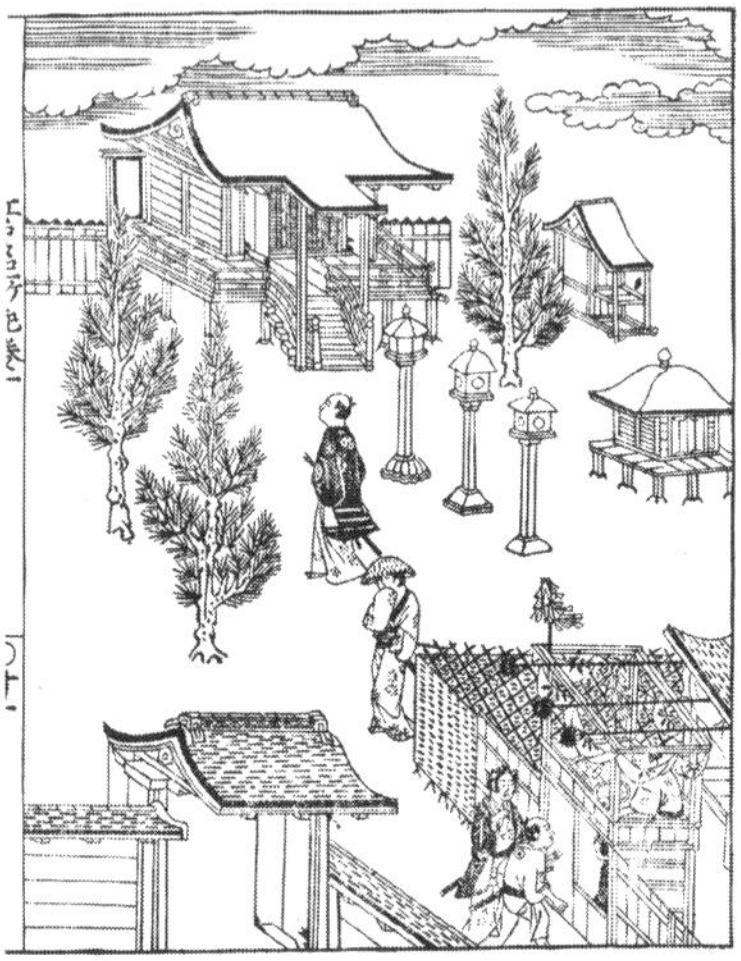

❶『江戸名所記』巻一「神田明神」挿絵（稀書複製会第十期第二十二回〈米山堂、1938年8月〉）

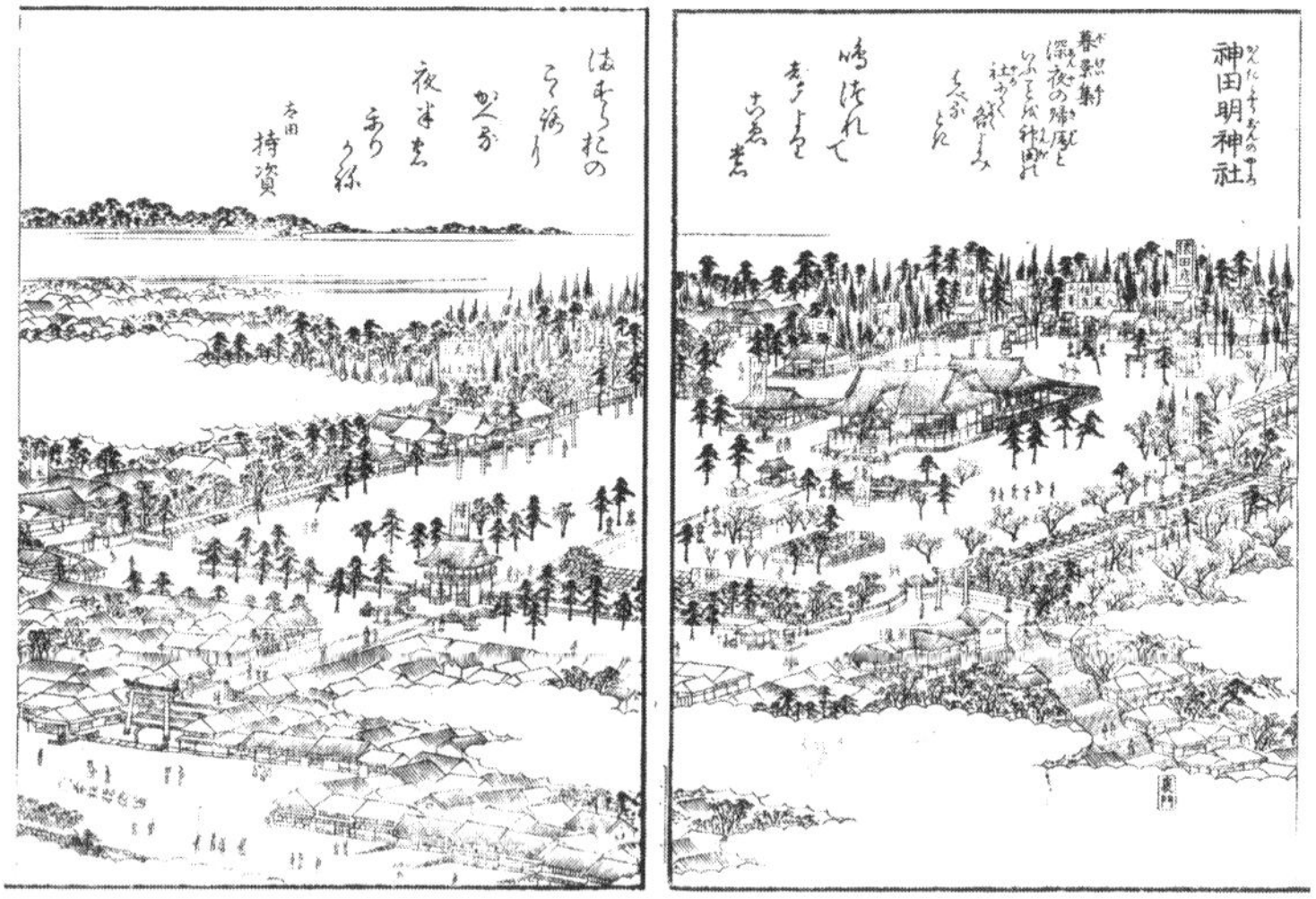


❷『江戸名所図会』巻五「神田明神」挿絵（架蔵本）

ではないでしょうか。

このように、地誌を繙《ひもと》き、名所を定点観測的に眺めることで、都市江戸の重要な神社に何（誰）が祀られているべきかという、そのアイデンティティにも関わる江戸人による歴史認識の変遷の一端を垣間見ることができるわけです。また、それだけでなく、その語られ方も、極めて中世的な説話文学に酷似した叙述態度から、江戸時代の合理精神を反映した客観描写へと変化している様子が見て取れ、近世文学・思想史の流れと同様の展開を確認することができました。

## 5 結び

江戸時代を通じて、神田明神と言えば平将門という認識がいかに当時の人々の心性に深く根を下ろしていたかは、神田明神の氏子が成田山新勝寺への参詣を忌避したと言われることにも窺えます（松浦静山《まつらせいざん》『甲子夜話《かっしやわ》』続篇巻三）。同寺は将門調伏《ちょうぶく》祈念に用いられた不動明王を本尊とするため、将門にしてみれば敵《かたき》のごとき存在だというわけでしょう。新勝寺は、江戸人に絶大な人気のあった歌舞伎役者市川団十郎家が代々信仰し、江戸市民の参詣も盛んであった寺院ですから、生粋の江戸っ子たる神田の人々がそれを忌んだというのは、よほどのことと言えます。

今回は紙幅の都合上、民間の地誌のみを扱いましたけれども、江戸後期に幕府主導の地誌編纂事業のなかで編纂された資料集『御府内備考《ごふないびこう》』続篇（文政十二年〈一八二九〉成）につけば、やはり祭神として大己貴命を一宮、平将門を二宮と併記する記述を載せており、民間における認識を追認するごとくです。また、同資料によると、この頃すでにその来歴を明示する中世以前の古い縁起類は失われ、創建がいつなのか、本来何が祀られていたのかなどを正確に知ることはできないとあります（様々な説が入り乱れるのも無理からぬことなのです）。そのほか、類焼の際に修復・修繕費用を幕府が負担してきたことも記されるなど、公儀もまたこの神社を手厚く保護しているのは明らかです（江戸城の鬼門守護を担わされたとする説もある）。

それにしても、なぜ将門なのか。江戸時代においても幕府の『本朝通鑑《ほんちょうつがん》』（寛文十年〈一六七〇〉成）や水戸徳川家による『大日本史』（明暦三年〈一六五七〉編纂開始）のような公的な歴史書では、明確に「反臣」と位置付けられていたような武将の説話がこれ程人口に膾炙《かいしゃ》し、江戸の総鎮守とされる随一の神社の祭神として拘《こだわ》られるのか。自らを「新皇」と称した人物ということで、朝廷側（すなわち「西」側の人々）から見れば弁解の余地のない大悪人ということになりましょうが、網野善彦氏が、

> しかし、たとえわずか三ヵ月の短期間であったとはいえ、畿内の天皇による統治が分断され、東国において自立した国家が誕生した意義は、はかりしれないものがあるといわなくてはならない。なによりも東国人にとってみれば、それははじめて畿内の統治からの自立を多少とも現実的な方向として模索するうえに、はっきりとした道をひらいたのである。

と述べる通り、長く西日本の朝廷を中心とする権力集団の抑圧を受けてきた東国人にとっては、将門はまさしく英雄として、死後も「東国の自立を求める人びとの一つの精神的支注となったことは疑いない」（前掲書）のです。それは、将門をめぐる伝説・説話が関東各地に偏在している事実からも明白と言うことができます。

以上のように、近世の地誌を読むというのは、「正史」などではこぼれ落ちてしまいかねない、敗北者として駆逐され抹殺されてきた者たちの声なき声に耳を傾けることにつながり、日本列島にかつて存在した多様な文化・

歴史に触れる行為ともなり得るのです。しかも、それが他ならぬ自分たちの足下に積み重ねられていて、今を生きる我々と決して隔絶されたものでないのだということを語りかけてくれる、大きな可能性を秘めた書物群と位置付けられるのではないでしょうか。

なお、明治七年（一八七四）、明治天皇が参拝したことが問題視され、将門は分離されてしまい、昭和五十九年（一九八四）にようやく戻されるまで、別の社となっていました。土着の信仰が、政治体制の都合によってゆがめられた事件と言えますが、江戸・東京の人々に深く愛された神田明神に「朝敵」が祀られているというのは、近代天皇制にとって、なかなかに悩ましい、デリケートな問題だったのかもしれません。

## 注

1 『本朝神社考』『神社考詳節』ともに架蔵本による。なお、『本朝続文粋』（保延六年〈一一四〇〉以降成）に該当する記述は、現時点では確認できていない。中世の成立と言われる『将門純友東西軍記』なる資料にも、将門の骸が首を追って武蔵の神田まで来たという話が見えるが、近世における流布という点では、羅山著作を第一に想定すべきだろう。

## 参考文献


・『東京市史稿』「宗教篇」第一（東京市役所、一九三二年）
・日本古典文学会編（兼発行）『山崎闇斎全集』上巻（一九三六年）
・梶原正昭・矢代和夫『将門伝説』（新読書社、一九六六年）
・朝倉治彦監修『古郷帰江戸咄』〈古板地誌叢書10〉（藝林舎、一九七一年）
・中西賢治校訂『日本史伝川柳狂句』六〈古典文庫336〉（古典文庫、一九七五年）
・朝倉治彦校注『東海道名所記』1〈東洋文庫346〉（平凡社、一九七九年）
・網野善彦『東と西の語る日本史』（そしえて、一九八二年）、現在は講談社学術文庫（講談社、一九九八年）
・石田龍次郎『日本における近代地理学の成立』（大明堂、一九八四年）
・内務省地理局編纂物刊行会編『日本地誌提要』第一巻〈内務省地理局編纂善本叢書 明治前期地理資料❹〉（ゆまに書房、一九八五年）

・朝倉治彦編『御府内寺社備考』一（名著出版、一九八六年）
・樋口州男『将門伝説の歴史』〈歴史文化ライブラリー407〉（吉川弘文館、二〇一五年）
・岡本亮輔『江戸東京の聖地を歩く』〈ちくま新書〉（筑摩書房、二〇一七年）

How to READ the Classical Japanese Literature

文学としての演劇

# 歌舞伎を「読む」ということ

## ——河竹黙阿弥作品の場合

日置貴之

幕末・明治期に活躍した歌舞伎作者の河竹黙阿弥《かわたけもくあみ》は、日本の演劇史上で初めて自作を活字本として刊行していった人物でもあります。江戸時代には出版されることがなく、役の名前ではなく、その役を演じる役者の名前で表記されるなど、一般の人々が「読む」ことが想定されていなかった歌舞伎の台本は、一般読者が「読む」ことを意識した活字本になっていくなかで、どのように変化していったのでしょうか。果たして、一般読者を想定した活字本は、歌舞伎を「読みやすくした」と言えるのでしょうか。

## 1　演劇を「読む」

現在の日本では、演劇のテクストを「読む」ということは、多くの人にとってあまり馴染みのない行為でしょう。中学校・高等学校の国語の授業で、演劇のテクストが取り上げられる機会はそう多くありません。高等学校の場合、令和三年度（二〇二一）までの学習指導要領に基づく教科書を見ると、演劇のテクストは、古典では、能〈隅田川〉、浄瑠璃『曾根崎心中』道行《みちゆき》、近代以降の作品では、三島由紀夫『卒塔婆小町《そとばこまち》』（『近代能楽集』）、多和田葉子『動物たちのアルバム』等が掲載されています。大修館書店『国語表現　改訂版』のように、「リーダーズシアターを開こう」という単元を設け、演劇という表現方法に注目したものもありますが、現在の高等学校の国語の授業で読まれる作品、さらには大学入試に「出る」作品は、古典ではまずは王朝物語、軍記物語、随筆、近代以降の文学では小説、評論といったジャンルが中心であり、演劇のテクストの存在感は低いと言えそうです。一方で、演劇論である世阿弥《ぜあみ》『風姿花伝《ふうしかでん》』や穂積以貫《ほづみいかん》『難波土産《なにわみやげ》』が、多くの教科書に収められる「定番教材」となっていることを思えば、こうした演劇のテクストに対する扱いは、演劇というジャンルそのものに対する馴染みのなさ以上に、その特殊な形式から来る「読みにくさ」に起因するのではないでしょうか。

演劇のテクストは、多くの場合、台詞および「ト書き」と呼ばれる舞台上での動作等の指示から成り、小説に比べると登場人物の内面描写が乏しいという特徴があります。こうした表面に現れない登場人物の心理や、舞台上での動きなどを想定しながら読む、あるいは演じることに、戯曲あるいは脚本を読む面白さがあると言えますが、一方でこれらは戯曲という形式に不慣れであったり、実際の舞台に接した経験の少なかったりする人々にとっては、とっつきにくさを感じさせることでしょう（なお、ここでは演劇のテクストという形態を取る文学の一形式を戯曲と呼び、実際の上演を想定した演劇のテクストを台本・脚本としておきます）。

さらに、日本には中世の能・狂言に始まり、近世の人形浄瑠璃や歌舞伎、近代以降の新派劇、新劇、小劇場演劇などさまざまな時代の多様な演劇が存在し、そのそれぞれに独自の性質があり、テクストを読む上では、その違いを考慮する必要もあります。以下では、日本で演劇のテクストが出版され、広く読まれるようになっていった明治時代に、自作の活字化に取り組んだ歌舞伎の作者である河竹黙阿弥《かわたけもくあみ》の例を見ながら、歌舞伎の台本を「読む」ということについて考えていきましょう。

## 2 歌舞伎の台本

江戸時代には、能や人形浄瑠璃の詞章を収めた謡本や浄瑠璃本は盛んに出版されていました。ただし、これらには、ト書きに相当する、舞台上での役者や人形の動きといった演出に関する記述はありません（能の場合には、世阿弥自筆本など演出についての注記を含むテクストを、謡本と区別して能本と呼びます）。これらと比べると歌舞伎の台本は、「トこれを見て」のような形で記されることから「ト書き」と呼ばれる、舞台上での動作等に関する記述が多いのが特色ですが、江戸時代を通して歌舞伎の台本がそのまま出版されることはありませんでした。

江戸時代の歌舞伎の台本は、各劇場の作者部屋に所属する複数名の狂言作者によって合作されるのが普通です。少なくとも幕末期には、まず横長の初稿本が、次に稽古を行う中で生じた修正等を反映した縦長の清書本が作られる習慣になっていましたが、これらすべての台詞とト書きが収められた台本は作者の手元にのみあり、役者には、「書抜《かきぬき》」と呼ばれる自分の台詞とその前後のきっかけだけが記された冊子が渡されていました。出演者ですら、作者が一座の役者の前で台本を読み聞かせる「本読み」や、その後の稽古で「聞く」ことによってしか芝居の全貌は知ることができなかったわけです。

江戸時代にも一部の貸本屋では歌舞伎の台本を商品にしており、おそらく特に熱心な芝居好きの人々などが、それらを借りて読んでいたのでしょうが、読者層は限られており、内容も劇場内部で使用された台本と比べると簡略化されている例が少なくありません（河竹繁俊氏は『歌舞伎作者の研究』で、それらについて、「下つぱの狂言作者」などが、「公然と台本を写すことができないので、こそこそと無責任な、ぞんざいな写し方をした、つまり盗写本」とまで書いています）。今日、私たちが「戯曲」と聞いて想像する、登場人物の台詞とト書きとから成るテクストが、堂々と流布し、広く読まれるようになるのは、明治時代以降のことと考えてよいでしょう。

## 3　河竹黙阿弥作品の出版

幕末から明治時代にかけてもっとも活躍した歌舞伎の作者が、河竹黙阿弥です（時期によって初代勝諺蔵《かつげんぞう》、柴晋輔《しばしんすけ》、二代目河竹新七などの作者名を名乗っていますが、以下では明治十四年〈一八八一〉以降に名乗った黙阿弥で統一します）。文化十三年（一八一六）に生まれた黙阿弥は、安政年間（一八五五～六〇）までに、『蔦紅葉宇都谷峠《つたもみじうつのやとうげ》』『三人吉三廓初買《さんにんきちさくるわのはつがい》』『加賀《かが》見山再岩藤《みやまごにちのいわふじ》』といった作品を世に出し、当時の劇界を代表する狂言作者とみなされていました。明治期に入ると、新聞や電信といった文明開化の風俗が登場する散切物《ざんぎりもの》や、江戸時代の時代物よりも写実的な歴史劇である活歴などの創作を始めますが、それらとともに明治期の黙阿弥が行った新たな試みに、自作の活字出版がありました。

明治十二年（一八七九）に創刊された雑誌『歌舞伎新報』は、当初から黙阿弥らの作品の「筋書」を活字で紹介していましたが、第五十号（同年十二月十七日発行）からは黙阿弥の新作『霜夜鐘十字辻筮《しもよのかねじゅうじのつじうら》』の「正本《しょうほん》」が掲載されます。「正本」という通り、その内容は、従来の号の「筋書」よりも詳しいものでした（引用はいずれも句読点および鉤括弧を補いました)。

〔……〕向《むかふ》より雅羅多臼右衛門《がらたうすゑもん》(團右衛門)出《で》て来《きたり》、「大《おほ》きな金儲《かねまうけ》を仕度《したい》」と欲張《よくばつ》た事《こと》を言《いつ》て居《ゐ》る所《ところ》へ、向《むかふ》より恵府林之助《ゑふりんのすけ》(菊五郎)羽織着流《はをりきなが》しにて出《で》て来《きた》り、掛先《かけさき》の勘定《かんぢやう》を勢左衛門《せいざゑもん》(仲〔引用者注、仲蔵〕)に渡《わた》す。三《さん》厘不足《りんふそく》を小言《こゞと》を言《いふ》。林之助《りんのすけ》(菊)、「只今途中《たゞいまとちう》で五郎右衛門様《ごろゑもんさま》にお目《め》に掛《かゝ》りましたが、長崎《ながさき》の伯父御《おぢご》、門戸《もんど》藤右衛門様《とうゑもんさま》が御大病《ごたいびやう》だと言《いふ》お手紙《てがみ》が参《まい》りましたそうで御座《ござ》り升《ます》」。勢左衛門《せいざゑもん》(仲)是《これ》を聞《きい》て、「藤右衛門《とうゑもん》の身《しん》代《だい》は何万円《なんまんゑん》だか知《し》れ無《ない》が、家督《かとく》を譲《ゆづ》る悴《せがれ》は無《なし》、今死《いまし》んだ其日《そのひ》には、皆《みん》な他人《たにん》の物《もの》に成《なる》」。臼右衛門《うすゑもん》(團右)、「林之助殿《りんのすけどの》を初《はじめ》、我々迄《われ〳〵まで》も皆縁者《みなえんじや》。若《もし》死《しゝ》なれたらしつかりと記念分《かたみわけ》が来《くる》で有《あら》ふ」と欲張《よくばつ》た事《こと》を言《いつ》て、(仲・團右)奥《おく》へはいる。

(「筋書　新富座二番目人間万事金世中」『歌舞伎新報』第三号、明治十二年二月二十三日)

〔……〕跡時《あとゝき》の鐘《かね》、合方《あひかた》に成《なり》、向《むか》ふより六浦正三郎《むつらしやう》散髪《さんぱつ》、縞《しま》の着附《きつけ》、古《ふる》き黒羽織《くろばおり》、腰《こし》に風呂鋪包《ふろしきつゝ》みを結附《ゆひつけ》、零落士族《おちぶれしぞく》の拵《こしら》へ。下駄《げた》を履《はき》、小田原提灯《をだはらでうちん》を提《さげ》、出《で》て来《きた》る。跡《あと》より女房阿浪栗梅紋附《にようばうおなみくりうめもんつき》の着附《きつけ》、腹合《はらあは》せの帯《おび》、士《し》族女房《ぞくにようばう》の拵《こしら》へ。駒下駄《こまげた》を履《はき》、当才《たうざい》の子《こ》を抱《いだ》き出《で》て来《きた》り、花道《はなみち》にて、(阿浪《おなみ》)「モシ旦那《だんな》、今打《いまうち》ましたのは何時《なんじ》でござい升ね」。(正三郎)「縁日《えんにち》へ出《で》た植木屋《うゑきや》が仕舞《しまつ》て帰《かへ》つて来《き》た柄《から》は、大方《おほかた》九時《じ》か十時《じ》で有《あら》ふ」。

(「河竹翁新作正本　霜夜鐘十字辻筮」『歌舞伎新報』第五十号、明治十二年十二月十七日)

右のように、『霜夜鐘十字辻筮』の「正本」では、台詞やト書きごとに改行するという形は取られていないものの、下座《げざ》音楽の指定なども含む詳細なト書きと台詞の全体が記されており、台詞・ト書きとも簡略化された

『人間万事金世中《にんげんばんじかねのよのなか》』（明治十二年〈一八七九〉二月新富座初演）の「筋書」との違いは明らかです。『霜夜鐘十字辻筮』は、第八十七号まで連載され、単行本化もされました。翌明治十三年（一八八〇）六月には新富座で上演されています。

以下、生前の黙阿弥が携わった自作の活字化について、原道生氏による整理に従って挙げると、次のようになります。

①明治二十一年（一八八八）一月〜　『読売新聞』への連載
②明治二十一年（一八八八）五月〜　『演劇脚本』刊行
③明治二十五年（一八九二）四月〜　『狂言百種』刊行

①では『鼠小紋東君新形《ねずみこもんはるのしんがた》』（安政四年〈一八五七〉正月、市村座初演）、『三人吉三廓初買』（安政七年〈一八六〇〉正月、市村座初演）という比較的初期の作品を活字化しています。一方、最晩年に取り組んだ③は、明治期に入ってからの作品も含む八冊（収められているのは短い舞踊劇も含め十五作品）が刊行されました。②はやや特殊なもので、当時の日本の著作権制度では、演劇脚本の上演権は出版されている場合に保護されることになっていたため、主に無断上演を防ぐ目的で出版されたものです。出版は作品の一部や抄録でもよかったため、『演劇脚本』シリーズでは多数の黙阿弥作品が活字化されているものの、多くは作品を読むためには不十分なテクストです。

さらに、明治二十六年（一八九三）の黙阿弥の没後は、坪内逍遙《つぼうちしょうよう》の仲介によって黙阿弥の娘いとの養子となった河竹繁俊や、永井荷風《ながいかふう》などによって再評価がなされていった大正から昭和初期にかけて、春陽堂から『黙阿弥脚本集』全二十五巻（大正八年〈一九一九〉〜十二年〈一九二三〉）および『黙阿弥全集』全二十八巻（大正一三年〈一九二四〉〜十五年〈一九二六〉）という大部の作品集が刊行され、岩波文庫にも八冊十二作品が収められました。黙阿弥の作品は、活字本によってより広い範囲で読まれるようになっていったのです。

## 4　活字本による享受

ここでは黙阿弥の作品に注目しましたが、歌舞伎の台本全般を見ても、大正後期から昭和初期には、『歌舞伎脚本傑作集』全十二巻（大正十年〈一九二一〉～十二年〈一九二三〉）、『世話狂言傑作集』全九巻および『時代狂言傑作集』全六巻（いずれも大正十四年〈一九二五〉～十五年〈一九二六〉）、『日本戯曲全集　歌舞伎篇』全五十巻（昭和三年〈一九二八〉～八年〈一九三三〉）がいずれも春陽堂から刊行されており、歌舞伎の台本を活字本によって読むという行為自体が一般的になっていったと言えます。

では、こうした活字本で読むという享受方法が広がる中で、歌舞伎の台本のあり方は、それまでと変化しなかったのでしょうか。

すでに記したように、江戸時代の作者たちは、各劇場に所属し、一座の役者に合わせて「当て書き」をしていました。黙阿弥の場合、最初に河原崎座で合作を主導する立作者の地位に就き、その後は主に市村座で四代目市《いち》川小團次《かわこだんじ》を主人公にした芝居を執筆、明治期には新富座を主要な活躍の場所として、九代目市川團十郎《だんじゅうろう》、五代目尾上菊五郎《おのえきくごろう》などに作品を書き与えます。歌舞伎の作劇でもっとも優先されるべきは、一座の役者それぞれの魅力を引き出すことであるという発想は、台本の書き方にも表れています。

---

ト菊五郎二人を相手にツヽぷす。暫《しばら》くして気の違ひし思入にて、あたりをきよろ〳〵見廻し。

菊　何、幽霊が出た〳〵　○　長刀《なぎなた》かい込み現れ出て　○

ト筝《ほうき》の長刀の様になりしを持、こわきに構へ、知盛《とももり》のこなしになり、すりあしにて、
抑《そも》〳〵是は桓《かん》武《む》天皇九代の後胤《こういん》、平の知盛幽霊なり　○

これは黙阿弥の『水天宮利生深川《すいてんぐうめぐみのふかがわ》』（明治十八年〈一八八五〉二月、千歳座初演）の一部で、早稲田大学演劇博物館が所蔵する、五代目菊五郎による初演時の台本を比較的忠実に写したと思われる写本から引用しました（句読点と振仮名を補っています。○は無言のちょっとした演技を示す記号）。時代の変化に対応できず困窮した士族の船《ふな》津《づ》幸《こう》兵《べ》衛《え》は、一家心中を図ろうとして発狂してしまうのですが、その場面を見ると、ト書きも台詞の上の「頭《かしら》書《が》き」も、「菊五郎」あるいは「菊」と書かれています。江戸時代以来、歌舞伎の台本では、普通はこのように役者名による表記が行われていたのです（江戸時代でも貸本屋を通じて流布した台本には、役名表記のものがあります）。

先に引いた『歌舞伎新報』の「筋書」と「正本」を見ると、「筋書」では「役名（役者名）」という形でしたが、『霜夜鐘十字辻筮』の「正本」では役名のみで記されています。『霜夜鐘十字辻筮』の主要な役は、当時新富座に在籍していた役者に当てて書かれており、その架空の配役も『歌舞伎新報』には記されています。しかし、連載開始の時点では実際の上演は予定されておらず、テクストは役名のみによって書かれているのです。上演が前提とされている場合には、『霜夜鐘十字辻筮』よりも後の『水天宮利生深川』でも、黙阿弥は役者の名前で台本を記しているわけですから、この上演を前提とせず、役名でテクストを書き下ろすという行為は黙阿弥にとっても特別な挑戦であったはずです。以後の活字化の過程では、当然、役名で記すことが普通になり、『水天宮利生深川』の主人公も、『狂言百種』をはじめとする活字本では、いずれも「菊五郎」ではなく「幸兵衛」と表記されるのです。

過去の作品の活字化の場合はどうでしょうか。埋忠美沙氏は、『鼠小紋東君新形』と『三人吉三廓初買』に対する黙阿弥の校訂態度の違いを指摘しています。この二つの作品の初演では、おそらく小團次の意向によって、

主人公の扮装が黙阿弥の当初想定していたものとは違った形になったようです。活字化に際しては、『読売新聞』に掲載された『鼠小紋東君新形』では変更を反映した形になっており、一方で『狂言百種』の『三人吉三廓初買』に収められた、黙阿弥も目を通した挿絵は変更前の、黙阿弥の当初案で描かれているのです。黙阿弥が自作を活字化していた明治二十年代には、『鼠小紋東君新形』は再演を繰り返して、小團次が変更した扮装の印象が定着していた一方、『三人吉三廓初買』は東京の大芝居では上演されていませんでした。読者にそれほど馴染みのない『三人吉三廓初買』を活字化するにあたって、黙阿弥は実際に行われた初演の再現ではなく、自らの頭の中にある理想の舞台像の提示をおこなったのでした。

## 5 『黙阿弥全集』の問題

特定の上演の際の役者の名前との結びつきが見えなくなり、必ずしも実際の舞台における役者の扮装が反映されなくなるとともに、黙阿弥の作品は、それ単体で「読む」対象となっていきます。大正末年以来、今日まで黙阿弥作品の大部分を読む場合、まず手に取るのは『黙阿弥全集』ということになります。『黙阿弥全集』は、二十七巻と伝記等を収めた首巻《しゅかん》から成りますが、十九巻までおおむね初演順に作品が収録され、二十巻には舞踊劇が入っています。二十一巻から二十七巻は、当初の計画にはなかったらしく、十九巻までに漏れた作品を収めています。この結果、同じ興行で同時に初演された作品が、十九巻までと二十一巻以降にバラバラに収められるような例が生じます。

具体的に見てみましょう。先に一場面を紹介した『水天宮利生深川』は、現在の明治座の前身にあたる千歳《ちとせ》座《ざ》という劇場が、明治十八年（一八八五）に開場した際の柿落《こけらお》としの公演で初演された芝居です。公演に先立って開場式が行われ、そこでは関係者の挨拶等の後に、「曾我の対面」が演じられました。「対面」は、現在では『寿《ことぶき》曾《そ》我対面《がのたいめん》』の題で一幕物として演じられますが、江戸時代には、正月興行全体が曾我兄弟の敵討ちを題材とした芝居で、その一番の山場として兄弟が父の仇工藤祐経《すけつね》と出会う「対面」の場が仕組まれるのが恒例になっていました。ただし、黙阿弥の時代にはこの慣習はほぼ失われていました。若い頃から本格的な曾我狂言を書くことのなかった黙阿弥は、数えで七十歳を迎えていたこの千歳座の開場式のために、「対面」の場面のみの台本を手掛けます。そして、この時の黙阿弥の台本が、現在の一幕物としての『寿曾我対面』の原型となったのです。

　黙阿弥の整理した「対面」は、開場式だけでなく、興行初日以降も続演されました。千歳座の開場興行では、一番目に『千歳《せんざい》曾《そ》我《が》源氏礎《げんじのいしずえ》』、その大切として「対面」、二番目に『水天宮利生深川』が上演されたのでした。しかし、『黙阿弥全集』では、『千歳曾我源氏礎』は十七巻に収められ、「対面」は省かれ、『水天宮利生深川』は十八巻に入っています。そして、これによって、各作品を理解しにくくなってしまっている面があるのです。

　『黙阿弥全集』によって『千歳曾我源氏礎』を読むと、題名に「曾我」と謳《うた》いながら、曾我兄弟が一切登場しないことに違和感を覚えます。曾我兄弟の物語に関わる人物では、工藤祐経の奥方などがわずかに登場しますが、全体としては佐藤忠信が碁盤を手に敵と奮戦する「碁盤忠信」や、能〈摂待《せったい》〉に基づく「山伏接待」など、源義経の家来佐藤忠信とその一族に関わる筋が目立ちます。全集が省いた「対面」の場面なしでは、題名の意味が通じないのです。

　「曾我」に関わるのは一番目だけではありません。同時に上演された二番目『水天宮利生深川』は、一番目が鎌倉時代を舞台とする時代物であるのに対して、上演と同時代を描き、新聞など新時代の事物が登場する「散切物」です。しかし、実は先に紹介した幸兵衛一家の困窮と幸兵衛の発狂の場面は、江戸時代の曾我狂言で「対面」と並ぶ山場であった「鬼王貧家」という場面を現代風に翻案したものなのです。

「鬼王貧家」は、曾我兄弟の家臣鬼王《おにおう》新左衛門やその女房が、借金等が原因で町人に暴行を受けるなどの屈辱を受けつつも忍耐し、身近な人物が生き血を捧げるといった犠牲によって兄弟の敵討ちへの道が開けるという場面です。黙阿弥は、鬼王を困窮士族の船津幸兵衛に置き換え、彼が高利貸したちに打擲《ちょうちゃく》され、発狂するも、最終的には水天宮の利益と、身内の生き血ならぬ、新聞での身内の困窮の報道とその結果による義捐金によって救済されるという場面を作り上げたのです。

『黙阿弥全集』で『千歳曾我源氏礎』『水天宮利生深川』を読んでいる限りでは、興行全体を使って、自身の青年時代にはすでに姿を消しつつあった江戸時代の曾我狂言を、「現代化」した上で復活するという黙阿弥の趣向を理解することは困難でしょう。

## 6 「配列」の美学

こうした例は、非常に些細なものに見えるかもしれませんが、黙阿弥にはこれ以外にも、ある意図をもって一番目と二番目を並べたと考えられる例や、ある芝居が次回興行の「予告編」的な場面を含んでいる例などがあります。私たちが考える一つの「作品」の中で完結せず、複数の作品の「配列」によって何らかの意図を表現するという発想がそこには存在するのです。あるいは、こうした「配列」に価値を見出す発想は、学芸、絵画、料理など、前近代の日本文化に広く共有されたものとも言えるかもしれません。

黙阿弥らに始まる、歌舞伎〈台本〉を活字化し、出演者や実際の上演における演出などとは切り離して「読む」――〈戯曲〉として享受する――ことへの動きは、一見、「作品」を純粋に鑑賞し、理解することを可能にしたように見えるかもしれません。しかし、そこでは、かえって「作品」の理解が困難になってしまった面もあるのです。

このように見てくると、歌舞伎の台本を「読む」ということは、結局、遠い過去に亡くなった役者たちの芸風や、当時の興行上の慣習といったテクストの外にある専門知識を豊富に駆使しなくてはならない、極めて困難な作業に感じるかもしれません。それは一面では事実です。しかし、テクストを「読む」ことで、その背後に息づく役者の肉体や、往時の劇場や観客の雰囲気が立ち上がってくること、その結果として時には「作品」の概念のように、私たちの持つ常識が揺さぶられることには、ゾクゾクするようなスリルがあることも確かなのです。

**参考文献**


・河竹繁俊『歌舞伎作者の研究』（東京堂、一九四〇年）
・原道生・神山彰・渡辺喜之校注『新日本古典文学大系　明治編8　河竹黙阿弥集』（岩波書店、二〇〇一年）
・日置貴之『変貌する時代のなかの歌舞伎　幕末・明治期歌舞伎史』（笠間書院、二〇一六年）
・寺田詩麻「『曽我の対面』と「夜討」―黙阿弥以降―」『明治・大正東京の歌舞伎興行　その「継続」の軌跡』（春風社、二〇一九年）
・日置貴之「「水天宮利生深川」の構想と「曽我」」（『国語と国文学』第九十七巻第十一号、二〇二〇年十一月）
・埋忠美沙『江戸の黙阿弥　善人を描く』（春風社、二〇二一年）

第3部

# いま、古典を「読む」ということ

Why should we READ
the Classical Japanese Literature?

Why should we READ
the Classical Japanese Literature?

## 「生きる」ことと古典

# 古典を読む営為について

加藤十握

多くの人が人生において最初に古典作品に触れるのは学校教育の現場であると思いますが、残念ながら「古典」の授業は子供たちに歓迎されていない事実もあります。古典作品に対して後ろ向きのイメージを幼少期に抱いて忌避したまま大人になるのはいかにも残念であると思いますし、古典作品に向き合うという営為そのものが、その人の人生を豊かにすると私は信じています。本章では、古典を読むことの意味とその方法について、学校現場での経験をふまえて考えてみました。

## 1 「古典は本当に必要なのか」論争について

平成三十一年一月に明星大学で「古典は本当に必要か」と題するシンポジウムが開かれました。日本の古典を学ぶ価値について、肯定派と否定派の論者を招いて討論を行ったこの記録は「コテホン」等と略称され、古典研究者や教育関係者の間で話題になりました。この企画は、現代の古典教育において避けては通れぬトピックについて、まずは幅広く議論を喚起させたという意味で注目に値する企画であったと思います。シンポジウムの議論の詳細は書籍として紹介されており、シンポジウム主催者の勝又基氏や飯倉洋一氏の総括もありますので、その内容について詳説することは略しますが、高等学校・中学校で古文を教授する立場から、些《いささ》かの所感を付しておきましょう。

現在、高等学校・中学校の教科教育において、学習指導要領の改訂が進められています。平成二十九年と平成三十年に中学校と高等学校の新しい学習指導要領が告示され、令和三年より中学校が、翌令和四年からは高等学校が、新課程での運用開始となります。本改訂における学習の重点は、「主体的・対話的で深い学び」の実現を目指して、育成する能力を明確にすることに置かれています。その上で、教科教育の目標内容については、「知識及び技能」「思考力、判断力、表現力等」「学びに向かう力、人間性等」の三本の柱に沿って設定されています。国語では、古典教材の扱いについては、おおむね「言語文化」に関する事項に集約されています。言語文化に関する学習の目標は、すでに改訂が先行された中学校学習指導要領国語編には以下のように記されています。

> 言葉が持つ価値を認識するとともに、言語感覚を豊かにし、我が国の言語文化に関わり、国語を尊重してその能力の向上を図る態度を養う。

この記述は「学びに向かう力、人間性等」に関する目標を記したものであるので、中学での古典学習は、そうした豊かな人間性の育成を目指したものであると言えましょう。

一方で、高等学校国語の改訂では、従来の科目編成が改編されます。その改訂内容においては様々な観点での議論が湧き上がりましたが、中でも、古典教育の軽視が指摘され、古典教育の関係者間のみならず広く話題となりました。前述の「古典は本当に必要なのか」の一連の企画もそのような流れが前提にあってのものでありました。

高等学校の古典教育に関しては、今回の改訂の背景として以下のような課題が、高等学校学習指導要領国語編の「国語科改訂の趣旨及び要点」において指摘されました。

古典の学習について、日本人として大切にしてきた言語文化を積極的に享受して社会や自分との関わりの中でそれらを生かしていくという観点が弱く、学習意欲が高まらないことなどが課題として指摘されている。

この問題の前提には、国立教育政策研究所により行われた「平成一七年度高等学校教育課程実施状況調査」による高校生の古典嫌いについての指摘や、横浜国立大学教育学部の富永八千代氏によって教育課程一年次生対象に行われた「古典力調査」に関する、日本学術学会の発言等があります。例えば平成三十年度の横浜国大の調査によると、高校生の古典の授業に関する不満として最も多いのは「文法、語法ばかり」という項目、次点が「暗記ばかり」との項目であったと指摘されています。その点についての日本学術学会の分析では、従来の古典教育の問題点が以下のように指摘されています。

受験体制に組み込まれた教師と生徒の間では、受験に必要だという口実によって、安直でつまらない受動的な文法と現代語訳に逃げ込んでしまい、その結果古典の授業は瀕死の状態におかれ、生徒たちにとっては、受験に縛られた否応なく取り組まされる、詰まらない無意味な暗記の科目でしかないのである。

大変に手厳しい指摘です。すべての授業がそうではないにせよ、一つの傾向であることは受け止めざるをえず、古典教育に携わる者としては忸怩《じくじ》たる思いに駆られます。

そうした古典教育の現状を前提として、高校の新しい学習指導要領では、古典教材を扱う科目編成は、必修科目の「言語文化」と、それによって身につけた資質や能力をより深く学習する選択科目の「古典探究」に系統立てられました。「古典探究」では、その教科目標は学習指導要領に、以下のように記されます。

「伝統的な言語文化に関する理解」をより深めるため、ジャンルとしての古典を学習対象とし、古典を主体的に読み深めることを通して伝統と文化の基盤としての古典の重要性を理解し、自分と自分を取り巻く社会にとっての古典の意義や価値について探究する資質・能力の育成を重視して新設した選択科目である。

古典の要・不要論はさておき、今回の改訂では、今そこにある「古典の意義や価値」の根本を見直すことにより、より現代を生きるにふさわしい資質・能力の育成に、古典教材がどのように寄与できるかという問いが、教授者に対して投げかけられていると言えましょう。一方で、「コテホン」企画の続編として、高校生が主体となって古典が本当に必要なのかを議論するシンポジウムが令和二年六月に行われ、その記録が『高校に古典は本当に必要なのか』という書籍にまとめられています。そこではシンポジウムに参加した高校生たちが、瑞々しい感性をもって、古典に向かう意義を見出そうとしていることに、一教授者として希望を見出すことができた気がします。

今後、様々な模索が教育現場で行われてゆくと思いますが、私が今回の改訂で着目するのは、古典教育の根本として、主体的に作品にアプローチする姿勢や、人間の営為としての言語文化活動を理解して実践するという側面があらためて強調されていることです。一体、どのようにしたら「自分と自分を取り巻く社会にとっての古典の意義や価値について探究する」ことを実践できるのか、ということについて、勤務校での過去の授業における私自身の気づきを交えながら考えてみたいと思います。

## 2　古典教材をジブンゴトとして読むこと

最初に、高校一年生の古文の授業で、『徒然草』を扱った際の事例を紹介します。取り上げたのは、第一三七段「花はさかりに」の段です。第一三七段は、自然事象や人事の具体像を頼りに世の無常を説いた文章ですが、教科書にも掲載される章段ですので、内容の説明は省略します。

授業では、一通りの文法事項の説明から、兼好の駆使した言葉の豊かな側面に関する解釈を行わせ、正確に文章を理解することを目指した上で、定期試験では以下のような問いを生徒に示しました。


筆者は「花」や「月」や「祭」をある見方で見ることによって、それが「死」の認識に繋がってゆくことを指摘したと思われるが、「花」などを見る姿勢から「死」を認識することがどのような点で繋がってくると考えられるか、説明しなさい。

その問いに対する、生徒の解答を二例紹介します。

（例一）花や月、祭を、その盛りの場面だけでなく、始めから終わりまでを情趣深いとして見ることが、「死」にも同じように、その「死」の瞬間ではなく、全体に注目することで、相対的な視点を廃して、自らの問題として絶対的に見る無常観へとつながる。

（例二）筆者は、ものごとを、最も盛んな「中心」にではなく「はじめ」と、「死」のような「終わり」に目を向けてみるべきだと考えている。しかし、多くの人は、人生において「中心」に目を向け、「死」という「終わり」を自らと切り離して捉えるため、死の間際には「はかなさ」というありもしない無常観にひたる。そのようにならないために、必ず訪れる「死」を認識し、一日一日を大切に生きるべきだ、となる。

これらの解答からは、その当否はさておき、花や月という言葉に付随する伝統的な価値観から解放されて見る客観視の姿勢が、死というこの上なく絶対的な事象を自分事として見る視点を得ることに繋がってゆくのだ、という理解が、生徒たちの内面で様々な言葉が化学反応を起こしながら形作られてゆく様子が感じて取れましょう。

次は、高校二年生で扱った『雨月物語《うげつものがたり》』の「菊花の約《ちぎり》」についてです。授業は、レポーターに担当箇所を割り振り、主要な文法解釈を前提とした現代語訳と、若干の本文解釈についてレジュメを作成させ、それに基づいた発表を軸に展開して行きました。

本話は研究史においても、主題の捉え方からして困難な作品であることで知られていますが、授業において本話の主題について確認をしてゆくうちに、従来はあまり注目されていなかった場面に違和感を抱くことになります。それは、旧主の敵討ちとして出雲《いずも》に向かったと思しき義兄弟宗右衛門《そうえもん》の帰着を待つ左門《さもん》の眼前に繰り広げられている、山陽道を行き交う人々の何気ない会話の描写です。市中の人々の、経済活動上の損得勘定における話題に対して、左門が無関心であることの「意味」について、従来の注釈書などの指摘は、十分に納得し得ないものであったのです。詳細は別稿にまとめましたので参照願いたいのですが、結果として、違和感を抱いた場面にも、市井の人々の経済活動に対する無関心をあえて記すことによって、左門や宗右衛門の状況を暗示する効果があったのではないかと推測し、拙論では以下のように指摘しました。

ただでさえ無関心であった経済活動に対して、惣右衛門との出会いを切っ掛けにして、より盲目的に「信義」に拘泥してしまう左門（あるいは二人）の状況をも、この場面が暗に示しているのではないだろうか。

そうした人物たちの心性の状況を丁寧に解読してゆくことを通じて、現代社会を相対化することによって、自らの生きるスタンスを振り返る切っ掛けになるのではないか、とも思います。

最後に、授業の事例としてもう一点、生徒の古典学習への動機を下げる要因として指摘された文法・語法の学習についても触れておきたいと思います。勤務校は併設型一貫校であり、六年一環のカリキュラム編成を組むことができるため、古典の語法知識の学習は中学生から始めています。例えば、高校一年生の古文では、中学の用言の学習を前提として、その関連性を意識しつつ助動詞の知識を学びます。文法を学ぶ副教材として、過去には大野晋氏が監修した、現在は絶版の『新編文語文法』を使用していました。授業時には、最終的には文法書の巻末などに必ず付録している助動詞一覧の必要事項を暗記する必要がある事を前置きしつつも、できるだけ、当該助動詞の意味や働きへの理解が深まるように注意していました。一例を挙げると、いわゆる過去の意味の助動詞には「き」と「けり」があります。近年の文法書は情報量が多く、大概この二語の相違には触れています。しかし私は一歩踏み込んで、「語誌」をふまえて説明することにしています。「けり」の語誌は、『日本語文法大辞典』には、「既に奈良時代に使われていた語であり、語源については明らかにし難い」と断り書きをしつつ、「『万葉集』の中で「来有」と表記されることから、「き」と「あり」の結合とする説が強い」と説明されています。語誌に触れることにより、生徒たちには、「けり」の活用がラ変型であることや、「き」の接続と同じ連用形接続であることなどを関連させつつ定着させることができます。さらに、「けり」の意味についても、『新編文語文法』の説明には「『けり』は、過去に、あるいは過去から存在していたことに対して、そうだったのだ、と気づいたことを表す」等とあることから、「き」が自己の体験した過去のことを表すと一般的に言われることをふまえて、それが現在も伝わってこの場に「ある」、つまり存在することに気づいたことを表す意味であると理解させることも可能でしょう。現在刊行されている文法学習の補助教材には、それらのことを情報として丁寧に記しているものが多いので、私の場合も、語誌などの説を高校生に必要なレベルで一覧にして理解を促せるようにまとめて示しています。そうすることによって、生徒も日本語の語尾の重要性に気づき、助動詞の機能の理解が深まり、結果として原文の読解も深められてゆくことになります。

以上の例は、段階を踏んで作品に深くアプローチすることにより生じた疑問から作品の新たな読みを見出す契機をつかんでゆく事例や、文法知識を単なる暗記事項にさせない事例ですが、こうしてみると、授業の重点とされている「主体的・対話的で深い学び」や、その目標たる「学びに向かう力」は、生徒のもののみならず、教授者の私たち自身のものであることにあらためて気づくのです。

## 3　翻字《ほんじ》を学ぶことの意味について

私が所属する日本近世文学会では、近年注目すべき取り組みが精力的に進められています。それは、古典籍（和本）実物がもつ質感に触れ、そこに記された変体仮名を解読してみることによって、古典初学者から古典を読むことへの興味を引き出す取り組みです。和本教育、または和本リテラシーの実践とも呼ばれるその取り組みの実践例は、日本近世文学会のウェブ・サイトよりダウンロードできる『和本リテラシーニューズ』にて知ることができます。

私の勤務校でも、中学校国語の授業で、変体仮名に触れる授業を伝統的に行ってきています。その授業の概要は、『リポート笠間』第五十七号に報告したこともあります。その報告から、変体仮名で学ぶことの効用を記した箇所を以下に引用します。

> 解読した「言葉」同士の関係や様々な背景にも想像を働かせて、ゆっくりと文章を再構築してゆくような作業を続けてゆくのだが、その「時間」は非常に有効である。さらには、単語を意識して解読を続けることにより、徐々に活用語の活用パターンや、頻出する付属語の機能などを文章から帰納的に理解できるようになる。

解読の道具として『字典かな』などを頼りに生徒は、時には自分で筆跡をなぞりながら一文字一文字ゆっくり解読してゆくその過程で、言葉を帰納的に理解してゆくことができます。生徒にとっては、数百年も前の日本語が読めた、という結果以上に、その過程こそが尊い営為であることに気づきました。また、用言の活用や付属語などの文法知識についても、実際に生徒それぞれが身につけている言語感覚を十分に活用して読み解くことにより、自然と活用語の型なども意識するようになりました。先に紹介した『和本リテラシーニューズ』vol.1で塩崎俊彦氏も、読むという行為自体の効用について、以下の三点にまとめています。

一　読むことは、いま眼前にはないものをテキストを介して了解できる間接経験である。

二　和本リテラシーでは、モノとしての書物に向き合う直接経験を通して、間接経験であるために生じる読むことの困難と、それを乗り越えるプロセスを体験できる。

三　文学を学ぶ者は、読むことがどこまでも間接経験であることを知りながら、和本リテラシーというトレーニング＝直接経験を通じて、間接経験の危うさを冷静に回避し、読むことを確かな手応えを持った直接経験の代行とすることができる。

---

また、授業を通じて、別の重要な気づきがありました。それは、読むだけなく書くことの効用です。『和本リテラシーニューズ』vol.5、神作研一氏の実践レポートには、「くずし字を〈書く〉」という実践が紹介されています。そこで神作氏は、「アタマで学ぶだけでなくカラダごと学ぶこと、古文（くずし字）と書道（かな）のコラボは有効だとの確信を持った」と述べています。私は、筆を持たせての実践の経験はありませんが、字母《じぼ》から文字を類推させる際に、黒板に実際書いてみせ、それを生徒たちになぞらせると、類似した文字の判別が容易になることを経験しています。例えば、「須」を字母とする「す」と、「波」を字母とする「は」、「津」を字母とする「つ」などは、慣れていれば違いがわかりますが、初学者には字面が類似していて紛らわしいのです。それらの文字を判読するときには、逆に想定される字母から崩してゆく過程をなぞらせることによって、「カラダごと学ぶ」ことができるのですが、その作業自体が判読の助けになるようです。さらには、文字を連綿としてなぞることに

よって、縦書きの美しさにあらためて気づくこともあります。従って、読むだけではなく、文字を理解する際には、自分で書いてみることが有効であるとの指摘は首肯できるところがあります。

教科書のように丁寧な注釈が施されたガイドブックを通じて古典に触れる方法も、手近に古典に接するには良い機会になりますが、翻字という作業を通じて古典とその時代にじっくり向き合うことも尊い経験となるに違いありません。資料館や博物館のみならず、インターネットなどで版本や写本を容易に閲覧することができるようになった現代にこそ、研究者や教師たちが連携してこうした試みの裾野を広げてゆくことによって、古典作品がより身近なものになることを期待します。

## 4 古典の現代語訳という営為について

『文学こそ最高の教養である』という書籍には、母語で書かれたものではない文学作品を翻訳することの様々な工夫や苦労が記録されています。例えばドイツ文学の岸美光氏が、中学生頃になって日本古典文学に触れて、自分の知る言語との「リズムの違い」に驚きと喜びを覚えた経験を、以下のように述べています。

江戸から遡って鎌倉期までの文章には、現代日本語とまだ一繋がりの印象がある。だけれど『源氏物語』からは、それとは違うレベルで日本語の響きが動いている印象を受けて、その響きに喜びを感じながら文の流れに乗る、その心地よさのようなものを当時知りました。

古典初学者にとって、教科書に掲載されるほどの著名な作品であっても、一読して文章の意味するところを理解することは難しいのですが、音読したものを耳にすることによって、自分たちが使っている現代日本語との響きの差異は聴覚的に感じ取ることができます。ものを知りたいという動機は、対象との「差異」や「違和感」を意識したところから湧出するものです。従って、一読した際の響きへの違和感は、古典学習への導入としては一つの契機となり得ると思います。

一方で、同じく『方丈記』を翻訳された（あえて翻訳と記します）作家の蜂飼耳《はちかいみみ》氏は、古典の現代語訳のメリットを以下のようにも指摘します。

原語のリズム感とかテンポとか音の響き。たとえば平安時代の発音は今と違うと言われています。でも、正確にはわからない。にもかかわらず、原文が示す言葉の世界や音の響き、調子というものがあるとは思うんですよ。ただ、それだけでは現代人には受け取れない場合に、現代語に置き換えてみて、それで楽しんだり、受け止められる部分を抽出していくというか。そういうことはとても面白いですし、日本語の中で可能な状態にあると思います。読むことと書くこと、どちらの立場から言ってもそういう可能性があるというのは、言葉の豊かさを実際に示す一つの優れた方法なんじゃないかなと思いますね。

ここでの蜂飼氏の発言は、古典の「現代語訳」という作業目的としても、重要な観点を示唆していると思われます。一般的に古典教育の現場では、原文を読解してゆく過程は、音読、文法確認、現代語訳の順に進められます。しかし、本来は現代語訳から作品を味読することに重点が置かれるべきところを、授業時間数などの制約上、「文法事項の確認（暗記）」に重点が置かれてしまっている実情があるのではないでしょうか。さらには、例えば大学入学試験の古文の出題内容には「文法問題」が必ずと言って良いほど含まれており、従って高校生たちは、まずは配点的にも軽視できない「文法問題」を「正確」に解答すべく、膨大な知識を短期に詰め込まねばならない状況に陥っているわけです。そうなると、授業における現代語訳の観点は、文法的に正確な現代語訳を作ること、に集約されてきます。つまり、文法知識が古典解読の大前提となっている様に扱われてしまうと言うことです。

　文法体系を学ぶことに意味が無いと言うことではありませんし、例えば文法知識習得の最大の難所の一つである「助動詞」の理解についても、第二節で述べたように、暗記本意ではなく言葉の機能の理解に重点を置いて理解することができれば、読解もさらに正確に深まってゆきましょう。一方で、現代語訳の作業目的は、文法知識に照らして正確な現代語訳を作ることだけではありません。むしろ、現代語訳の作業は、蜂飼氏が指摘するごとく、「原文が示す言葉の世界や音の響き、調子」を、現代語との差異を意識しながら置き換えて楽しむことに意義があるのではないかと思うのです。調子や調べに対する違和感から出発して、古典の言葉の持つ世界に意識を向けてゆくことや、それによって自分の言語感覚や内的な世界を広げてゆくことが、現代語訳の作業における醍醐味なのではないでしょうか。

　かくして「古典を読む意味」は、その作品の言葉に向き合う営為を通じて、少し大袈裟に表現すれば、学齢期の子供たちのみならず、それに取り組むすべての人の、その後の人生を豊かにすることにあるのではないかとさえ思えるのです。要するに、まずは「読まなければなにもはじまらない」のです。

**参考文献**


・大野晋編『新編文語文法』（中央図書、一九八八年新版発行）
・『日本語文法大辞典』（明治書院、二〇〇一年）
・『字典かな』（笠間影印叢書刊行会編、笠間書院、最新版は二〇〇三年）

・「平成一七年度高等学校教育課程実施状況調査」（国立教育政策研究所教育課程研究センター研究開発部研究開発課、https://www.nier.go.jp/kaihatsu/katei_h17_h/h17_h/result_q115.pdf　二〇二一年五月五日閲覧）
・加藤十握「その先の古典の海へ」（『リポート笠間』第五十七号、二〇一四年）
・『和本リテラシーニューズ』vol.1～5（日本近世文学会、二〇一五～二〇二〇年、http://www.kinseibungakukai.com/doc/wabonichiran.html、二〇二一年五月五日閲覧）
・加藤十握「孤独を超克する『信義』『雨月物語』「菊花の約」小考」（『武蔵高等学校中学校紀要』第一号、二〇一六年）
・秋成研究会編『上田秋成研究事典』（笠間書院、二〇一六年）
・『中学校学習指導要領　国語編』（文部科学省、平成二十九〈二〇一七〉年告示）
・『高等学校学習指導要領　国語編』（文部科学省、平成三十〈二〇一八〉年告示）
・勝又基編『古典は本当に必要なのか、否定論者と議論して本気で考えてみた』（文学通信、二〇一九年）
・仲島ひとみ他編『高校に古典は本当に必要なのか』（文学通信、二〇二一年）
・富永八千代「大学生の古典力調査報告X　平成二九年度横浜国立大学教育学部学校教育課程一年次生の古典移管する関心度調査」（『横浜国大国語教育研究』四十四、二〇一九年三月）など
・駒井稔他編『文学こそ最高の教養である』（光文社新書、二〇二〇年）
・言語・文学委員会古典文化と言語分科会『提言　高校国語教育の改善に向けて』（日本学術会議、二〇二〇年、http://www.scj.go.jp/ja/info/kohyo/pdf/kohyo-24-t290-7.pdf、二〇二一年五月五日閲覧）

古典教育の諸問題

# 古典との向き合い方

## ——中等教育の現場から

中村　唯

中学一年生から高校三年生まで、生徒が多くの時間をかけて学習する「古典」という科目。社会に出れば「古典は役に立たない」という意見も耳にしますが、実際、中等教育を受けている生徒たちは一概にそう感じているわけでもありません。本章は、勤務校である浦和明《あけ》の星《ほし》女子中学・高等学校での経験から、生徒たちが何を思い学習に当たっているのか、その考えの変化にも目を向けながら、一教員として古典との向き合い方を考察したものです。

## 1　言葉を楽しむ体験

今や古典学習は中学入学以前から始まっていると言えます。本校では中学一年で百人一首百首を暗唱しているのですが、入学した時点ですべて暗記している生徒もいるほどです。「いろは歌」もほとんどの者が小学校で覚えていますし、『万葉集』や『源氏物語』といった作品名を聞いたことがないという生徒もまずいません。それでも、「古典を当時の言葉（原文）で読んでみる」と聞くと、ほぼ全員が「難しそう」「授業についていけるか不安」という反応をします。と同時に、それまで深くは触れてこなかった「古典」というものの内容を知るのが楽しみだと授業前アンケートに書いてくる生徒も多いのです。実際、授業では冒頭の五分を使って毎時間、二首ずつ歌の暗唱と解説をしているのですが、一年経てば「昔の人っていつも月を見てぼんやりしているよね」とか「女の人の恋の歌は、大体うまくいっていないよね」などという声が聞こえ、ある種の和歌のパターンのようなものを無意識ながらも身に付けていることが窺えます。さらに暗記していくうちに、「有明の月」「露」「袖」「秋風」などの語が頻繁に見られることにも気が付き、日本に古くから存在してきた概念を自分なりに理解した生徒たちは、こちらが求めなくとも「お気に入り」の歌を心に決めるのです。このような姿は、たとえ本人たちは自覚していなくとも古典の学びの第一歩としてふさわしいスタートを切っているように私には感じられます。

中学一年生では、まだ古語の用言の活用や助動詞の文法的な意味などは学習していないので、解説といっても歌の内容や作者について簡潔に話すだけなのですが、ここでは小さな誤解がちらほら聞こえてきます。『鹿ぞなくなる』って鹿が死んじゃうのかと思ってた！」「『いぬめり』って犬じゃないの？」そのような生徒たちの声を耳にすると、やはり覚えるという過程において、わからないなりにその音から自分で意味を考えようとしているのだとわかります。これまで担当したどのクラスでも「常にもがもな」「神のまにまに」、この二首は人気があります。理由を聞くと、「発音が面白い」というシンプルな答えが返ってくるのですが、十二、三歳女子が言葉を気に入る感覚はそんなものなのかもしれません。このように、「間違って解釈していたものが実はこうだった」「音の響きが気に入っていた言葉にも意味がちゃんとあったのだ」と気付く時、ただ歌の意味を解説される以上に生徒たちの心には印象深くその内容が刻まれるのです。そして、それは言葉への関心にも繋がります。この授業を受けていた生徒に、次のような感想を書いた者がいました。

百人一首は書かれている言葉もその時の文化も（現代と）違うが、今の言葉と比べて言葉が澄んでいるような気がしている。百人一首に触れるようになってから自分自身の言葉使いにも気を付けるようになった。

ここで覚えた古典の表現を、これから生徒たちが実際に使う場面はかなり限られているかもしれません。しかし、ただ暗唱ができればいいと教員に言われた百人一首でさえ、個々にその意味を模索しているのです。

中学一年生の彼女たちと初めて原文で読む古典の文章は『竹取物語』なのですが、現代語とは異なる表現に苦戦しつつも、わからない言葉なりに文末の言葉一つにまで意識を向け、意味を考えようとする主体的な姿勢は、古典作品の読解ならではのものだと感じます。また、「物語の本当の内容を初めて知って面白かった」という感想からは、小さい頃に絵本やアニメなどで大まかな粗筋を知っている作品だからこそ、当時とは異なる言葉でその登場人物の心情の機微を捉える面白さを感じていることが窺えます。今、学校を卒業して年月が経ってから生涯学習として古典を学び直したり、古典作品を読んでみようとしたりする人が少なくないと聞きますが、ある意味では彼女たちの学習も、幼い頃に読んだ『竹取物語』の「学び直し」に当たるものなのかもしれません。

中学低学年の言葉への意識は素朴ながら非常に繊細で、かつ大胆です。「澄んでいる」言葉にまずは数多く触れること。これは中学学習指導要領において教科の目標とされている「言葉が持つ価値を認識する」ことや「言語感覚を豊かに」することにも大きく関わっていくでしょう。その過程で本格的な古典学習の第一歩として、意味がわからないという経験やある種の勘違いも必要不可欠だと思うのです。

このような中学一年生の様子からすると、そもそも古典に苦手意識があって学習を始める生徒は実は多くないのではないか、と思っています。私自身少し意外な気もしたのですが、実際、古典作品を読むことに「難しそう」「不安」と話した先ほどの生徒たちに「では古典を読まなくてもいいと思うか」と問うと、口を揃えて「それはそれで嫌」と言うのです。読んでみたい作品が具体的にある生徒や、これまで読み継がれてきた作品には何かそれなりの魅力があると考える生徒、一般常識として知らないと恥ずかしい気がするという生徒まで様々ですが、その興味に程度の差こそあれ、好奇心旺盛な十代前半の生徒たちの多くにとって古典文学は「難しそう」である半面、「なんだかわからない魅力に包まれたもの」であるようです。

## 2 「古典が嫌い」とは何か

本校では中学三年次から本格的に古典の学習が始まります。最初の一年では、多くの学校がそうであるように、係り結び、音便といった文法上のルールや用言の活用など古典作品を読む際に必要となる文法事項を扱っています。そして、高校一年が終わる頃には助詞や敬語、和歌の修辞に至るまでざっと文法事項は一通り触れられるよう学習を進めています。当然、定期試験ではそれらの理解の定着を図る問題を多く出題します。それまでの中学一・二年次の古典学習と比べ、教える側の違いとしては、やはり大学入試に対する意識が大きいと言えます。その先に大学受験を見据えている生徒にとって、古典の入試問題の要とも言える文法事項やそれに則って自ら文章の解釈ができることは、必要不可欠なことです。ですから当然、特に学習の初期段階においては定期試験でもそのような文法事項の理解を問う問題を出題することになるわけです。限られた授業時間の中で、基本的な文法事項の定着を図りつつ、同時に「なんだかわからない魅力に包まれた」古典作品の本質を味わえる場を整えることが、担当教員には永遠の課題として求められていると感じます。

では、生徒たちが中学で古典に触れ始めた当初に感じていた魅力や興味は、本格的な古典学習に取り組むようになるとどのように変化していくのでしょうか。先日、このような学習を一年以上続けた高校一～三年生一五五名を対象に、「(古典学習を始めた中学三年次と比べて) 現在、古文が好きかどうか」というアンケートを行ったところ、次のような結果となりました (なお、アンケートでは科目名に即して「古文」「漢文」と分け、それぞれ同内容のものを実施しました。ここではさしあたり「古文」を「古典」と同義として扱います。漢文分野の結果は次の古文分野のものとは大きく異なっており、それもまた興味深いものでした)。

| | | |
|---|---|---|
| i | 中学三年次からずっと古文が好き | 61名 (39%) |
| ii | 始めは好きではなかったが、今では好き | 29名 (19%) |
| iii | 始めは嫌いではなかったが、今では嫌い | 20名 (13%) |
| iv | 中学三年次からずっと古文が嫌い | 45名 (29%) |

まず、ｉの古典学習を本格的に始めた当初から古典が好きであると答えた生徒の理由として、最も多く見られたのは「作品の内容が面白い」という意見でした。中学三年次では『枕草子』『宇治拾遺物語』など比較的短く、作者のものの捉え方や話の起承転結がわかりやすい作品を扱うためか、早い段階からその内容に共感し、興味を

抱く生徒も多いようでした。中には「古語の表現や言葉の美しさに魅力を感じる」という者もいましたが、文法事項を理解し、古語辞典を自ら用いて読む方法を身に付け始めると、先ほどの中学一年生のように感覚的な興味よりも内容の面白さに対する関心が勝るのだとわかりました。

しかし、授業を行う私にとって特に関心があったのはⅱとⅲの回答をした生徒、つまり学習を進める上で古典に対する好みが変化した生徒でした。なぜなら、その理由こそ古典の好き嫌いの分岐点だと言えるからです。学習していくにつれ、古典が好きになった生徒（ⅱ）二十九名のうち十五名は、「授業で古典の様々なことを知れたのが楽しかった」「昔の人の考え方を知り、自分との共通点を考えるのが興味深かった」など、授業やその担当者の影響、古典作品を読んだことによる変化を理由に挙げました。さらに十四名の生徒は、「古文単語を覚えたらストーリーがわかるようになった」「文法の理解に伴って話の内容がわかっていくのが実感できた」「現代との文化や語彙の違いを学び、興味を持った」というように、学習を通して現代とは異なる語の意味や文法事項が理解できるようになったことで、古典そのものへの興味が芽生えたと回答していました。しかしそれとは対称的に、始めは嫌いではなかったが今では嫌い（ⅲ）と答えたほとんどの生徒は、その理由として「文法がわからない」「単語の意味を覚えるのが大変」「覚えることが多く混乱する」といった事柄を挙げました。始めから古典が嫌い（ⅳ）と回答した生徒もその理由はⅲの生徒とほぼ同じで、いつそれを自覚したのかによる違いに過ぎないと言えます。

これらの結果から、まず、元々古典が好きだというⅰの六十一名に加え、途中から好きになったというⅱのうちの十五名は、タイミングこそそれぞれ異なるものの、学習の過程で古典の面白さに気付けたことが古典好きとなった大きな要因であるとわかります。つまり、授業は生徒たちの興味関心、思考の幅を広げる重要な機会となっているのであり、教室全体でそれを共有することで自分一人では気付き得なかった新たな世界を見ることができるという点で、教員の果たすべき責任は非常に大きいと改めて実感させられます。さらに、ⅱの残りの十四名と古典が嫌いだというⅲ、ⅳの六十五名との大きな分かれ道は、「現代とは異なる言葉の意味と文法を理解できるか否か」ということにあります。後者の六十五名の中には「内容は面白いと思うが、文法が苦手」と回答している生徒も見られたことから、生徒にとって「わからない」要素があるということは古典嫌いとなる大きな要因になっていると言えます。特に学年が上がるにつれ、「テストで点が取れない」「初見の文章で内容が読み取れない」という回答が増え、入試や定期試験との関係性から古典を苦手とする生徒も多くなっていく傾向があります。これは古典に限ったことではありませんが、生徒にとって成績や試験の点数が自身の理解の基準となり、それが教科の好き嫌いと強く結びついているのが現状です。

今回のアンケートで古典を嫌いと答えた生徒にその理由を自由に書いてもらったところ、「内容が面白くない」「そもそも興味がない」というような内容面に関することを主な理由として挙げた生徒は一人もいませんでした。このことから、「古典が嫌い」というのは「わからない」ことの表れなのではないかと考えられます。「わかった」という実感をある程度得られなければ、それ以上作品の内容の面白さを自ら追求することもなく、それが嫌いという感情に繋がるのは当然のことです。そもそも教科の好き嫌いがあるのは自然なことなのですが、中学生の頃には興味があったにもかかわらず、「わからない」がために古典嫌いが増えてしまうというのは残念なことです。なぜ「嫌い」なのか、生徒の「古典嫌い」とは何を示しているかを明確にし、把握することにより授業で目指すことも大きく変わります。本校の場合、現行の入試問題の出題スタイルが続く限り、古典嫌いを生まないためには「語の意味や文法事項を自ら的確に理解できる」ことが必要な条件になっていると言えるのです。

## 3　古典作品を読むということ

右のアンケート結果から、「それなら、細かい文法事項の学習を必要としない形で古典作品を読めば古典嫌いは大きく減るのではないか」という考えが浮かびます。つまり、現代語訳したものを通して内容を理解するという読み方です。

高校での古典の授業において、この「現代語訳をする」という行為は古典文法の理解とともに作品の読解の過程で多くの場合行われるものでしょうが、このことについて私には少し苦い経験があります。教職に就いて一年目、本校の高校一年生に古文を教えていた時のことです。中学の頃から古文の試験で活用や現代語訳を問われ続けた生徒たちは授業中、私が現代語訳を口にすると一斉にペンを動かし、必死に書き取っていました。そのような姿を見ているうちに、彼女たちには訳の一言一句を聞き取ることに集中するのではなく、自ら語の意味と文脈を考え、作品を読んでほしいと思うようになり、最後に完成された現代語訳を「発表」するのをやめたことがありました。そうして半年教えた頃、授業アンケートを取ると、「現代語訳をしっかり言ってほしい」「訳をプリントで配ってほしい」という意見が多数見られたのです。私としては古語の意味も、助動詞の文法的意味、主語、古典常識に至るまで丁寧に確認し、あとは各自自力でそれらを組み立てれば現代語に訳せると考えていたのですが、それほど生徒たちにとっては「正しい現代語訳を完成させること」こそが古典を勉強した証となっていたのだと思います。この現代語訳への固執という現象は、中学低学年には見られなかったものであり、特に古典文法を学習し始める時期に多く見られる傾向があるように感じます。逆に言えば、その過程でつまずいてしまうと「わからない」ということになり、古典に対する苦手意識が芽生えることにもなり得るのです。

そこで、先ほどの一五五名の生徒を対象に、「古文を原文で読むことについてどう思うか」という質問をしてみました。回答は①「原文で読みたい」、②「原文と現代語訳を合わせて読みたい」、③「現代語訳で読みたい」の三つから選ばせ、古文の好き嫌いの回答と合わせると次の結果になりました。

| | ①原文派 | ②どちらも | ③現代語訳派 |
|---|---|---|---|
| i（元々好き） 61名 | 37名（61％） | 7名（11％） | 17名（28％） |
| ii（途中から好き） 29名 | 13名（45％） | 3名（10％） | 13名（45％） |
| iii（途中から嫌い） 20名 | 9名（45％） | 2名（10％） | 9名（45％） |
| iv（元々嫌い） 45名 | 14名（31％） | 6名（13％） | 25名（56％） |

古典が元々好きな生徒の方が原文で読むことに意欲的であり、好きではない生徒はその割合が少ないということはそもそも想像に難くありません。私の予想に反した結果となったのは、古典を好きではないという六十五名のうち、現代語訳も合わせて読みたいという生徒も含めるとほぼ半数の三十一名が、古典を原文で読みたいと思っているということです。その理由には、「訳すと原文とニュアンスが変わってしまうから」「当時ならではの表現が失われるから」というように、古語やその表現に対する意識が大きいことが窺えました。その「当時の表現」をルール通りに読むのに苦戦しているからこそ古典が嫌いなのではないか、とも思うのですが、実際「文法事項が苦手なので古文は好きではないが、作品を自由に読めるとかっこいい」という回答が示しているように、苦戦しているのは事実だが、読めるようにもなりたいという願望を含めての結果なのだと感じます。先に述べた通り、古典嫌いの生徒にとって古典と聞いて思い浮かべるのは試験で問われる文法事項やそれを扱う授業であり、そこに苦手意識があれば、自ら作品を味わう段階に到達することは難しいでしょう。

一方、原文で読みたいと答えた古典好きの生徒の中には「今の日本語以外の言語を学ぶことは客観的にものを見る練習になる」と答えた者がいました。他にも、古典が好きで原文派の生徒には「原文の方が細かいニュアンスを感じられる」とその理由を答えた者が多く、古典の学習が「言語を体系的に学ぶ体験」になっていることがわかります。文の構造を理解し自らその内容を読み取ろうと試みることは、将来外国語を学ぶ際に役に立つのみならず、必然的に言葉への意識を高めることにもなります。中学生でもこのことになんとなく気付く生徒がいたわけですが、私はこれこそ古典を原文で読むことの意義の一つであると考えます。つまり、文法事項を理解することは「読むこと」の過程であり、どう読むのかという道筋を授業で示すことが高校古典の目指すべき方向だと思うのです。「文法がわからない」とは、大学入試や定期試験のレベルで言えば「覚えられない」「頭が混乱する」ということなのでしょうが、本質的には「古典の読み方がわからない」ということなのではないかと考えています。

たとえば、高校一年次の最後には松尾芭蕉《まつおばしょう》の『奥の細道《おくのほそみち》』を扱うことが多いのですが、その中で「五月雨《さみだれ》の降り残してや光堂」という句を読みます。この頃には文法事項の学習は一通り済ませてあるので、授業では生徒たちがそれらを思い出しながら歌の趣旨を主体的に解釈できるよう心掛けています。授業の最後に、この歌の初案として「五月雨や年々降て五百たび」とあったことを提示し、どちらがよいか考えさせると、「元の案は五月雨と五百で『五』を揃えているのがいい」「『や』の用法が違うんじゃない？」「『五月雨の〜』の方は二句まで高めた気持ちが光堂の五音で余韻になっていていい」「どっちでもいい気がするけれど、個人的には光堂って言葉が入っていた方がいい」など自由な意見が飛び交います。その上で改めて助詞の意味や位置、修辞などの文法上のルール、前後の文脈や登場人物の行動を考慮した上での展開、芭蕉が描こうとしている情景や心持について考えていくと、生徒の授業中の表情は大きく変わり、質問も活発に出てきます。それまで学習した知識を存分に生かし、その豊かな想像力と鋭い感覚で読み解こうとする教室の雰囲気は、「文法がわからない」と口にする生徒にも影響を及ぼします。そうして感想を書かせると、中には句を読み解く際に自身が感じた苦労を、作品を生み出した作者に重ね、「真の表現者になることを求め続け、絶えず色々なものを吸収し、それを表現に昇華させることの繰り返しは一般人が考えるよりもはるかに苦しく、精神も肉体も削れていく過酷な作業だろう」と思いを馳せる者もいました。

このように、作品の言葉や描かれた世界を感じようと文法書と辞書を片手に奮闘する経験は、普段から『徹底解説』『三分で読める○○』などといった「役に立つ」学習教材が身近にある生徒たちにとって、原典に自ら当たる貴重な体験です。短時間で便利な情報を気軽に手に入れられる現代だからこそ、苦労して原典を読むという経験は生徒たちにとって思いの外「かっこいい」ものとして受け止められるのだと思います。もちろん、作品が教科書に掲載された時点で本当の意味での原典と異なる部分もあるのですが、今や本物の古典籍をインターネット上のデータベースや博物館などで実際に閲覧することも可能です。多感な年齢の生徒たちに「本物」を味わう契機を必修の授業で与えられることには大きな意味があると私は考えています。実際に例の、現代語訳を必死に書き取っていた生徒たちも半年経ち高校一年次が終わる頃、授業の感想を聞くと、

---

・古典の授業で扱った歌を書道の授業で作品にした。授業で歌の意味を習ったことで、この歌を作った人は何を考えて書いたのだろうと思いを巡らせながら書けた。
・今も日本に残る有名な建造物の歴史やかつて書かれた作品の名称は、他の授業で学習し知識として知っていたが、実際作品を読んでみて登場人物を身近に感じられた。
・元々中学受験の勉強で知った歌を気に入っていたが、授業で改めて読んで、歌中の言葉が持つはかなさや無常観には色々と考えさせられるものがあった。

などというコメントを寄せ、彼女たちの感性の鋭さと豊かさに驚いたこともありました。古典作品そのものが持つストーリーの面白さを楽しむだけにとどまらず、美術、歴史、哲学、音楽、言語など、他教科やこれまで生徒自身が学んできたことと古典世界を重ねる姿勢はいつも私の想像を超えてくるのです。

今回読んだ「序」「白河の関」「平泉」のすべてにおいて、芭蕉の昔や歴史を大切にする心、「旅」という前進するものの中でも昔を振り返る心が表れていて、「これから先」はもちろんのこと、「これまで」もとても大切なんだということを改めて感じました。芭蕉は今残っているものから過去の出来事や当時の人を思い、そして自分の人生に重ね、人生は儚いものだと考えている。先のことや未来のことばかり考えて急ぐだけではなく、今までのことを考え、ゆっくりと落ち着くことで先の人生が良いものになるのではないかと思いました。

これらの感想を書いた生徒でも、進路として文学系の学部を選んだ者はそれほど多くありません。つまり、古典作品は特別興味のある人だけが読むべきものというわけでもなく、むしろ「これから先」と「これまで」について誰でも悩み考える高校生だからこそ、その感受性に強く訴えかけるものがあるのです。「卯の花に込めた涙に涙する」——芭蕉が平泉の地で遠い昔同じ地に立った者に思いを馳せて涙し、随行した曾良《そら》が「卯の花に兼房見ゆる白毛かな」と詠んだ句を受けて、ある生徒が自身の感動を句にしたものです。あまり定期試験の結果は芳しくなく、文法が覚えられないとこぼしていた生徒でしたが、その句からは古を主体的に感じ、言語を手掛かりとして論理的にかつ想像力豊かに思考した跡が窺えます。私には彼女が立派に「古典を読むこと」ができている気がします。

文法を理解することも、わからない単語の意味を調べることも、すべては作品を読むことに通じている過程に過ぎません。しかし、その準備段階で古典を読むことを諦めてしまう生徒の多さを日々感じています。面白ければ役に立とうと立つまいと興味を持つのが中高生であり、私たちは生徒たちにただその面白さを伝えるだけでなく、教室内で実際にそのゴールへの道のりを共に辿り主体的な思考力や想像力を身に付けさせることが、生徒の生涯にわたる「読み」の始まりになると思うのです。

Why should we READ the Classical Japanese Literature?

## 役に立つ学問とは

古典文学を読んでも、現代社会では役に立たないと言われます。では、激しく変容するこの世の中で、役に立つ学問とはどういうものでしょうか。果たしてそんなものは本当に存在するのか。それを探るためには、「現代社会」という言葉についてあらためて考えなければなりません。王朝貴族にとっては平安時代が、近世の国学者にとっては江戸時代が現代社会だったはずで、それぞれの「現代」で受容されてきた結果が、今、私たちが学んでいる「古典文学」です。その歴史を考えたとき、古典文学こそ現代社会で役に立つ。一歩進んで、現代社会は、古典文学のために役に立つと考えられるのではないでしょうか。

# 「現代社会」が古典文学をつくる

## ——歌枕〈わかのうら〉受容の歴史から

宇治田健志

## 1　専門外の立場で古典とかかわる

私は、古典文学を語るのにふさわしい人間ではありません。文学研究や国語教育を生業としていないことが理由のひとつですし、日本文学研究の大学院こそ出たものの、研究者の目を引くような論文を提出することはできませんでした。本書の執筆者のうちに、ひとりだけ門外漢が混じっていると見て間違いないでしょう。

それでは、現代社会の語り手としてはどうか。こちらも残念ながら、堂々と「社会」を論じることのできるような仕事ぶりではなさそうです。私の職業は一地方の印刷会社の営業職、および発行する地域情報誌の編集長です。日々の生活と業務に追われる立場で、社会について語るのは、いささか荷が重いと言わざるを得ません。

そんな私に白羽の矢が立った理由、今回のテーマに適《かな》う部分があるとすれば、それは、多少なりとも「古典文学」を業務に組み込んでいるからでしょう。印刷営業の仕事では、古典文学に関する学術誌の編集・印刷や、学会の事務局代行をいくつか受注していますし、弊社発行の情報誌では、古典文学の故地や、研究者の横顔などを掲載してきました。最近出演したラジオ番組では「万葉集大好き編集長」のキャッチフレーズで紹介されたくらいです。

しかしこれらも、古典文学と社会についての一般論につながるような事例ではありません。いわばビジネスのツールとして、都合よく利用しているだけのことです。それが役に立つということだと言えば確かにそうなのかもしれませんが、現代社会で生きる多くの人のなかで共有できるような活用法ではないでしょう。

それでも、「専門家ではないけれど、古典文学を身近に置いてきた人間」として、おそらく研究者や教育者の方とは異なる場面で「古典」を体験してきたことは確かです。その経験のなかでかたちになってきた私の考え――「現代社会」における古典文学の位置づけついて、これから少しお伝えします。

## 2　加速する社会、学問の消費期限

私は以前、地方紙の新聞社で勤務していました。今から十年以上前のことです。その頃、紙面の編集を担当する社員、そのなかで責任のあるデスクと呼ばれる人たちは、ほとんどがアナログの時代からのベテランでした。彼らは、紙面編集用のコンピュータソフトが新たに導入された際に、それまでのアナログの技術を捨て、新たなマニュアルをゼロから頭に入れなおさなければならなかったそうです。

「研修は一切なかった。導入したその日に最低限は覚えた」。

聞いた話なので、多少大げさになっているかもしれませんが、毎日発行する新聞業界のスピード感から言えば、そのようなものだろうと思います。その数年後、今度はカラー面の編集用ソフトが導入されました。こちらは入社後なのではっきりと覚えています。外勤記者だった私でも、導入したその日から見出しのデザインを作成するようになりました。

このことは、社会が変化するスピード感を分かりやすく示しています。それまでに覚えた知識や技術は、一日にして過去のものになる。そして新しい技術は、一日で自分のものにしなければならない。目の前の業務をこなすためには、それくらいのペースで自分も変わっていく必要があるということです。

これは何も、新聞業界に限ったことではないでしょう。同じようなことは、現在勤務している印刷業界でも起きる可能性のあることです。必死で詰め込んだ紙やインクに関する知識は、明日にはすべて用のないものになってしまうかもしれません。コロナ禍のなかで、いろいろなことがオンラインで対応できるようになりました。これまではあたりまえだったことが、こんなにも簡単に変化するということを、今だからこそ身に染みて感じている方は多いのではないでしょうか。

このことはつまり、目の前の業務で生かすために学んだこと、現時点で社会に貢献できると思われている学問も、一日にして過去のものになるかもしれないということを示しています。仮に、三十年前に最先端だったアナログの新聞編集方法を専門的に身につける学校があったとして、そこで得た知識は、新たな紙面編集用のソフトが導入された時点で役には立たなくなるということです。

私たちが生きている現代において、社会が変容するスピードは、これまでよりもさらに加速しています。そんな時代であっても、今、まさにピンポイントで役に立つ学問は存在するでしょう。しかし、その学問を便利に利用して、利益を生むような期間は、反比例してどんどん短くなるはずです。そんなわずかな時間しか消費期限のないものが、本当に役に立つ学問と言えるでしょうか。一見遠回りに見えても、原理・原則を理解し、いつでも応用できるようにしておくこと。あるいは自分のなかに多様な知識を蓄えて、いつでも取り出せる「引き出し」を増やしておくこと。そういう教養を身に付けることのほうが、最終的には役に立つかもしれません。

では、古典文学は、どのような学問だと言えるでしょうか。明らかなのは、この時代にピンポイントで便利なものでも、利益を生むものでもないということ。しかし、歴史をたどれば、万葉の昔からそれぞれの「現代社会」のなかで読まれ、学ばれ、時には役に立ってきたという事実が浮かび上がってきます。

古典文学がそれぞれの「現代社会」で、どのように受容されてきたのか。その歴史を追いかけることは、令和の現代社会における古典文学の位置づけを考えるヒントになるかもしれません。ここでは、私の故郷である紀州の歌枕〈わかのうら〉を題材に、受容の流れを追っていきたいと思います。

## 3 〈わかのうら〉は誰がつくった

〈わかのうら〉は、万葉の時代から天皇が行幸した景勝の地で、万葉歌人・山部赤人《やまべのあかひと》の「若の浦に潮満ち来れば潟《かた》をなみ葦辺をさして鶴《たづ》鳴き渡る」（『万葉集』巻第六・九一九）に端を発し、古来多くの和歌や文学作品に登場した歌枕です。〈わかのうら〉の地神を祀る玉津島《たまつしま》神社も和歌の神として尊敬を集めてきました。平成二十九年（二〇一七）には、「絶景の宝庫　和歌の浦」が日本遺産に認定されています。

では、〈わかのうら〉はいつから世に聞こえる名勝になったのでしょうか。もちろん、天皇が行幸するくらいですから、万葉の時代から都人に知られたいわばリゾート地ではあったのでしょう。とは言え、『万葉集』に収められた歌を見てみると、その絶景を賛美される固有名詞は主に〈たまつしま〉で、地名〈わかのうら〉がそれ以上に特筆されることはありません。

そんななか、〈わかのうら〉が存在感を高めるきっかけになったと考えられるのが、『古今集』仮名序の記述です。柿本人麻呂と並ぶ歌人として山部赤人を称《たた》え、その代表作として、『万葉集』の赤人歌を紹介しています。

山の辺のあかひとといふ人ありけり、うたにあやしく、たへなりけり、人まろはあかひとがかみにたたむことかたく、あか人は人まろがしもにたたむことかたくなむありける。（中略）赤人、〈春ののにすみれつみにとこし我ぞのをなつかしみひと夜ねにける〉。〈わかの浦にしほみちくればかたをなみあしべをさしてたづなきわたる〉

歌集のなかで最も権威のある勅撰和歌集、その仮名序に記されたことにより、平安時代初期の「現代社会」において、地名〈わかのうら〉が、一躍メジャーに躍り出たことは想像に難くありません。

しかし意外にも、勅撰集に入集した〈わかのうら〉歌の数を調べてみると、『古今集』と続く『後撰集』『拾遺集』はすべてゼロで、八番目の『新古今集』まで、八代集の歌をすべて足してもわずかに十首です。実は、仮名序の赤人歌の引用部分は後の時代に加筆された古注なのですが、それにしても、成立は十一世紀前半、勅撰集でいうと三番目の『拾遺集』くらいの時代と考えられており、[*1] その記述がただちに〈わかのうら〉を誰もが知る名勝に押し上げたわけではなさそうです。ただ、『新古今集』では五首が採られており、このあたりから少しずつ存在感を増していったことがうかがえます。九番目の『新勅撰集』から最後（二十一番目）の『新続古今集』までの十三代集では、合計一五九首。この時代に至って、ようやくメジャーの地位を得たと言っていいでしょう。

　では、なぜこの時代だったのか。大きな影響があったと考えられることのひとつは、都に建てられた「新玉津《にいたまつ》島神社《しまじんじゃ》」の存在です。玉津島神社の祭神のひとつ、衣通姫《そとおりひめ》を祀る神社で、文治二年（一一八六）、藤原俊成《ふじわらのしゅんぜい》が創建したとされます。鎌倉時代にはここに「和歌所」（勅撰和歌集の編纂などを行う役所）が置かれました。室町時代になると、足利家の保護のもと和歌の聖地として立場を強めます。正平二十二年（一三六七）には、二代将軍足利義詮《あしかがよしあきら》によって新玉津島歌合《うたあわせ》が催されました。鎌倉・室町の現代社会を通じ、〈わかのうら〉は知名度を高め、和歌の聖地としてのイメージを定着させてきたと言えます。

　聖地としてのイメージが定着するにつれて、詠まれる歌にも変化が生じます。「わかのうら」と「和歌」を掛け、実際に〈わかのうら〉を訪れずに詠んだ歌が増えるのです。「かきおきしわかの浦ぢのもしほ草いかなるかたに浪のよすらん」（『続後撰集』平泰時）のようなものです。また、それに伴って、勅撰集でも〈わかのうら〉歌がまとまって登場するようになります。さらに、「藻塩草」や「千鳥」のような特定の景物と結びついた和歌のコーナーを形成するようになります。

　これはつまり、十三代集が編まれた「現代社会」においては、「わかのうら」と「和歌」「千鳥」「藻塩草」などを念頭に置いたテクニカルな歌を詠めば、勅撰集に採られる可能性が高い＝歌人としての評価が高まるということを示しています。社会全体とは言えないにしても、歌人の社会に限って言えば、〈わかのうら〉の知識が実学として役に立っていたということです。
この時代になると、勅撰集の編集当事者が、歌集への思いを〈わかのうら〉歌で述懐する例が見られるようになります。「和歌」を歌うなら〈わかのうら〉が一般化していたということで、その地位がいかに高まっていたかがうかがわれます。

玉つしまあはれと見ずやわがかたにふきたえぬべき和歌の浦かぜ（『玉葉集』）
【『続古今集』編纂の際、選者が多く加えられたことに対する藤原為家《ふじわらのためいえ》の述懐】
我が方に和歌のうら風吹きしよりもくづも波のたよりをぞ待つ（『新千載集』）
【自らが執奏した勅撰集の完成を心待ちにする足利尊氏《あしかがたかうじ》の述懐】

そして、和歌の世界で定着したイメージは、当然、他の文学作品にも応用されることになります。

## 4 〈わかのうら〉の舞台芸術と観光

『平家物語』巻十の「横笛」では、平維盛《たいらのこれもり》が屋島から紀伊国に逃れる際に、〈わかのうら〉を通過する場面が描かれており、異本の『源平盛衰記《げんぺいじょうすいき》』では、その場面が詳細に記述されています。

「ここは何処《いづこ》なるらん。」と尋ね給へば、「名にしおふ紀伊国和歌浦。」とぞ聞き給ふ。（中略）彼の和歌浦と申すは、衣通姫居を卜《し》む、山の岩松磯打つ波、沖の釣船月の影、しらゝの浜の真砂に吹上浦の浜千鳥、日《ひの》前《くま》、国懸《くにかかす》の古木の森、面白かりける名所かな。

また、謡曲『蟻通《ありどおし》』は、冒頭の「和歌の心を道として、和歌の心を道として、玉津島に参らん」の次第のあと、ワキが次のように名乗るところから始まります。

是は紀貫之にて候、我和歌の道に交はるといへども、未だ住吉玉津島に参らず候程に、唯今思ひ立ち紀の路の旅にと志候。

これらの例は、〈わかのうら〉が語られ、あるいは舞台上で演じられる時、それを受け取る「現代社会」の人々にとって、その場所は「名にしおふ」和歌の聖地で、明媚な海辺の風景と、紀貫之、玉津島神社などとともに想起されるということを示しています。貫之の仮名序に玉津島神社は登場せず、〈わかのうら〉は、赤人の歌中のひとつの地名として紹介されているに過ぎません。しかし、『蟻通』の時代には、貫之が玉津島神社を目指すことに何の違和感もないような、そういう「社会通念」が定着しているのです。

同じ舞台芸術の世界では、浄瑠璃『都三十三間堂棟由来《みやこさんじゅうさんげんどうむなぎのゆらい》』中の木遣り歌が有名です。舞台芸術として興味を引くために、定着しているイメージを利用しない手はないでしょう。

和歌の浦には名所がござる、一に権現二に玉津島、三に下がり松四に塩釜よ、ヨイヨイヨイトナ。

強力な歌枕のイメージを活用するとなると、芸術以外のジャンルではやはり観光でしょうか。近世、和歌山は紀州徳川家のお膝元となったこともあり、紀行文や地誌の類が非常に多く残されています。〈わかのうら〉の文学も和歌だけでなく、漢詩や発句なども多く作られました。ここでそのひとつひとつを引用することはしませんが、松尾芭蕉《まつおばしょう》、小林一茶《こばやしいっさ》、貝原益軒《かいばらえきけん》、頼山陽《らいさんよう》らが作品や紀行文を残しており、〈わかのうら〉のイメージが多くの人の足を紀州へ向かわせたことがわかります。

近世の「現代社会」における歌枕〈わかのうら〉のネームバリューを今に伝えるものとして、寛文十二年（一六七二）に江戸で築園された大名庭園「六義園《りくぎえん》」があります。江戸幕府五代将軍・徳川綱吉《とくがわつなよし》の側用人を務めた柳沢吉保《やなぎさわよしやす》が手掛けた庭園で、『古今集』の和歌の世界を現出する目的で池や築山を配置し、仮名序で提唱されている和歌の分類の六義（むくさ）から六義園と名付けました。

園内の池や島、橋には、すべて紀州の地名や景物に由来する名前が付けられています。そのなかでも多勢を占めているのは「和歌浦」「片男波《かたおなみ》」「田鶴橋《たづるばし》」「玉藻磯《たまものいそ》」など、〈わかのうら〉にちなんだもの。多くの人が足を運ぶようになったとは言え、紀州は江戸からはまだまだ遠い場所だったはずです。そういう背景もあって、和歌の聖地としてのイメージが定着していた〈わかのうら〉が旅情を誘い、「紀州テーマパーク」ともいうべき庭園が登場したのでしょう。

いずれにせよ、歌人の世界をはじめとした「現代社会」によってかたちづくられた〈わかのうら〉のイメージは、その後もいくつもの「現代社会」を経たことによって各ジャンルに波及し、多くの人が共有するものになったようです。もし、仮名序で紹介されなければ、そしてその後、多くの歌人が歌に詠まなければ、いかにその景観が美しくとも、〈わかのうら〉が全国区の知名度を得ることはなかったかもしれません。平成の時代になって「絶景の宝庫　和歌の浦」が日本遺産に登録されたのは、それぞれの「現代社会」での受容の積み重ねがあってのことだとも言えるのです。

## 5　古典の教養は共有のイメージ

最後に、私たちが生きる令和の「現代社会」での〈わかのうら〉について少し触れておきたいと思います。

現在、和歌山では、『万葉集』を地域の活性化に役立て、次世代に伝えることを目的とする「紀伊万葉ネットワーク」という団体が活動しています。会員の多くは研究者ではありません。地元・和歌山の万葉歌に興味を持つ一般の人です。この団体が主催する勉強会で、このところ最もホットな話題となっているのが、山部赤人はなぜ〈わかのうら〉を「若の浦」と歌ったのかということ。「若の浦に潮満ち来れば潟をなみ葦辺をさして鶴鳴き渡る」についての議論です。

この歌は、聖武《しょうむ》天皇の紀伊行幸に随行した際に歌ったもので、『続日本紀』によると、その際に以下のような詔《みことのり》が発せられています。

> 山に登り海を望むに、此間最も好し。遠行を労《いたは》らずして遊覧するに足れり。故に弱浜（わかのはま）の名を改めて、明光浦（あかのうら）とす。守戸を置きて荒穢《くわうわい》せしむること勿《な》かるべし。春秋二時に、官人を差し遣《つかは》して、玉津嶋の神、明光浦の霊を奠祭《でんさい》せしめよ。

ここで問題となっているのは、聖武天皇が地名を「明光浦」と定めたにもかかわらず、どうして赤人は「若の浦」と表現したのかということです。万葉仮名、詔の性質、古代から現在までの地形の変遷、さまざまな側面からそれぞれの会員が意見を出し、盛んな議論が展開されています。

この問題について、ここで私が何か自説を展開することはありません。今回のテーマにおいて重要なことは、専門家でない一般の人たちが、このような問題について意見をたたかわせることができているということです。もちろん、会員のみなさんが熱心に読んでいるということは前提条件としてありますが、もしこれが他の学問であったなら、なかなかこうはいかないのではないでしょうか。

なぜ、古典文学であればそれが可能なのか。それはやはり、一〇〇〇年以上にわたる蓄積の上に成り立っている学問だということが理由になるでしょう。ちょっとネットで検索しただけでは絶対に手に入らないような膨大な蓄積。個人や時代を超えて、いくつもの「現代社会」のなかで培われた本物の教養です。

私はこの「紀伊万葉ネットワーク」を、自社情報誌の取材を通じて知りました。親しく交わることができるようになったのは、私が学生時代に『万葉集』を学んでいたことに加え、収められている歌や、地元の故地にまつわるイメージを、世代を超えて簡単に共有できたからだとも言えます。

今回、私が共有できたのは、〈わかのうら〉や『万葉集』についてのイメージでしたが、同じようなことは、他の歌枕や文学作品にも言えるでしょう。歴史上の人物、例えば源義経のような人物のイメージも、文学作品の記述が、時には語り物や舞台芸術にかたちを変えて受容されてきた結果、出来上がってきたものです。そのほか、日本の文化的なもの、芸術的なもののイメージの多くは、「現代社会」が古典文学の受容を繰り返すことによってかたちづくられてきたと言えるかもしれません。

古典文学を読むことにより、日本人が積み重ねてきた教養を共有することができます。社会は人と人とのつながりで成り立っているので、そのことは大きなアドバンテージになるのではないでしょうか。取材先で、営業先で、どの世代にも通用する教養の「引き出し」は、やはり古典文学を読むことによって得たものが多いように感じます。少なくとも私にとっては、イメージを共有することで新たな団体とのつながりができたのですから、古典文学は役に立ちました。

## 6　現代社会が古典をつくる

私ははじめに、古典文学を「都合よく利用している」と書きました。一度は古典文学を学んだ身として、そのことに若干の後ろめたさを感じているのは事実です。しかし、それぞれの「現代社会」のかかわり方を見れば、それもひとつの受容のかたちだと考えられるようになってきました。私が書いた情報誌の記事がきっかけになって、もしかしたら未来の読み手が古典文学に新しい光を与えてくれるかもしれません。

古典文学を学んでも、社会でただちに役立つことは少ないでしょう。しかし、膨大な積み重ねの上に立ったその教養は、一瞬で消費期限を失うような類のものではありません。それは令和の「現代社会」でも多くの人とイメージを共有できる、多彩な「引き出し」となるはずです。

そして、古典文学を読むということは、その膨大な積み重ねを、未来に伝える行為でもあります。日本をかたちづくってきた古典文学を、子どもや孫、さらにその先の世代でも、それぞれのかたちで受容できるように。その母体が「現代社会」だということです。

令和の「現代社会」のみなさん、古典文学を読みましょう。

注

1　西村加代子「古今集仮名序『古注』の成立」（『平安後期歌学の研究』和泉書院、一九九七年）

※本文における和歌の引用、および『古今集』仮名序の引用はすべて「新編　国歌大観」（角川書店、一九八三～一九九二年）によります。ただし、『万葉集』の引用は『新日本古典文学大系2　萬葉集二』（岩波書店、二〇〇〇年）によります。

※その他の引用は以下の通りです。

『源平盛衰記』…「註校日本文学大系16」（国民図書、一九二六年）

『蟻通』…「新日本古典文学大系57　謡曲百番」（岩波書店、一九九八年）

『都三十三間堂棟由来』…「名作歌舞伎全集4（丸本時代物集3）」（東京創元社、一九七〇年）

『続日本紀』…「新日本古典文学大系13　続日本紀二」（岩波書店、一九九〇年）

# 第4部

# 読むことでなにがはじまるのか

What can Emerge from Reading the Classical Japanese Literature?

座談会の収録は2021年3月30日（火）日本時間20:00～（フランス時間13:00～）よりzoomでおこなった。

## なぜこの座談会を企画したのか

**丸井**　この座談会では、「読む」ということは、現代の私たちにとってどういう意味を持つ営為なのかということを、皆さんと一緒に考えたいと思います。本書のタイトルが『読まなければなにもはじまらない』という断言めいたものですから、あえて「読むことでなにがはじまるのか」、すなわちどういう可能性が開けていくのか、ということを問い返してみようと思います。

ここで「古典」の概念規定をしておきます。基本的には日本の古典文学を想定していますが、では日本の古典文学は何かというと、それもまた難しい問題です。古文で書かれていたら古典かというとそうでもないし、近代以降に書かれたものは古典じゃないかといわれるとそうでもない。これを議論しているとそれだけで終わってしまいますから、今日は、「江戸時代以前に書かれたもので、現代まで読み継がれているもの」とひとまず定義して、話を進めようと思います。

それからもう一つ、この座談会を企画した前提になる話ですが、いま古典不要論が無視できない状況になってきています。二〇一九年に明星大学で「古典は本当に必要なのか」というシンポジウムが開かれて、同年に文学通信からそれをまとめた書籍（勝又基編『古典は本当に必要なのか、否定論者と議論して本気で考えてみた。』文学通信、二〇一九年＝❶）が刊行されて話題になりました。最近だと、2ちゃんねるを作ったひろゆきさんが古文漢文不要論を唱えて、予備校講師の吉野敬介さんやＩＣＵのツベタナ・クリステワさんと議論をしたこともありました（「ひろゆきVS元暴走族カリスマ講師でアツい討論！ 古文漢文はなぜ必修課目に?-」、https://abema.tv/video/episode/89-66_s99_p2632）。

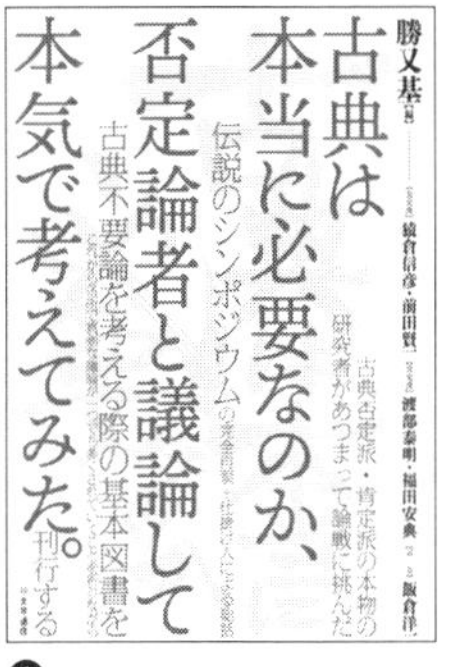


❶

古典が現代において持つ意味を、そういう方たちとの議論を通して確認していくのはとても大切で、これからも続けていかなければいけないことですが、今日はまず文学の側にいる私たちの方で、できるだけ突き詰めてその問題を考えてみたいと思います。

この問題は、国語教師や古典文学研究者に対して突きつけられることが多いのですが、この座談会では創り手の側にいる方々にお声がけしました。皆さんは読む立場と、作る・書く立場を往還していらっしゃるので、教師や研究者とは違った視点を与えてくださるのではないかと期待しています。

最初に、どういう経緯で皆さんが今の道に進まれたのか、どういう創作活動、研究活動をしているのかをお話しいただきたいと思います。堀切さんからお願いできますか。

**丸井貴史**
Marui Takafumi

86年岐阜県生まれ。上智大学大学院修了。江戸時代における中国小説の受容を主に研究している。麻布中学校・高等学校非常勤講師、日本学術振興会特別研究員PDなどを経て、現在は就実大学人文科学部講師。2020年、第13回日本古典文学学術賞受賞。

## どういう創作活動をしているのか

**堀切**　堀切です。自分のアイデンティティーを考えた時に、すごく迷うので、時系列順にお話ししたいと思います。

今でこそ評論を書いたり翻訳に携わったりしていますが、僕はもともと古典も含め本を読む方ではありませんでした。今でも映画や演劇の方が好きです。ただ、子供のころから理屈っぽい性格だったせいか、高校時代に哲学と出会いました。哲学は古典をものすごく大事にします。いまだにカントはどう読むとか、プラトンをどう読むかという話をするのは当たり前で、それ自体を否定する人はいないという点が、何かヒントになるかもしれません。

予備校の英語講師が東大の哲学科出身だったことが決定打となり、大学では倫理学を専攻しました。ただ、大学の時に趣味で演劇を見はじめまして、大学院は哲学と芸術の両方の研究ができるコースに進みました。所属の先生方は、アカデミズムを超えて評論や翻訳で活躍されていたので、自分もごく自然に評論を書くようになったのが二十五歳のころ。ところが、芝居漬けの生活を送っていたとき、演劇評論の先輩が俳句を突然はじめて、彼に誘われる形で俳句の道に囲い込まれたんです。俳句をはじめて十年になります。

なので、僕の言葉の土俵というと、一つは批評、一つは哲学、一つは俳句とか詩の世界、もう一つはフランスのことを研究していたので翻訳という四つがあるので、どれを軸にして話をすればいいのか迷っています。非常に曖昧な立場で今も言葉と関わっています。

**丸井**　自分の中で中心はあるんですか。

**堀切**　一番の根っこは哲学的なものです。といっても、同時代の政治や社会の問題をどう考えていくかという批評的な哲学ですね。哲学は常に現実社会に還元しなければならないと思ってきたので、批評と哲学は自分の中ではだいぶ重なりあっています。

**丸井**　文学にハマった時期はありますか。

**堀切克洋**
Horikiri Katsuhiro

83年福島県生まれ。フランス在住。演劇批評家・俳人・翻訳家。第一句集『尺蠖の道』（文學の森、2018）により第42回俳人協会賞新人賞。2020年より俳句サイト「セクト・ポクリット」を運営。翻訳に『ベケット氏の最期の時間』（早川書房、2021）など。

**堀切**　それほどないのですが、大学では友達に勧められて、いしいしんじとかアゴタ・クリストフを読んだ覚えがあります。文学部のない大学だったのですが、授業では英語でカズオ・イシグロの『日の名残り』やJ・M・クッツェーの『恥辱』を読みました。大学院では、松浦寿輝《ひさき》さんの授業でサルトルの『嘔吐』を読んだのはいい思い出です。ただ未読の文学作品があまりに多すぎて、外野的な感じは今でもありますね。

**丸井**　ありがとうございます。では、パリュスさんお願いします。

**パリュス**　パリュスあや子です。二〇二〇年に小説現代長編新人賞を受賞して一冊本を出していただき（『隣人X』講談社、二〇二〇年＝❷）、小説家としてデビューしたばかりです。

私は今フランスに住んでいます。ワーキングホリデーでの一年を含めると、三年半ぐらいになります。フランス語でのコミュニケーションや生活にフラストレーションを抱えていた時に、日本語で何か表現をしたくなりました。もともと短歌や脚本は書いていたんですけれど、もっとまとまった文章で、いろいろなものを詰め込んでみたいと小説に挑戦し、それが運よくデビュー作につながった感じです。

堀切さんに倣《なら》い時系列でいきますと、小さい頃から母の影響で短歌をやっていました。短歌は結社の雑誌に子供短歌欄があって、そこに小学生の頃から書いていて、常に身近にありました。

本自体はすごく好きです。でも、主にフィクションで古典は苦手意識が強くて、正直あまり読んでいません。哲学とか新書も読みませんでした。同時に映画も大好きで、どうしても映画作りに関わりたくて、一度就職したんですが、大学院に入り直して脚本の勉強をしました。脚本でどうにかがんばっていきたいと思っている中で、自分の武器になるものはなかろうかと考えながら映画祭の事務局で働いた時、海外ゲストにフランス語圏の方が多かったんですね。例えば韓国人の監督でもフランスに映画の留学に行っていてフランス語を話せるとか、フランスって映画に対して影響力の大きい国だなと思って、ワーホリでフランスに行って、最初の話につながるんです。

最終的にはこちらで出会った彼と縁があって結婚して引っ越してきたんですが、フランスにいながら日本語で脚本を書いて映画を作るのは難しさがありました。自分のやりたいことをなかなかできないという時に、新しく小説という表現を見つけた感じです。それと並行して短歌はずっと一緒にいる感覚。今も短歌結社に入っていて、こちらでも短歌の勉強会があるので、日常的な身近な表現として続けています。

**丸井**　最初の歌集（『その言葉は減価償却されました』KADOKAWA、二〇一五年＝❸）をまとめられたのは随分前ですよね。

**パリュス**　二〇一五年ですね。十四歳から二十八歳までの十四年間をまとめた歌集を出したんです。

**丸井**　十四歳の頃に短歌を作りはじめたんですか。

それ以前からやっていたということですか。

**パリュス**　それ以前からやっていたんですけれど、中学時代に短歌にすごくのめり込んでいたんです。当時は『神奈川新聞』の歌壇欄に応募したり、本当に熱心にやっていました。歌集は当時の作品から収録しました。

**丸井**　そうなんですね。では木ノ下さんお願いします。

**木ノ下**　木ノ下と申します。木ノ下歌舞伎という劇団をやっています。歌舞伎演目を現代演劇に作り変える劇団です。はじめたきっかけはいろいろあるんですが、例えばシェイクスピアは今も新演出とか新解釈がされていて、日本人の演出家も小劇場から商業演劇まで規模を問わず試みられているのに、日本の古典はなぜそうならないのか不思議に思っていたということが、大学時代にありました。もちろん、西洋の古典を日本人が演じることと、歌舞伎演目を現代俳優が演じることは違いますが、そういうことができないかなと思って、劇団をはじめたんです。

活動の念頭に置いているのは、例えば鶴屋南北《つるやなんぼく》の「四谷《よつや》怪談《かいだん》」なら、「四谷怪談」の初演時の衝撃を現代にスライドしてくるということ。つまり、当時の観客の感動とか感覚を、もう一度現代に翻

撮影：森清

**パリュスあや子**
Ayako Pallus

神奈川県生まれ。フランス在住。広告代理店勤務を経て、東京藝術大学大学院映像研究科・脚本領域に進学。「山口文子」名義で映画「ずぶぬれて犬ころ」脚本担当、歌集上梓。『隣人X』で第14回小説現代長編新人賞を受賞しデビュー。最新刊は『燃える息』。

❷

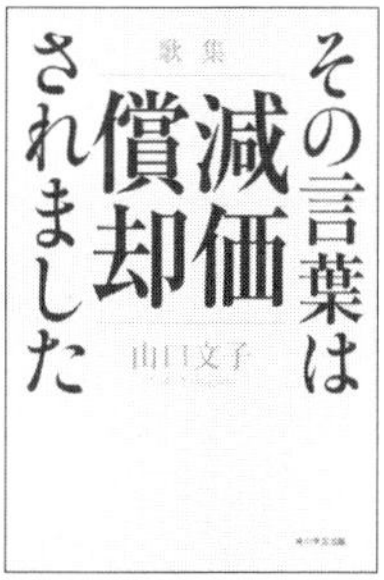


❸

訳してスライドさせたらどうなるのかということです。それは全作品において大切にしていることで、初演当時のものをどういうふうに復元するかとか、アップデートしていくかということが、一番やりたいことです。

来歴で申しますと、小学校三年の時に地元の敬老会で上方《かみがた》落語の噺家《はなしか》さんの高座に偶然触れる機会がありまして、「やばいぞ」と思ったことから古典との出会いがはじまりました。おじさんが一人出てきて、小道具とか舞台装置とか何もなく展開して終わるのがショッキングだったんです。しかも内容は非常にぶっ飛んだ話だったりする。

落語っていろんな古典芸能のエッセンスが入っているので、もしかすると日本の古典芸能は全部好きかもと思いはじめました。当時はお小遣いの範囲でしかできることがないので、将来設計を立てて、中学校で歌舞伎を、高校で文楽を、大学で能・狂言を見ようと決めて、おおむねその通りに来て、案の定古典芸能にはまっていくんです。落語という芸能がおもしろかったのもあるんですけれど、桂米朝《かつらべいちょう》にはまったということが大きかったです。落語を深めていくと桂米朝というラスボスがいるらしいということがわかってきて、聞きに行くとむちゃくちゃ噺の解像度が高いわけです。子供にもよくわかる。米朝師匠が特別にうまいんだと思っていました。

小学校四年か五年の時サンタクロースが『桂米朝全集』第一巻（創元社）をくれたんです。ご自身が解説を書かれているんですけれど、それを読んでいたら、この噺は私が復活したとか、これはもともとこういうオチだったけどこう変えたとか、米朝師匠がいろんなネタを復活させていることがわかりました。その現代にチューニングし直したものを自分が聞いて、すごい古典の解像度だと思っていたことに気がつきました。米朝の古典の再構築ってめちゃくちゃ超絶技巧なんです。伏線の張り方とか、どの情報をどこで出していくかとか。全部現代にわかるようにするんじゃなくて、古典の味を残す部分も作っておくとか、そういう技術的に非常に巧い補綴《ほてつ》がされていて。
　自分なりに演目の受容史などを調べて、現代ならどういう上演の可能性があり得るか、どういう解釈があり得るかを考えて、それを台本に落とし込んでいく作業を補綴と呼んでいるんですが、それは桂米朝のような仕事がしたいという、子供の頃の記憶と密接だと思ってます。

**丸井**　芸能を見る順番を「将来設計」と言った人を初めて見ました。何が一番自分の琴線に触れる芸能だったんですか。

撮影：東直子

**木ノ下裕一**
Kinoshita Yuichi

85年和歌山県生まれ。小学校3年生の時、上方落語を聞き衝撃を受けると同時に独学で落語を始め、その後、古典芸能への関心を広げつつ現代の舞台芸術を学ぶ。2006年に古典演目上演の補綴・監修を自らが行う木ノ下歌舞伎を旗揚げ。代表作に『娘道成寺』『黒塚』など。

**木ノ下**　落語から入ったので、落語は捨てがたいものがあるんですけれど、一番好きなものを挙げろといわれたら文楽でしょうか。文楽は物語の構造がよくわかるので興奮します。性分の問題なんでしょうけど、歌舞伎はキラキラしているし、ノリ的には少し苦手かもしれません。

**一同**　（笑）。

**丸井**　お仕事は歌舞伎が中心ですね。

**木ノ下**　歌舞伎は見ていると、不満っていうことではまったくないんですけど、いい意味で欲が出てくるんですよね。こういう解釈もできるとか、もし自分が補綴するならこうしたいとか、いろいろなことを考えるんです。

## 創作のモチベーション

**丸井**　米朝が古典のネタをリライトしたように、木ノ下さんも江戸時代の歌舞伎をリライトして現代劇として上演されているわけですが、今おっしゃった「欲」というのは、原話に対するフラストレーションのようなものでもあるんでしょうか。

**木ノ下**　そんなこともないです。歌舞伎を見ていていろいろ考えるというのは、よくいえばいろんな可能性が見えるわけです。歌舞伎は時代とともに同じ演目でも解釈が変わってきているから、無限の可能性があって。だからそこに対する欲求があるし、これを当時の人はどういう感覚で見ていたんだろうっていう強い興味関心もある。それを自分が追体験したいということだと思います。

**丸井**　木ノ下歌舞伎で上演される作品では、役者さんのセリフが古語のことも多いですよね。そのこととその意識は密接に関わってくるんですか。

**木ノ下**　作品ごとに演出家が変わるので、古語と現代語の割合も全然違います。「勧進帳《かんじんちょう》」（杉原邦生《くにお》演出）（❹）はほぼ一〇〇%現代語でした。これは演出家の興味関心とか解釈、特徴特色によって、変わってきます。

ただ、現代語がよい場合と、古語の方がいい場合があります。現代語にすると感情のニュアンスが感じやすくなるというよい面があるんです。古語で聞くとピンとこないけど、現代口語で聞くとグッとくるみたいことがある。そういうことは現代口語にしたほうがいい。逆に、古語じゃないと伝わらないこともある。古語って言葉の意味が圧縮されていますよね。だからその圧縮度合いが必要な時と、あえて現代口語に解凍した方がいい時がある。圧縮と解凍を判断していくのが、大事なポイントですね。

**編集**　先ほど木ノ下さんが敬老会の上方落語を見て「やばいと思った」とおっしゃいましたが、堀切さんとパリュスさんは、「やばい」と思った言葉とか、原初的な体験みたいなものがおありでしょうか。

## 「やばい」言葉との遭遇

**堀切**　僕はやっぱり哲学ですかね。当時フランス語が読めなかったので日本語に翻訳したものを読んだんですけれど、わけがわからなすぎて衝撃でした。それまで読んだことのない、難解なパズルみたいな日本語だったんです。イコールがついて、概念が三つ四つつながっていたりしていて、何だこりゃと思ったのが、高校生の時です。

**編集**　論理哲学みたいなものですか？

**堀切**　移民問題とか、わりと社会的な話だったように思います。ジャック・デリダ（一九三〇～二〇〇四）という哲学者だったんですが、高校の同窓生（高橋哲哉さん）がデリダの本を出していたのを見つけて。当時は現代思想の入門本が流行っていました。九十年代後半、ニューアカブームが終わって、ポストニューアカみたいな時代で。その後、大学院でその先生の授業でフランス語でデリダを読んだとき、ようやく思考回路が少しわかったような気がしました。

　高校時代はフランス語が読めなかったから、翻訳には不可能性がつきもので、日本語を通じて考えること自体が難しいことだとわかってなかった。先ほどの文語・口語の話もそうですが、頭の中では今の日本語で考えているじゃないですか。そうじゃない思考のあり方とか方法があるって直観的に思って、哲学のほうに行ったかもしれませんね。いや、もっと単純にあまりにわからなすぎて、そっちに引きづられてしまったのかも……。

**編集**　ついていけないものにかじりつきたくなる

❹「勧進帳」ポスター

時ってありますよね。

**堀切**　若かったんです（笑）。ただ僕の結論としては、哲学って言葉のダンスなんです。ダンサーが人間の身体を拡張するように、哲学は言葉の可動域を広げる。定義にアクロバシーが含まれてる。それが「やばい」の原体験ですね。

**丸井**　パリュスさんは、やばい原初的体験ってありますか。

**パリュス**　やばい体験というのは少し後になるんですけれど、先に、何で短歌がいいなと思ったかというと、すでに五七五七七という型があって、そこに言葉をはめると形になってしまう。こんなふうに表現できるんだっていうことが新しい感覚で、本当におもしろいと感じました。

それで、歌集とか読みますよね。俵万智《たわらまち》さんとか、現代の女性の歌集を読んだ時に、ちょっと文語が入っていたとしても一応わかる。ただこれが『万葉集』になると、同じ日本語とは思えない、意味がわからないものになる。『万葉集』みたいな世界はわからないから放っておくけれど、現代短歌はおもしろいぞという気持ちで和歌は敬遠したまま来てしまったんです。

先ほどの古典を現代語に訳すというところでいうと、和歌を原文で読むと、何といっても調べが美しいですよね。古語って音読の美しさがある。それを同じ五七五七七で現代語に当てはめてしまうと違和感があります。でも訳はほしいです。原文を読んでも、自信がないので。

ただ、それを現代に置きかえた時、先ほど木ノ下さんがおっしゃっていたように、例えば与謝野《よさの》晶子《あきこ》の『みだれ髪』って当時はすごくショッキングな若い女性の恋愛の歌だったと思うんですが、同じショッキングさで受け取るための現代語訳にしてしまうと全然違うものになってしまう。その兼ね合いが難しいと思っているんです。

**木ノ下**　『みだれ髪』は俵万智さんが訳していますね（河出書房新社、二〇一八年〈初出二〇〇二年〉）。

**パリュス**　そうですね。他にも今野寿美《こんのすみ》さんが訳してます（『みだれ髪』角川文庫、二〇一七年）。時代ごとにアップデートしていく感覚ってすごく大切なんですが、この感覚っていうのが、なかなか難しいところですよね。短歌はすでに定型があるから、私は特にそう思ってしまうのかもしれないです。例えば『源氏物語』だと、歴代のそうそうたる作家が現代語訳に挑戦されていて、最近だと角田光代さんが訳されていますが（『源氏物語』全三巻、日本文学全集、河出書房新社、二〇一七〜二〇二〇年）、それは大歓迎です。私は原文ではそれだけの長大なものは読み通せないので。

たぶん和歌は、特に歌の調べをすごく大切にしている分、現代語訳にした時の感覚の齟齬《そご》みたいなものが私の中では大きくて、難しいなあと思ってしまう時があります。

## 現代語訳は乾燥わかめ

木ノ下　おもしろいですね。和歌って三十一文字が変わらないから、訳すのが難しい気がします。現代語訳って解凍するから量が増えるんですよね。どうしても訳文のほうが長くなってしまう。乾燥わかめみたいなもんじゃないですか。生の状態で食べようと思ったら量が増える。でも三十一文字は変わらないから、ちゃんと収めるには何かを切り捨てないといけない。その切り捨てが難しいと思うんです。

だから与謝野晶子の歌の意味だけを忠実に訳したとして、そのショッキングさは現代には生きてこない。女性と男性の社会的な違いとか、恋愛に対する感覚の違いとか、いろんなものが違いすぎていて、現代と当時はそこのメモリも変わっているから、そのメモリに合わせないといけない。だから、今となっては「なんてことない」とも思えてしまう与謝野晶子の言っていることを、「なんともある」ことに変換していかないといけない。それができたらすごくおもしろいでしょうけど、よっぽど思い切った訳とか、ほとんど新しい歌を作るぐらいの気持ちでやってちょうどいい。

**パリュス**　そうですね。かなり大胆に訳さないといけなくて、ゆえに「ああ、でも」となってしまう。先ほどの木ノ下歌舞伎のセリフのお話で、目指されているものに共感しながら、大変な挑戦をされているんだなと思っていました。

**丸井**　私もそれで一つ経験したことがあります。中国の白話《はくわ》小説を日本語訳したことがあって、その時に詩や詞の部分も日本語に訳すわけですけれど、研究者の仕事だから、できるだけ忠実に訳そうとしたんです。そうしたらこんなものはリズムも何もないつまらない翻訳だといわれて。それを別の本に収める時に、今度は七五調で訳してしてみたんです。そうしたら、リズムはとってもいいけれど原文に忠実でないからダメだといわれて、どうすればいいのかわからなくなりました。

　中国の詩や詞を日本語の七五調に訳す必要は必要は全然ないんですけど、七五調にしたらそれだけで詩詞っぽくなるんですよね。でもそれをやると、大切な情報はいくらでも抜け落ちていく。抜け落ちるどころか、原文に書いてあるものをあえてそぎ落としていくわけですよね。その葛藤を思い出しました。型の問題と意味の問題ですね。

**木ノ下**　意味に正確な学者さんの逐語訳は絶対必要です。同時にアーティスト訳も大事だと思います。両者はそもそも役割が違うと思うんです。アーティスト訳は学術的な責任を負わなくてもいい。それが学術的に正しいとか意味に忠実かは、門外漢ですから、と逃げられる。その代わり、自分のアーティスト性と原文との一騎打ちになる。いかに原文の意思を尊重した上で飛べるか、意訳できるかという責任が生じてきます。その結果、意外と新しい原文の姿、つまり原文には確かにそういう要素はあったけれども今ではわからなくなってきたものをくっきりさせることができる。研究者による訳とアーティスト訳、両方大事だから、役割分担ができて、現代語訳の世界が展開されていくといいと思うんです。

堀切　一般的に、読む人が研究者でなければ、「読む」作業の入口で大事なのはどちらかというとアーティスト訳ですよね。いかにおもしろさを引きずり引き出せるかという。どうおもしろおかしく読めるかって、古典教育ではあまりない発想ですよね。重視されているのはどちらかというと研究の方で、これはこういう意味ですとか、文法はこういうふうになっていますっていう部分ばかりになってしまう。それを現代にどう生かすかという視点は、今の話を聞いていると、僕が受けてきた教育では組織的に欠落していたのではないかと思います。

## どこから古典を「読んだ」といえるのか

丸井　古典を読むという時の「読む」は、どこまでの範囲を指すんでしょう。原文を読むのはもちろん古典を「読む」でしょうけど、現代語訳は今いったような二種類の訳があって、あるいは漫画もありますよね。源氏物語でいえば『あさきゆめみし』とか。私の学生でも、「源氏物語が好きです」というので「どうやって読んだの」と聞いたら、『あさきゆめみし』っていうんです。古典を「読んだ」ことになるのは、原文じゃなきゃだめだという原理主義的な人もいるでしょうし、現代語訳でもいいという人もいると思います。パリュスさん、いかがですか。

パリュス　私は読んでいないんですけれど、『あさきゆめみし』は、かなり原作に忠実にできていると聞いたことがあります。例えばそれが「十分で読める源氏物語」みたいな漫画だったら、それは「概要を知っている」とは言えるでしょうけれど「読んだ」とは言いにくい。難しいですけれど、漫画本でも忠実にできているものは、「漫画版で読んだ」と言えるかもしれませんよね。

丸井　私が教室で学生に古典を教える時に言うのは、何が書いてあるかというのはもちろん重要なんだけれど、いかに書いてあるか、いかに書かれているかも、とても大事だということです。レトリックの問題であったり、文体や語彙の選び方、何が書かれているか、いかに書かれているかを合わせて考えて、やっと作品を「読んだ」といえる。でもそれは私がそういう学科で教えているからですよね。教室の外ではとてもそこまで言えません。

それこそ私もシェイクスピアもドストエフスキーも魯迅《ろじん》も原文で読めといわれたら困ってしまう。でも、文学を読む、享受するって内容だけじゃないですよね。どういう表現で、どういうレトリックを使って、どういう文体で書かれているか、むしろそこに文学のおもしろさが表れてくる気もするんです。

**パリュス**　先ほど「やばい」という話がありましたが、私がそういう意味ですごくやばいと思ったのは、『平家物語』です。私は型のある言葉が好きなのか、中学で初めて「祇園精舎の鐘の声諸行無常の響きあり」のくだりを読んだ時に、なんてかっこいいんだと思ったんです。高校時代に中島敦《なかじまあつし》の『山月記《さんげつき》』を読んだ時にも思いました。漢文が下地にある硬質な文章で。

ページを開いた時から一行ずつシャキッとしているようなかっこよさは、漫画だと確かに受け取りにくいだろうなと感じます。そういう意味では原文を知っているに越したことはないってことですよね。原文の中のエッセンスがどれだけ入っている訳なのか、ある程度わかっているといいんでしょうね。

**丸井**　「祇園精舎の鐘の声」なんて、現代語訳したら全然おもしろくないですからね。原文でなければいけないものと、原文でなくてもいいものの境目ってどこにあるんでしょうね。

## 古典を「読んだ」と言うのは勇気がいる

**木ノ下**　おもしろい問題ですね。やっぱり原文を読んで「読んだ」といえるんじゃないかなと思っていたんですけど、丸井さんがおっしゃるように、海外の小説って我々はよほどでないかぎり翻訳で読んでいるわけですから。でも「ヘルマン・ヘッセを読んだよ」っていうじゃないですか。じゃあ角田光代訳の『源氏物語』で「源氏を読んだ」っていってもいいわけですけど。

「読んだ」と言うのは勇気がいるじゃないですか。僕は補綴をしますから、鶴屋南北の「四谷怪談」や河竹黙阿弥《かわたけもくあみ》の「三人吉三《さんにんきちさ》」を何十回と読んでますけど、今でも読み返すたびに「こういう意味だったんだ」と思うわけです。もはや一生読めないいんじゃないかと。そうなってくると何をもって「読めた」といえるのかというと、古典って最終的には「読めない」んじゃないんですか。これを「読んでいる」とはいえるけれど、「読めた」とはいえない。「谷崎潤一郎訳で読んでいる」、「瀬戸内寂聴訳で読んでいる」、「原文でも読んだ」、でも『源氏物語』を「〝完全〟に読んだ」とはいえない。もう一つ思ったのは、例えば『万葉集』を原文で読む場合、私たちはだいたい読み下し文を読んでいるわけじゃないですか。たとえば賀茂真淵《かものまぶち》は、「東野」を「あづま野の」ではなく「ひむがしの野に」と訓《よ》むべきだとか、どう読むかっていうところからはじまるわけでしょう。そこまでやったら「読んだ」っていえるかもしれないですね。自分で「読んだ」つまり「訳した」ということですよね。自分の言葉で原文をひとまず訳した。

**堀切** 言葉を作るっていうことですよね。

**木ノ下** もしかすると自分なりの現代語訳を完成させることができたら「読んだ」っていえるかもしれない。一応の上がりはそこ。

**堀切** 短歌の翻案の話につながってくると思いますけれど、こういう意味だよねって理解して楽しんでいるレベルというのは、ごく一般にあると思うんです。ただ、先ほどのアーティスト訳みたいにもう一個レベルの高い読みがある。これも一種の「言葉のダンス」だと思う。そこに到達することに味をしめてしまうと、「読む」「読めた」っていうこと自体が不可能になるのかもしれないですね。「読むことではじまる」というよりは、終わりのないことになってしまう。

**木ノ下**　そうですね。終わりがないです。

**堀切**　しかも古典といわれる文章って、受容の歴史が根幹になっている。いろんな人が時間をかけて読んできているわけで、それは圧倒的な事実、越えられない時間としてあるわけですよ。文学研究は、その上に成り立っている。それが古典性の定義そのものです。何だかよくわからないけれど、みんなが「読んで」しまったという。

　でもその蓄積、自分では越えられない時間みたいなものは、文章をどう自分に関連づけるかということとはまた別の話です。だから古典は、本質的に「終わりはない」し、逆にそのせいで読むことが「始動しにくい」。そういう面はありますね。

## 現代語訳でわかった気になってしまう怖さ

**丸井**　何百年も読まれていても、また新しい解釈がポンと出てきたりするわけですよね。今でも読み方が変わっていく。そういう意味では、確かに安易に「読めた」とはいえないですね。

　私は現代語訳で読むのが悪いとはまったく思っていません。ただ現代語訳を読んで怖いと思うのは、わかった気になってしまうことなんです。原文に比べればわかりやすいですから、そのまま受け入れてしまいそうになるんですけど、例えば、現代小説を読んでもすぐに「わかったぞ」とはならないじゃないですか。現代小説を読んだ後でも、あれはどういう意味だったんだろう、これはこういう解釈でいいんだろうかと、モヤモヤしますよね。でも、古典って不思議なことに現代語訳を読むとわかったつもりになってしまう。

　高校の古典の授業ってたぶん現代語訳できるというところが一つの到達点なんですよね。きちんと文法的に正しく現代語訳ができたら、それが答えなんです。もしかしたらその感覚が私たちの中に染み付いているのかもしれません。現代語訳が答えじゃないんだという感覚を伝えていくのが、私たちの仕事なのかもしれないと思いながら、教室でしゃべっているんです。

**堀切**　英語とか外国語もそうですよね。文章を読めるけどしゃべれないとか、そういう批判と重なるところがある。ニュースの記事を読むのと古典を読むのとはレベルが違うかもしれないですけれど。文法信仰というか「正しい」日本語や現代語に置き換えることがゴールになっている。基礎にはなると思うんですけれど、何かを発信したり誰かとコミュニケートできなければ、それって楽しくないし、そもそも今はアプリで外国語の翻訳がかなりの精度でできますけど、古典だってやろうと思ったらできるんじゃないですか。

**丸井**　そうでしょうね。

**木ノ下**　現代語で読むとわかったつもりになるって、僕もあるなあ。でも、それは「意味がわかった」ってことに過ぎないんですよね。何が書いてあるのか、言葉の意味はひとまず「わかった」ってこと。中学の授業で『平家物語』の「弓流《ゆみなが》し」を習った時、あまり面白さがわからなかった。だた義経が弓を落とすだけやん……みたいな。それは、意味だけを追っかけてたからなんだなと、最近気がつきました。

こういう仕事するようになって、歌舞伎の原作になっているから、改めて『平家物語』を読むわけです。ある日ふと声に出して読んでいると、文章のセンテンスの長短がすごく気持ちよかったんです。これは琵琶法師《びわほうし》の計算された音配りなんだなと思いました。しかも、センテンスの長短がザバザバンという波の音のリズムに聞こえてきたり、いわれてみれば平家は海で滅びるなとか。そういう、意味とは違うところのダイナミックさやおもしろさを発見するじゃないですか。それは「意味がわかった」とは違う「わかった」ですよね。「わかった」が何通りもある。「意味がわかった」以外にも、もっと面白い「わかった」が無数にあるんですよね。いくつもの「わかった」を教えてあげるというのが、大事かもしれないですね。

## 点数化できる古典はやる気がなくなる

**パリュス**　音読については、本当にそう思います。中学・高校時代にさわりの部分だけでも読むのはすごく好きだったんです。音がきれいだし、声に出して読むと気持ちいい。よくわからない言葉ながらに気持ちいいリズムがあって、音としてこういう日本語があったんだなっていう楽しさを感じました。

長文の物語として読む時に、どうやって読み下すかとか、文法とかになると、途端にやる気がなくなるんですよね。あと、これは古典の問題ではなくて、私と古典の先生との相性ですけど、古典の授業にほとんど出ていなかったんです。文法をきっちり勉強して意味をとっていくことも、もちろん大切なことですけれど、音読の時の純粋な驚きとか喜びみたいなものが、高校時代にもっとあったらよかったと思いました。

**丸井**　音とかリズムとか、要するに語り手の息遣いを感じることによって、過去や作者とつながったりする。つながる感覚がわかるっていうのは、とても大事なことだと思います。意味がわかるのとはまた別次元の問題として。

**堀切**　国語教育って英語と似ているように錯覚してしまうんですけど、古典に関してはどちらかというと、例えば音楽とか体育みたいに、体を動かしたり、もしくは自分で何かを作るとか、実はそういうほうがウェイトが大きくて、パリュスさんがいったように、途端にやる気がなくなるような点数化できる古典の知識ではなくて、もっと楽しめる部分というのが大事だと思います。今やっているのは握力が五十五キロになったら合格だみたいな話で、楽しいはずがない（笑）。

日本って教育一般で、芸術のウェイトがすごく小さいじゃないですか。小学校から高校・大学まで、ずっとそうだと思うんです。文化とか芸術にどういう役割や評価を与えるかというのは、国のあり方まで突き詰めていくことになる話だと思うんですけれど。割をくっているのは古典研究者というより、文化・芸術といった、一般的な話でもあるのかなと思いました。

**丸井**　これは大学入試に絡んできますから、難しい問題です。点数化しないとどうしようもないところもあるし、一方で堀切さんがおっしゃるように、それだけじゃいけないというのもあります。ただ、確かに前者のウェイトが大きすぎるんですよね。ちょっとショックだったんですが、このまえ大学の教職志望者向けの授業で学生に『土佐日記』の模擬授業をやらせてみたら、みんながみんな品詞分解して、助動詞の解説をするんです。

**木ノ下**　もったいない。

**丸井**　それで私が「模擬授業っていうのは一番おもしろいことをやるんだ」って言ったら、「私は高校ではそれしか習っていないし知らない」って言うんです。

それで、木ノ下さんはNHKのラジオで「おしゃべりな古典教室」という番組をやっていらっしゃいますけど、どういうことを意識して番組を作っているのか、うかがいたいと思っていたんです。

## 「おしゃべりな古典教室」で意識していること

**木ノ下**　俳優の小芝風花さんと番組をやっているんですけど、一番意識しているのは風花さん推しの子たちに、どうやったら古典が届くかということですよね。

僕、NHK第二ってすごく好きなんです。カルチャーラジオとか古典講読とかああいう硬派な番組があることの大切さ。その中に、色物として、うちみたいな古典の間口を広げようとする番組があってもいいんじゃないかと思ってます。番組で紹介した内容を一から十まで覚えていなくても、

「古典ってなんだかおもしろいな」と感じた記憶だけは残して差し上げたいなと思っています。『土佐日記』って切ない物語なんだな、とか、ナントカ寿夫《ひさお》っていう能楽師の謡《うた》う『羽衣《はごろも》』はすごかったな、とか、心の中に古典の痕跡を残してあげたい。別な言い方をすれば種みたいなものですね。もしかすると、どこかのタイミングでそれらが花開くかもしれない。今はそのタイミングじゃなかったとしても、古典っていう新しい扉、いつか開けるかもしれない扉があるんだということを、若い子たちに思ってもらえることが大事だと思ってます。

**丸井**　番組では、木ノ下さんがおもしろそうだと思ったネタをどんどん取り上げてる感じですか。何か注文とかはあるんですか。

**木ノ下**　ないない。構成とかも含めて完全に好き勝手やらせてもらってます。専門じゃないこともいっぱいやっていますので、間違ったことも結構言ってると思います。

**丸井**　『古事記』のあとに『山姥《やまんば》』を取り上げたり、すごい振り幅だなと思ってます。

**木ノ下**　挽歌《ばんか》を特集したりね。パンデミックの今だからこそ、挽歌が響くんじゃないかと思って。でも、毎週暗いテーマじゃおもしろがってもらえないから、あいだに『竹取物語』を挟んだり。アメとムチというか、苦い薬ばっかりじゃ飲んでもらえない。甘い薬の中に、たまに苦い薬を混ぜておくくらいだと苦味もおいしく感じてもらえるかな、みたいな。

**パリュス**　個人的な意見なんですけど、先生に古典大好きっていう感じを出してほしいですよね。木ノ下さんのように、見ているだけで楽しそうな先生だったら、前のめりになるじゃないですか。

**堀切**　内容がわからなくても、何かあるなって。教師の側が楽しめなければ、学生が楽しいわけがない。逆に、教える側も込みで盛り上がれれば、絶対に楽しいはずです。

**木ノ下**　アメトークみたいなね。なんとか好き芸人が集まって、全然知らなくても何かおもしろそうと思えるっていう、そういうのありますよね。

**パリュス**　そうなんですよ。

**木ノ下**　好きっていう気持ちは伝播するから大事ですよね。中学校の時にちょっと近よりがたい雰囲気の国語の先生がいたんですけど、向田邦子のエッセイの『父の詫び状』をやった時に、その先生が急に生徒全員に順番に読ませていって、一段落ごとに「ええなあ。先生のお父さんも明治生まれの人間だったからよくわかる。じゃもう一回」ってまた一クール読ませるのを二週間続けたんですよ。何がいいのかとか、向田邦子がどういう人かとか、何も説明しないで。クラスメートたちからは不評でしたけど、私は、何か胸打たれるものがあって。この先生をここまで感動させる向田邦子はすごいなとか、文学にはそんなチカラがあるんだなとか、身を持って知ることができたというか。それって授業の内容とか関係ないですもんね。先生の熱量というか、居ずまいで何かを知る。何かわかった気持ちになれるというものですから。

## 国語は冷静さと情熱のバランスが難しい

**丸井**　ただ、それは国語の授業なのかなとちょっと思わなくもないんですよね。たとえば現代文の授業だと、夏目漱石の魅力とか森鷗外のすごさを熱っぽく語る先生は一定数いると思うんです。そういう先生に習ったこともありますけど、それよりも小説の読み方を教えてもらわないと。この表現すごいだろって言われても、何がすごいのか言ってくれないと、こっちはさっぱりわからないんですよね。

文学、古典が好きな先生は熱っぽく魅力を語るんですけど、それできちんと言葉を読む力を生徒に伝えきれているのかなと思う一方で、言葉を一生懸命に教えるばかりだとつまらない無機質なものになりがちなので、そこらへんのバランスは難しいと思うんです。

**木ノ下**　本当にバランスですね。授業を組み立てるのは、クリエイティブな作業ですよね。

**パリュス**　もちろん読み方を教えてもらわないというのはそうなんですが、自分の高校時代を考えると、古典は基本的に受け身ですから、引っ張ってもらえないとなかなか入りにくい世界だと思うんですよね。人によるというとそれで終わってしまう話ですけれど。

**丸井**　そうですね。

**パリュス**　どういうふうに引っ張り込むかというのが、情熱だったり音読だったり、一文だけを取り上げて、この文章はこういう意味でこういう美しさがあるんだよって解説するのであったり、それは人それぞれだと思うんです。

**木ノ下**　パリュスさんがおっしゃってるのは、すごい熱量で言い続けろということではなくて、すごさをいろいろな手と言葉を使ってちゃんと語れるということですよね。学生の雰囲気とかも感じ取って、同じことを説明するのでも、例え話を使った方がいいのか、ポップな言い回しを使った方がいいのか、いろんな変化球を投げながら。でも変化球を作るっていうことは、古典に対する愛情がないとできない。そこがうまい先生がたくさんいると、みんなが能動的に古典の授業を受けられるということですよね。

**パリュス**　その通りです。大変なことですよね。木ノ下さんも、基本的には古典に興味のない方にラジオで話しかける時と、講座にわざわざ来てくれる人に話すのとでは、全然対象が違うわけで、同じことを同じ言い方では話せませんよね。学生さんがどれだけの気持ちで臨んでいるのかにもよりますし、先生にすべてを求めるのは酷ですが、自分の中で古典の授業を考えた時に、そういう古典愛を感じられるといいなと思いました。

**丸井**　心して励みたいと思います。自分はできているのかなと、ドキッとしながらうかがっていました。

　ここまで、古典をどういうふうに教えたら興味を持ってもらえるかとか、古典のおもしろさはどういうところにあるのかという話をしてきたわけですが、そもそも古典を読むことの意味、学ぶことの意味というのは、結局どういうふうに考えたらいいんでしょうか。

## 古典を学ぶことの意味はどこにあるのか

**堀切**　例えば焚書坑儒《ふんしょこうじゅ》して古典を禁止した世界をイメージしてみるといいと思うんです。『枕草子』も、歌舞伎も、もちろん高校の先生が古典を教えるのも全部禁止だと言われた時に、何が失われるんでしょうか。逆質問みたいになりますけれども。

**丸井**　古典は他のものでは代替不可能なのかっていうことですか。

**堀切**　そもそも古典って「わからない」から読んでいる。下手したら、千年以上も前の日本人とコミュニケートするわけですから、わからなくて当然ですよね。前半の話とつながりますが、そういう機会が失われれば、日本語の言葉のバリエーションは圧倒的に少なくなると思うんです。

**丸井**　人間の思考は言語に規定されるわけですから、そのバリエーションが少なければ、思考の幅も限定されていくというのはありますよね。

**堀切**　そうなると、価値観や文化の多様性は失われますから、みんな同じようなことを考えて、同じような話をするかもしれない。『華氏451度』（レイ・ブラッドベリ作、一九五三年）の世界ですね。詩の言葉も哲学と同じで、今までの蓄積の上に成り立つ「ダンス」のようなものですから、新しい言葉を生み出すということ自体思わなくなるだろうし。いま僕らがしゃべっている言葉が歴史的に作られてきたものだという意識もなくなる。

　僕は俳句をやっていてよく思うんですけれど、僕らがしゃべっている日本語は、一〇〇年ちょっとの歴史しかない。一〇〇年前にはこんなふうにはしゃべって議論したりできなかったじゃないですか。歴史を知っていればそれは当たり前のことなんだけれど、忘れるんですよね。その恐ろしい事実を忘れて、現代語訳しようみたいな話になっていることが、僕はすごく気持ちが悪くて。

僕らが生まれてこのかた当たり前のように使っている言葉の特殊性を考えるためには、一つは外国語をやることだと思うんです。外国語は自分の考えとか、言葉を相対化するための、一番手っ取り早い方法だと思うんです。古典も違う角度からそれができる。それをするための方法というか、内容がどうこうではなくて、最終的に自分に返ってくるものだと思うんです。自分のしゃべっている言葉、その歴史性、そこからどう新しい言葉を作っていくのか、どう新しいものの見方を作り上げていくのか。

**丸井**　いま自分の言語を相対化するっていう話がありましたが、私も古典を読んでいて感じるのは、今いる場所、現実の自分から、どこまで離れたところに意識を持っていって、そこからどう自分の立ち位置を見つめ直せるかっていうことを考えるのが、一番大きな意味だと思うんです。

外国語は、同じ時代であっても、違う場所に自分を連れていくことができるものでしょうし、古語っていうのは、同じ場所であっても、時代的に離れたところに自分を持っていくことができる。私はそれができるのであれば、音楽でも美術でも数式でも、宇宙について考えるのでも、何でもいいと思うんです。けれど、堀切さんがおっしゃったように、古典は言葉でできているというのは大きいですよね。私たちは言葉でものを考えて意思を伝えようとするわけですから。

## 言葉が足りていないという感覚

**堀切**　外国語で書かれた言葉をどう日本語にするかという時に、平たい現代語だけでは力不足なんです。忘れちゃいけないのは、日本の外にはいろいろな国や文化があって、そこにもいろいろな古典があるという事実です。それを訳そうと思った時に、手持ちのカードはおそろしく少ない。喩えるなら、三分の一くらいの枚数で七並べをやっているようなもの。今、古代ギリシャ・ローマやインド・中国の歴史をふまえた舞踊論（パスカル・キニャール『ダンスの起源』）の翻訳をしていて、そのことを痛切に感じています。

　もし普通にしゃべっていれば考えたことが全部言葉にできるという感覚を持っている人がいるとすれば、それは錯覚です。言葉を増やすことで思考は増えていくけれど、それでも言葉は圧倒的に少ない。木ノ下さんが言っていた、文体のチョイスにともなう葛藤ってまさにそういう話だと思うんです。木ノ下さん自身は、古典作品をリメイクする時に、言葉が足りているというか、必ずできるっていう感覚があったりするんですか。

**木ノ下**　ないです。何かを訳す時は、何かを犠牲にするということなので、すべてを包括した言葉なんて、もちろん原文以外にはない。そこは割り切ってやる。抽象的ですが、ある一つの方向においてはシャープになる。具体的にいうと、「四谷怪談」で主人公の伊右衛門《いえもん》がボロボロになっていて、それに巻き込まれた友達の長兵衛《ちょうべえ》が、「コレコレ民《たみ》谷《や》、これにはおほかた訳《わけ》があらうな」っていうんです。こんなことまでして自分も巻き込まれて、何か考えがあるんだろうな、みたいな、つまり半分嫌味なんですけれど、「訳があらうな」だといまいち現代人にはよくわからない。これを、木ノ下歌舞伎では演出の杉原邦生さんが「伊右衛門、お前一体何がしてぇんだよ！」って訳したんです。名訳だと思いました。自分でも何がしたかったかわからなくなってる伊右衛門の姿が浮かび上がってくる。でも、「訳があらうな」っていう武士の言葉のかっちり具合はなくなるわけです。

　結局、何を選び取るかということなので、言葉は圧倒的に足りてない。それは原文の古語の方が使われている時間が長いですから、現代口語よりも大きい言葉ですよね。それを口語でどこまで掬《すく》い取れるかということなのだと思います。

**丸井**　パリュスさんはいかがですか。

**パリュス**　自分も書くことが増えて思うんですけど、例えば、「驚いた」という表現でも、「目をむいた」なのか「おったまげた」なのか「肝を冷やした」なのか、いろいろあるといっても、限られるわけですよね。いくつもの短篇をまとめる時に、前も同じような表現をしてるなと気付くんです。だからといって古語を使えるかというとそうではないんですが、自分の自然に使えるボキャブラリーが限られているなということは感じています。

古典和歌でいえば、昔から使われてきた歌言葉で一般的にはまったく使われない言葉がたくさんあるんですけど、それが現在も短歌の中では脈々と生きているわけです。私はなかなか使いこなせないですけど。例えば「まほら」は「素晴らしい」とか「優れた場所」という意味なんですが、「まほら」をぼんやりイメージできたとしても、はっきり語れない。だけどその感覚を知るっていうのは、自分が何かイメージする上でも、大切なことだと思うんです。実用的な知識ではないですけれど、古典の中で生きてきた言葉、その膨らみとかニュアンスを知ることが豊かさになる。自分の言葉や思考を深めていくことにつながっていくんじゃないかと。

## 使うことによって言葉が息を吹き返す

**丸井**　言葉があることによって立ち上がってくるものがありますよね。かつて堀切さんとメール句会をやっていたことがあるんですが、私は季語をよく知らなかったので、歳時記《さいじき》をひたすら繰《く》って調べるわけです。そうするとまったく知らなかったはずなのに、その言葉からいろんなイメージが立ち上がってきて、感じたことのない感覚に襲われる時があったんです。

**堀切**　今の言葉の話って、前半で古典とはみたいな議論をしていたのが枕の話だとしたら、それを相似形でミクロにしたような話で、おもしろいですね。要は書く言葉をずっといろんな人が使ってきたわけじゃないですか。圧倒的な蓄積があって、それを自分なりに解釈をして使うわけですけれど、それもやっぱりゴールがなくて。

俳句の季語なんてまさにそうですよね。歳時記に意味は書いてあるけれど、何百年もかけてみんながいろんな句を作ることで、継ぎ足して再解釈されていく言葉がある。それは流行の新しい言葉が生まれては忘れられていくスピード感とは全然違う。使うことによって言葉が息を吹き返すというか、決まった意味があって、それを決められた通りに使うんじゃなくて、一回自分を通す作業があるのを、俳句の場合すごく感じるんですよね。小説の現場でも、演劇の現場でも、そういうことはあるのかしらと思います。

**パリュス**　最近メール歌会をした中で、「ぬばたまの手」っていうすごくおもしろい枕詞《まくらことば》の使い方が出てきたんです。「ぬばたまの」といったら普通「黒」にかかります。闇とか髪とか。「ぬばたまの手」は何かというと、ここはフランスですから、つまり黒人の手のことを指してるわけです。今までの「ぬばたまの」は「黒」にかかるという定義に加えて、現在の状況すべてを含めた上で、ようやく一つのイメージが立ち上がる。千年以上脈々と使われてきた言葉の中に、新しい意味が立ち上がる時って、素直に嬉しいですよね。

**丸井**　そうやって聞くと、古語って全然固定されたものじゃないですよね。

**パリュス**　最初はこれはありなのかなと思ったんですけど、ありかなしかはそれぞれ判断すればよいことで、そういうオリジナリティーを出していくのは、とてもおもしろいと思いました。

**丸井**　堀切さんの季語の話も、「ぬばたまの」も、何百年も前からある言葉がいま使われることによって動き出す、死んだものにならないところがおもしろいですね。古語は古いもの、覚えるだけのものだけではないんだ、古典文学作品そのものもこういう作品なんだと決まっているわけじゃなくて、いつでも動き出すものなんだと思いました。

## 古典にこちらからアプローチしていく

**木ノ下**　歳時記って本当におもしろいですよね。枕詞とかもおもしろい。日本文化のアーカイブの蓄積みたいな感じがします。
　一回、自分で勝手に枕詞を作る遊びをやってみたらすごくおもしろかったです。スマホとか芸能人とか友達とかに枕詞をつけてみる。枕詞辞典をひもときながらやると、すでに自分の考えたものと同じものがあったりして、そういう時は「先を越された!」と除外していく。あと、新しい季語を作るとか、難しいけど、ないわけじゃないですよね。古典って享受するものですけど、それだけじゃなくて、こちらからアプローチしていく。作ったり、よりかみ砕こうとしたりできるのも、古典のよさですよね。

**丸井**　今の歌を聞いていても、古典っぽい表現だけど古典にはない言葉が出てきたりしますもんね。少し古い例ですけど、小椋佳が作った「シクラメンのかほり」ってありますよね。あの歌詞に「真綿色したシクラメンほどすがしいものはない」というのがあるんですが、レコード大賞の選考の時に、「すがし」という言葉は古語にないということが引っかかってもめたという話を聞いたことがあります。ほんとかどうかわかりませんが。

**堀切**　言葉を作るのは自由。というか、作らざるをえない状況というのがある。なぜなら、言葉は「足りていない」からです。古典の世界は規範とか正しさみたいなものがどうしても付きまとうので、なかなかそれに対して反発しにくいですけれど、おもしろさは作るとか自分の体を通すところに喜びがあるので、なんとかそこを拡大したいですけれど。

**丸井**　そこから新しい表現が生み出されてくるという話ですから、皆さんのお仕事の方により近い話なのかもしれないですね。でも俳句とかはまた違うのかな。

**堀切**　俳句は二〇〇〇年代ぐらいから規範性が強くなっていて、文法を守りましょうとか、そういう本が売れるんですよね。僕はそれに対する反発心が若干あります。自分の言葉を作るのってそんなにだめなの？って。短歌はあまりそういうのはないですよね。

**パリュス**　そうですね。正しい和歌的なみやびなものを愛している人もいれば、一方でものすごく口語短歌だったり、記号みたいなものを入れたり、自由に好き勝手やっていいという土台は、短歌のほうが大きい気がします。俳句の方が、季語とか切れ字とか、ルールが細かいイメージはありますね。

**堀切**　俳人からすると、短歌のほうがはるかに複雑に見えてるかも（笑）。ルールの数でいえば、連句がありますしね。

**丸井**　本来は和歌の方がうるさかったんですけどね。

**パリュス**　近代になって大きな改革（正岡子規による俳句・和歌革新運動）がありましたからね。

## 古典がなくなると生きづらくなる人は確実にいる

**木ノ下**　自分の経験で考えると、小学校の時に、百人一首の蝉丸《せみまる》の歌を坊主めくりしてる時にたまたま見つけて。百人一首で遊んでいると、蝉丸を坊主にするかそうじゃないかで論争になるんですよね。それで覚えるんです。虫の名前だし変な奴って感じだったんですけど、そのうち「これやこの行くも帰るも別れては」って歌のリズムもおもしろいなと思うようになって。子供用の百人一首の本で意味を読んで、この歌には、「この世の中すごく仲良くなれる人もいれば、どうがんばっても無理な人もいる。出会いは所詮、行くも帰るも、通りすがりの者同士なのだから、全員と仲良くなる必要はない」みたいなメッセージが込められいるんじゃないかと思ったんです。

小学校の時は落語が好きで、好きなものが友達と違うから孤独感があって。でもみんなと仲良くしましょうみたいな空気があったから、蝉丸で救われたというか。はるか昔に自分と同じことを考えていた人がいるとか、自分と似た悩みを持っていた人がいたっていう。蝉丸はそんなつもりで詠んだかわからないですけれど。そもそも蝉丸が本当にいたかもわからない。でも錯覚でもいいから、何百年前、千何年前に自分と同じことを考えたり悩んだりした人がいたと思えるのって、勇気をもらえるんですよね。他の古典もそうです。落語みたいにバカバカしく生きている人がいるとか。

古典が必要かどうかはわからないですけれど、古典がなくなると生きづらくなる人は確実にいると思います。参照できるものが現代だけになるから。現代だけになると辛いのは、自分だけがそう思っているのかもしれない……と孤独感に襲われたり、逆に、自分で考えたり作ったりしたものが、「新しい！」って思い込んでしまったりすることですよね。もしかするとそれって昔の人が散々考えたり試したりしてきたことかもしれない……古典がなくなるとそういうことが一切わからなくなってしまうから、生きていてもおもしろくないんじゃないかと思います。

同時に、古典がまったく必要ない人もいると思うんです。それは嫌味でも何でもなく、すごく幸せな人だと思います。今の世の中が居心地がよくて、ぐちゃぐちゃ考えなくてもいい状態なんでしょうから。わかり合える近しい友達もいて、孤独感をあまり味わうこともない。そうじゃない人間は、今だけを相手にしているとどんどん消耗していくんです。そういう時に、古典が後押ししてくれるっていうことがあると思います。

あと、古典に触れていると、この感覚はもうないなと思う時もあります。この宗教観はもう持っていないとか、この差別感覚はもうないとか。古典と現代を照らし合わせて、何が進歩して、どこが退化しているのか、古典が現代人の座標軸になってくれるという側面もありますよね。それがないと生きづらくなる人はいるから、ライフラインとして必要だと思います。

**パリュス**　昔の人もこんなことを思ってたんだっていうのって、すごくわかります。『万葉集』であれば、季節を愛《め》でる雪月花とか、挽歌とか相聞歌《そうもんか》とか、人間の感情って昔から変わらないんだなということが驚きですよね。昔の人も同じように苦しんだり悲しんだり、季節の移り変わりを美しいと思っていたんだなということを確認できる。

　私、勉強したことをほとんど忘れてしまったので黒歴史なんですけど、実は大学時代に日本古代史を専攻していて、『日本書紀』とか『続日本紀』を読んでいました。『続日本紀』に朝廷に呼び出されたある村長《むらおさ》の話が残っているんです。供述みたいになっているので、彼の語りがそのまま文章になっているんですけど、いきなり「申し訳ございません、申し訳ございません！」みたいな謝罪からはじまる。こういう感じも今の日本に通じますよね。彼は大切な集まりで京都の朝廷に来なくてはいけなかったのをすっぽかしたらしいんです。村の収穫祭で飲みつぶれて行けなかったのを長々しく言い訳していて、人間って変わらないなということが、しみじみと愛おしくなったというか。ああ、みんなこうなんだなって。

　みんな最短距離で解決するハウツー本やすぐに役立つものをほしがると思うんですけれど、そうじゃなくて、昔の人たちがこうだったということで、自分も納得できたり立ち止まれたり、間違っていないんだなと思えたり、古典がそういうライフライン、一つの精神安定剤になるかもしれないですよね。

**堀切**　励まされる人がたくさんいると思う。

**木ノ下**　それって大事なことですよね。しかもそれすら勘違いかもしれないっていうのも、古典のおもしろいところですよね。勘違いでもいいんですよね。

**丸井**　作品を読んで、自分の心の安定剤になる時もありますし、逆にざわざわとすることもありますよね。でもその心のゆらぎの意味っていうのは、すぐにはわからない。即効性のあるものではなくて、何の意味があるかもわからないけれど、十年二十年経ってふわっとよみがえってくる。そのゆらぎの意味に気付く時がある。大げさないい方をすれば、その時に世界の見え方がちょっと変わると思うんですよね。

**木ノ下**　そうですね。

**丸井**　これは心のゆらぎを経験していないと、あり得ないことなんじゃないかなと。自分の世界の見え方を広げていくために、古典であってもなくてもいいと思うんですけど、「読む」という行為は必要なのかもしれません。

## 出会ってはいけないものに出会ってしまった感じ

**堀切**　蝉丸の話でいくと、古典ってものすごく「出会い系」だなと思いました。先ほど、もし古典がすべて禁止されたらどうなるかという話をしましたけど、古典にアクセスをするのは僕らの権利だと思います。禁止する人がいるかわからないですけれど。

文芸なんだから、古典は本来、個人的なものです。全員に同じことは絶対にできない。つまり指導要領でマニュアル化された現行の教育と古典は、おそろしく相性が悪い。学生によって関心をもつポイントは違うし、考えることも違っていいのにね。そういう意味で、古典の「個人性」という大事な部分がないがしろにされているようにも思えてきますね。やはり何か処方箋がいると思います。

**木ノ下**　そうですね。僕はＮＨＫで「にほんごであそぼ」という番組がはじまった時、高校生ぐらいだったんですけど、世界が変わると思ったんです。

自分が好きだった古典の言葉が、説明されずに紹介される。おもしろい・おもしろくないではなく、弁天小僧のセリフを諳《そら》んじられる子供が出てくるわけでしょう。これは変わるなと思ったんです。

でも、「にほんごであそぼ」で育った今の学生に、非常勤講師で教えていると、自分たちの頃とさほど何も変わっていない感じがします。一定数の子供が、「寿限無《じゅげむ》」とか「弁天小僧《べんてんこぞう》」のセリフを聴いたことがある状態にはなっていて、それはすごいことなんだけど、大きく世界を変えたわけではなかったところに、いろんなことを考えさせられます。

一つは、やっぱり、やばいものに出会っている感覚がなくなる。NHKが放送しているから、そこに対する後ろめたさがないじゃないですか。僕は蝉丸の歌の時は後ろめたかったです。出会ってはいけないものに出会ってしまったみたいな。

**堀切**　アングラですね。

**木ノ下**　自分だけのものを見つけた、人には教えたくないかもみたいな感じです。何かの間違いで出会ってしまったから大切っていう感覚は、とても大事なんじゃないか。でも、それは個人的なもので、教育ではできないことですよね。そのジレンマはありますよね。

**堀切**　今の話、結構ショックでした。コロナの影響で二〇二〇年三月から外出禁止になっていた二ヶ月間、三歳の娘に「にほんごであそぼ」を見せていたんです。一緒に勘三郎の「弁天小僧」の台詞回しを聞いたりね。でも彼女の大事な経験を奪ってしまったのかもしれない（笑）。

## 古典が役に立つといわれている方が怖い

**パリュス**　アングラでなくなった反面、古典はいらないとか選択制にしたらといわれますよね。けど、古典を選択制にしたら廃《すた》れると思うんです。この時代の流れでは、もっと役に立つことを勉強しようという学生が増えることは確かです。そういう

時に一定層に アプローチする「にほんごであそぼ」みたいな番組があるのは、すごくいいと思うんですけれど。

**木ノ下**　選択制になったらパスされますよね。でもこれもまた問題で、すぐに役に立つ古典ってクソみたいなものでしょう。経営学から見る世阿弥《ぜあみ》とか、言葉遣いを美しくするための大和言葉とか、江戸に学ぼうエコの知恵とか。

**丸井**　江戸しぐさとかね。

**木ノ下**　江戸しぐさは論外です。そもそも江戸の人々は物資がなかっただけですからね。エコだと思って暮らしていたわけでもなんでもない。それに、すぐに役立つものってすぐに役立たなくなる。経営のヒントを得たいとか目的が別にあるから、それが達成されたりはまらなかったりしたら、すぐに追いやられる。

むしろ古典が役に立つといわれている方が怖い状況です。消費されていくということですよね。役に立たないから、精神衛生剤だからいい。それはいつか世界の見え方をちょっと変えてくれる。世界の見え方がちょっと変わるってすごいことだから、そのために服用し続ける。

**堀切**　しかも飲んでいる薬が毒かもしれないのがいいですよね。体がよくなっていくわけじゃなくて、ある時に違うもの見えたりするわけでしょう。ギャンブル的なところがあっておもしろいですよね。なのに「効果は立証済み」だと集団ワクチン接種みたいなことをされてもねえ。

**丸井**　社会に出て役に立つことなんて、社会に出てから絶対学ぶじゃないですか。別に高校で学ばなくてもいいと思うんです。

**木ノ下**　その通りだと思います。

**丸井**　社会で学ばないものに中学・高校できちんと触れておく方が僕はよっぽど意味があると思います。経営学のために世阿弥を読むなんていうのはあまりにナンセンスで、それは「役に立つ」の意味をはき違えています。

**堀切**　究極的に問題なのは、文学・芸術が「趣味」

の領域であるといまだに思われていることです。でも家庭菜園とかゴルフとは違うわけですよ。倫理観や人生観が関わってくるわけですから。海外の人との交流の橋掛かりにもなる。

個人的であることは間違いないから不要論が出てくるわけですが、僕の主張としては文化全般、文学や芸術は権利だっていい続けなければいけないと思っています。憲法でいえば、幸福追求権はもちろん、精神的自由権とも関わっている。二〇一七年の法改正で「文化芸術基本法」ができたのに、全然コンセンサスが得られていないから、愛知の事件（あいちトリエンナーレ2019の企画展示「表現の不自由展・その後」について、河村たかし名古屋市長の発言が発端となり抗議が殺到し、安全上の理由から中止となった）のようなことが起こってしまう。NHKの芸術関係の番組も市場原理で淘汰されるか、バラエティ化していく。そういうせめぎ合いにいるので、個人に任せないというのも一方ではすごく大事です。

**丸井**　一度古典への道を閉じちゃうと、開くのは大変ですからね。閉じるのは簡単ですけど二度と開けない。権利というのは重い言葉だと思います。

**堀切**　小説だったら本を買ってくれる人がいて商業的に回収可能ですけど、演劇とか音楽とか、文化の中には圧倒的に赤字なものってあるんですよね。そういうものと比べれば、古典はお金がかからないし個人でできるから、あんまりおおごとにはならないかもしれないけど、文脈としては一緒だと思います。お金のかかる芸術をどうするかみんなで考える議論にならないのがちょっともどかしくて。

**丸井**　どういうふうにアピールしていくのがいいんですかね。古典は役に立つぞっていう言い方をしていった方がいいんでしょうか。

**堀切**　誰に向けていうかじゃないでしょうか。ひとつは議員や政党を巻き込んで政策提言をしなければいけないと思うし、SNSやウェブサイトも活用してメディア戦略を立てていかなければいけないと思います。

**パリュス**　役に立つものを探している流れの中では、先細りが目に見えているジャンルではありますよね。いつかもしかしたら役立つかもしれないっていう遠い視点で読み続けられる人って、そうそういないと思います。

　堀切さんが権利っておっしゃいましたけれど、こういうものが日本にあったということを知っておくべきだと思うんです。必要か必要でないかでいったら、最終的に必要でない人が大多数かもしれませんが、その中の一割でも〇・五割でもやってよかった人がいる可能性を考えれば、その道を閉じてしまわないのは大切ですよね。

**丸井**　先ほどあった木ノ下さんの蝉丸の話もそうですよね。少なからず古典に救われる人はいて、古典を必要としない人もいて、それは現代に適応できているから幸せなんだという話もありました。もちろんそれもあると思いますけれど、私はもしかしたら、古典を知ればもっと幸せになる人がいっぱいいるんじゃないかという気もするんです。古典を必要としていないのではなくて、古典にアクセスできていないだけなのではないかと。そういう気がしているところがあって。そういう人たちに道を開いておくために、絶対閉じてはいけないものだろうなと思います。どうしたらちゃんとしたアピールになるのか、すごく難しいです。

## 古典不要論に対して

**堀切**　ちなみに、最初に話に上がった古典不要論というのは、どういう結論に達したんですか。

**丸井**　結論以前に、議論があまり噛《か》み合ってなかったんですよね。

**木ノ下**　僕は本で読みましたけど、やっぱり古典不要論の方が強いんです。強いっていうのは、古典必要論の方が、必要だから必要っていうことしかいえてないような気がした。それは議論にならないよっていう印象でした。

**丸井**　不要論者の方にむちゃくちゃなロジックがあって、それを突くチャンスはあったと思うんです。でも、そこをあまり突こうとしなかったところがある。

**木ノ下**　必要論者が社会の中で少数派だった場合は、論破するのはより難しい。「一部の愛好家だけが必要としているんじゃない。みんなにとって必要なんだ」ってことを手を変え品を変え根気強く伝えないといけないわけだから。私も含めて、その努力を怠ってきた気もするし、結果、論破のために必要な言葉という武器を衰えさせてしまったのかもしれません。

**編集**　研究者と教育者で古典や言葉の魅力を語っているだけでは、これらの問題を掘り下げていくには不十分なんだというのが、今までの座談会を聞いての感想です。言葉に対する意識が、創作をされている方は全然違う。言葉のプロが入らないといけないと思いました。

**丸井**　今日、皆さんのお話を聞きながら、言葉に対する自分の認識の拙《つたな》さにちょっとショックを受けました。私の能力不足ももちろんあるんですが、研究者とか国語の先生だけでは、こういう話はできなかったと思います。古典を開くとか何とか言う前に、私たち自身が狭い世界に閉じこもっているということを自責しないといけないかもしれません。

## 外国で日本文学を説明する時どうするのか

**木ノ下**　質問していいでしょうか。パリュスさんはフランスで短歌を紹介する時、短歌については説明できるとしても、作品そのものは日本語がわからないとわからないですよね。もどかしさを感じますか。

**パリュス**　すごく感じます。以前、日本語を勉強している大学生に短歌についてお話しさせてもらう機会があったんです（❺）。フランスでは俳句は人気ですが、短歌は知られていません。短歌の魅力が伝わるか不安でしたが、講義の反応として感じたのは、フランス人が一番感動するのは調べなんです。

**木ノ下**　それは意味がわからなくてもですよね。

**パリュス**　そうです。和歌はフランス語訳でもシラブル（音節）のボン・ジュ―で二音と数えるんです。日本だとボ・ン・ジュ・ー・ルで五音になりますよね。数え方が違うので訳が難しいし長くなる。意味を文章化しないといけませんし、日本語のオノマトペがわからないから、例えばアヒルがペタペタ歩くのを、平たい足が動いていく様子を説明的に描写したりして別物になってしまう。

ただ日本語の調べの美しさに響くものがあるみたいで、もっと聞きたいといわれます。古典の音の気持ちよさは共通して感じられるんじゃないでしょうか。

**木ノ下**　それは勇気をもらえる話です。言葉の音は国境を越えるということですね。

**パリュス**　もちろん日本語が好きで勉強している学生さんというのもあると思うんですけれど。

**堀切**　そういえば、木ノ下さんはパリで「黒塚」を上演されてましたよね。

**木ノ下**　「黒塚」と「勧進帳」（❻）をやりました。

**堀切**　その時の気付きとかあったら教えていただけませんか。

**木ノ下**　「黒塚」は歌舞伎の演技体を引用している個所が多かったので、歌舞伎のメソッドを現代化しているねという評価でした。音が美しいというのに近いかもしれないです。「勧進帳」の方は全部現代口語だったし、現代演劇の身体性で演じたのですが、これも評判はよかったです。ただフランス語翻訳が大変でした。日本語って主語がないことによって成立することがあるんですけど、それが全部変わってきちゃう。

**堀切**　俳句もほとんど主語がないですけれども、英語やフランス語に翻訳するとなると主語を立てざるを得ないです。文章構造を壊す勇気があれば別

❺ナント大学での短歌講義（2019 年 11 月撮影、写真提供：在仏日本大使館）

❻「勧進帳」パリ公演（2018 年 11 月、撮影：紀中祐介、写真提供：国際交流基金）

ですけれど、俳句も翻訳となると難しいです。

**丸井**　俳句の訳は五七五でやるんですか。

**堀切**　両方あります。友達に五七五を守ってフランス語に訳す人がいるんですけど、ある種の不可能性をはらんでいるので、楽しいんだと。ただ一般的には必ずしもそうではなくて、フランスの小学校とかで俳句を教える時には、単純に短い三行詩という了解です。短長短というリズムはかろうじて共有されていますが、定義としては緩やかですね。

**パリュス**　外国に日本の定型詩を持ち込もうとしたら、その国の言語ごとに気持ちのいいシラブルを見つけていかないと難しいですね。無理やり五七五にしても同じリズムにはならない。主語の問題もあるし。

## 夏井いつき現象と松山の俳句を使った試み

**木ノ下**　今の日本で、俳句の普及活動のモデルケースとしては夏井いつきさんの存在が大きいと思うんですけれど、堀切さんは夏井さんについてどう思いますか。あの現象については。

**堀切**　夏井いつき現象ですか。僕はたまたま俳句だった面もあるかなと。制作側からするとテレビ受けもよくてかつ制作費もかからない人の枠があって、うまくそれに夏井さんのキャラと心意気が乗ったのが大きいと思うんです。

俳句って敷居が低いんです。五七五にするのも大変なことではないし、人の句を語ることだって感想を求められれば誰でもできる。小学生からご老人まで楽しめる文芸に、テレビと視聴者の関係がうまくはまったんじゃないかな。

**木ノ下**　夏井さんは今のようにテレビの露出が増えるうんと前から俳句の普及活動をされてましたよね。もともと学校の先生でプレゼンテーション能力があるのも大きいと思うんです。「毒舌」とか「辛口」とか言われてますけど、テレビを見ていると、別にテレビ受けすることをいっているわけじゃなくて、ちゃんと批評しているだけですし、添削と批評は限りなく近いところにあるということに気づかせてくれます。

**堀切**　そうなんですよ。

**木ノ下**　過剰なことを求められそうなところを、どこかでブレーキをかけながら、批評をエンターテインメントにしようとしているところがあって、今までいなかった人という感じがするんです。

　夏井さんの添削を通して、視聴者は鑑賞眼を育むことができる。それはすごいことです。ただ、僕なんかは、いよいよ実作するのが怖くなります。自分の中で、鑑賞力と実力が釣り合わなくなって、嫌気がさしてしまうってこともあるんじゃないかなぁ。それは、夏井先生のせいではないけど。

**堀切**　僕はコロナの中で二〇二〇年に俳句のポータルサイトを立ち上げて（「セクト・ポクリット」＝❼）、たまにインタビューを掲載してるんです。「一〇〇年俳句計画」という松山のローカル誌はご存じですか。

**木ノ下**　もちろん。

**堀切**　編集長のキム・チャンヒさんにロングインタビューをしたんです（【俳誌ロングインタビュー】ハイシノミカタ【#4】月刊ハイクライフマガジン『100年俳句計画』〈キム・チャンヒ編集長〉https://sectpoclit.com/haishi-4/）。キムさんは夏井さんと同じ松山出身で、二十年前に一緒に会社を立ち上げて、雑誌を月刊

❼「セクト・ポクリット」（https://sectpoclit.com/）

で出し続けている方です。夏井さんが会社から抜けて独立したので、残っているメンバーで発行しているそうです。

夏井いつき現象は、正岡子規《まさおかしき》や高浜虚子《たかはまきょし》を生んだ松山市の「文化資源」の活用の延長にあるとも言えますね。「一〇〇年俳句計画」にはその名の通り、文化コミュニティの構築みたいな意識があるんですよ。単に俳句の普及活動をしているだけではなく、医療・教育・俳句文化の三つ巴で活動している点で類例がない。すごく気高い話だと思うんですが、残念ながら俳句の業界ではまったく話題になっていません。

例えば、俳句は句会をやっていい俳句を作るのがスタンダードなんですけど、その雑誌では新聞の中から五七五のフレーズを見つけて、それ以外を黒塗りにしてコンテストをするとか、俳句を使って遊ぶんです。誰でもウエルカム、誰もがスターになり得るシステムを作って俳句の普及活動をしている。そういう環境から出てきたのが夏井さんなので、彼女のキャラだけでは語りきれないものが多いかもしれません。

教育の話で僕がすごいと思ったのは、句集を作るコンテストを朝日新聞の協力で十五年前からやっているんです。小学生に四十句作らせて、本のデザインまでさせる。要するに国語だけじゃなくてアート的な部分も含めてパッケージでコンテストをして表彰する。いわゆる小学生の俳句大会とは目的が違っていて素晴らしい。この十年の間に子供が作る本の装丁のレベルとか内容も上がっているそうです。アイデア一つで教育は変わる一例ではないでしょうか。

**木ノ下**　ローカルな古典を使った試みって全国にたくさんあるはずだし、それを紹介する媒体がもっとあってもいいのかもしれませんよね。古典を普及したり、おもしろさを伝えようとしたりしている核があるとしたら、それをやっている人たちを紹介しようとする、もう一個外側の協力というのが重要な気がします。堀切さんが配信されているインタビューとかマスメディアとか、こういうおもしろいものがあるよっていうのが広がって、他のところでもヒントになったり刺激し合えるっていうのが大事で。そういうふうに、周辺をどう作っていくか、どう巻き込んでいくかも古典にとって必要な気がしました。

## 批評の大事さ

**堀切**　僕はそのことを演劇で思っていました。演劇の雑誌って批評を書くところが本当にないんです。その中で、書く人はみんなずっと受け身で、あまり発信してこなかった。それはアカデミズムも同じでしょう。僕も半分くらい研究者の部分が残っているので自戒でもあるんですけど。すでにあるシステムの中で発信をしているだけで、メディアを作ろうとする意識が欠如しているんじゃないかと。

俳優や演出家は作品をつくるために劇団を作るのに、文章を書く人は何でそれをやらないんだろうと。教育の人と研究者のもう一つ外側がいるんですよね。

**木ノ下**　批評の大事さは一つのテーマですね。批評って作品の是非だけじゃなくて、作っている本人にもわかっていないことを言い当てる役割もあれば、お客さんにこうも見えるよって鑑賞方法を教えて育てる案内人としての役割もあるから、批評家不在は業界にとって痛いと思うんです。短歌の世界の評価はどうですか。どう機能していますか。

**パリュス**　短歌は脈々といるんですよね。批評や評論の賞もあります。

**堀切**　短歌の人はみんな批評家みたいな感じ。俳句の批評家は数人しかいないです。

**木ノ下**　俳句は句会自体が批評というか。

**堀切**　批評というか、感想どまりのことも多いんですよ。

**木ノ下**　点を入れたり、ゲーム的に批評できる。

**堀切**　歴史的なこととか、他の流れを踏まえた批評を必ずしも要求されないのでハードルは低い。とはいえ俳句をやっていない人が俳句のことを書くのは難しいので、全体的に俳句の批評っていうのは難しいんですよね。でも短歌は不思議とみんな書くんですよね。きわめて批評的に。

**パリュス**　短歌をやっている人って基本的に古典文学を読み解いていくことが好きな人が多いんだろうなという印象があります。ゆえに、批評することに対してハードルが低いのかもしれないです。

あと、歌会は基本的にこの歌はこういう意味でってまず読み下しをして、訳をする。そういう流れができているので、歌を詠むことと批評することが一体になっているのかもしれない。

**丸井**　「古典」というと真面目に考えすぎてしまうところがありますからね。そこをいかにとっつきやすいものにしていけるか。今後の古典文学研究者の一つの課題だと思います。中には国文学研究資料館がやっている「ないじぇる芸術共創ラボ」(https://www.nijl.ac.jp/pages/nijl/) のように、現代の社会や文化と古典を交わらせる活動もありますが。ただ、自分も含めて、古典はこういうふうに読むものだ、こういうふうに論じるものだという固定観念が強いのかもしれません。そういうことに自覚的でなければいけないと思います。

## 何を教えるのかというセレクト

**木ノ下**　古典教育でいうと何を教えるか作品のセレクトは考えてもいいと思うんです。江戸時代の黄《き》表《びょう》紙《し》とか王道じゃないものも入れておく。先生もそこでくだけることもできる。

**丸井**　江戸文学には、びっくりするくらいふざけてるものもありますからね。

**木ノ下**　一時間でオリジナルの黄表紙を書きなさい、っていう課題を出してもおもしろそうですね。黄表紙のおもしろさで成績が決まるとか。

**丸井**　採点者のセンスに左右されますね。江戸時代のそういう作品を教えられるかどうかは措《お》いておいても、『徒然草』なんてもっとおもしろい章段がいくらでもあるのに、どうしていつまでも「高《こう》名《みょう》の木登り」なのかなという思いはありますね。

**堀切**　大学でフランス語を教えていても同じようなことを思います。やっぱりテストは文法になりがち。そうすると評価は簡単だけど学生は受け身になります。僕の知り合いが、フランスの地方の料理を作って家族に振る舞って写真を撮るというレポート課題を出していて、家族からも好評だし、フランスのことも調べるし、モチベーションも上がるし、うまいなと思って。

　その時、千葉大の医学部で一年生にフランス語を教えてたんですけど、半年で一年分の文法を教えたあと、エイズに関する医学系のニュース記事を読んで、『ＢＰＭ ビート・パー・ミニット』（ロバン・カンピヨ監督、二〇一七年）という九〇年代フランスのＨＩＶ差別の反対運動を描いた作品を見たんです。フランス語を入口に同性愛の歴史なんかも解説しながら。教師が一方的に教えるのではなく、フラットに学び合うような授業のかたちは、無限の可能性がありますね。

**丸井**　もっと読みたいと思ったら勉強しますからね。

**堀切**　本当はワインとか飲ませたかったんですけど、お酒はダメだと事務から言われて……（笑）。言葉は文化の入口ですから、古典教育も文化的な議論まで行かないといけないですね。

## フランスの芸術教育

**パリュス**　フランスにいて日本人で得してるなと思ったのが、日本文学、文化に興味のある人が多いことです。自分の周りだけかもしれませんが。

**堀切**　フランスの人は異文化に優しいですよね。

**木ノ下**　フランスで「勧進帳」をやった時、義経・弁慶の主従関係がわかってもらえるかどうか心配したんです。でもフランスの人の方がちゃんとわかってくれた。なぜだろうと思ったら、こちらが何の予備知識も持たないお客さんでも楽しめるように工夫しているところと、弁慶・義経が誰だかわからないフランス人の感覚が合致したんだろうなぁと。こちらが想定している古典と現代の距離感と、あちらの歌舞伎との距離感がほぼ同じだったんじゃないかと思います。

もう一つは、日本の場合は歌舞伎に思い入れの強いお客さんも多くて、それぞれが「私の〝勧進帳〟」を持っておられますよね。言葉が現代語だったり、現代服だったりする時点で、受け付けない方は一定数いらっしゃる。その点、フランスのお客さんは「これは現代的にアップデートしたものだから」とすんなり受け入れてくれた。

**パリュス** フランスって小さい頃からみんなで美術館に行って絵の前にしゃがみ込んで、先生が説明したり、わいわいディスカッションしながら芸術作品に対する見方を学ぶ。日本とは違うんですよね。そういう下地があるから、異文化の作品であってても、見方みたいなもの、受け取り方を知っているのかもしれないですね。

**堀切** 拒絶反応がない。何より僕がいいなと思うのは、見たことないものに対するリスペクトが半端ないんです。批評家的な質とは別で、自分では絶対できないし、他の人もやっていないようなことを目の前でやってくれたら、おお!ってなる。それは芸術だけじゃなくて。懐が深いなと。

あとはしゃべるということだと思うんです。フランスは自分の意見を言って他人の意見を聞くというプロセスを子供の時から受けている。うちの三歳の子供でさえ、コンサートの映像を見ながら、このクラリネットの音は何を表していると思う?とか聞かれるわけです。つまり、文化を受容してそこに言葉を与えていく。その中の一つが俳句だったり演劇だったりするので、芸術を言語化する、議論するという経験もまた主張すべき権利ですね。

**丸井** 僕らの頃だと、小学校で百人一首とか当たり前じゃありませんでしたか。

**堀切**　僕はやったことないんです。

**丸井**　僕は小さいころ、よく百人一首で遊んでいたんです。そこで歌をある程度覚えていて、小学校に上がってからがんばって覚えましょうって言われた時に、知ってる歌だと興味を持って、意味も知りたいなと思ったり、そういうふうに自然に入っていけた感じがしたんです。フランスの話を聞いて、そんなことを思い出しました。

**堀切**　古典を含む文化一般は、教育の現場だけじゃなくて、家庭や自治体も関与すべきことでしょう。戦後フランスの芸術観のひとつに「芸術はインフラだ」という考え方があるのですが、教育に全部押し付けるのは間違いで、水道や電気のように、社会のあちこちに張り巡らせるほうが健全だと思いますね。

**丸井**　そういうものに触れることが当たり前になるといいですよね。

**堀切**　やらされると嫌いになるし、やるなら楽しくやらないと。古典は教育現場から解放した方がいいんじゃないんですか。この座談会の趣旨と真逆の方向にいっていますけれども。

**丸井**　今はやっぱり入試ありきですからね……。

**堀切**　あるいは別の評価システムを作るか。

**木ノ下**　外したあとの受け皿をつくるということですよね。

**丸井**　芸術科目にすればいいというものでもないと思うんです。「古典〈教育〉の未来」みたいな座談会をもう一回やらないといけないですね。

# あとがき

木越先生の遺稿があるんですが……、と文学通信の岡田圭介さんに告げられたのは、二〇一九年五月のことでした。生前の先生から、古典文学の入門書を書くつもりだということはうかがっていましたが、すでに一定量の原稿を書き上げておられたとは知らず、いささか驚いた記憶があります。そして同時に、先生が最後に取り組まれていたこの仕事を、どうにかして形にしようと誓ったのでした。

しかし、その決意とは裏腹に、しばらくは虚しく時間ばかりが過ぎていきました。まえがきにも書いたとおり、当初は私一人で遺稿の「続き」を書こうとしていたのですがあえなく挫折し、他の方たちの力を借りることにしたものの、古典を広く開かれたものにしていくという目的とその方法が噛《か》み合わず、私の立てた企画は何度も修正を余儀なくされました。それでも、岡田さんと編集担当の西内友美さんが粘り強く相談に乗ってくださり、二〇二〇年の十月、ようやく具体的に話が動き出しました。そしていま、こうして無事に刊行できたことにより、ようやくひとつ先生に恩返しができたという安堵した気持ちになるとともに、ご協力くださった執筆者の方々に対し、感謝に堪えない思いでいます。本当にありがとうございました。

特に第4部にご参加いただいた方々には、コロナ禍のためリモートで座談会を実施しなければならないことになり、たいへんなご迷惑とご負担をおかけしました。実は座談会を企画した時点で、私の頭の中にはすでに堀切さんとパリュスさんのお名前があったのですが、さすがにパリ在住のお二人にお声がけするのは難しいだろうと思っていたところ、期せずしてこうした次第となったのは、不幸中の幸いであったというべきなのかもしれません。そして、あと一人どなたかをお呼びしたいと考えていた折に、縁あって木ノ下さんとお知り合いになれたのも、本当に幸運なことでした。

本書には、「いまから古典を〈読む〉ために」という副題をつけました。「いまから」という表現には、「これから」という意味と、「現在の地点から」という意味とを掛けたつもりです。このことさえご説明しておけば、本書の内容について、ここでしつこく繰り返す必要はないでしょう。どうか読者の方々にはそれぞれの章を味読していただき、古典を「読む」ための方法と、古典を「読む」ことの意味について、じっくりお考えいただければと思います。

最後に、たいへん丁寧に本書を作ってくださった西内友美さんと、本書刊行のきっかけを与えてくださった岡田圭介さんに、心からお礼申し上げます。

そして木越先生、素晴らしい置土産をありがとうございました。

丸井貴史

# 執筆者・参加者プロフィール

**木越　治**　**KIGOSHI Osamu**
元金沢大学名誉教授（二〇一八年二月没）。日本近世文学専攻。著書に『秋成論』（ぺりかん社、一九九五年）、編著に『秋成文学の生成』（共編、森話社、二〇〇八年）、『講談と評弾―伝統話芸の比較研究―』（八木書店、二〇一〇年）、『上田秋成研究事典』（共編、笠間書院、二〇一六年）、『怪異を読む・書く』（共編、国書刊行会、二〇一八年）など。

**丸井貴史**　**MARUI Takafumi**
就実大学講師（日本近世文学）。著書に『白話小説の時代―日本近世中期文学の研究―』（汲古書院、二〇一九年）、論文に「「白蛇伝」変奏―断罪と救済のあいだ―」（木越治・勝又基編『怪異を読む・書く』国書刊行会、二〇一八年）、「『太平記秘説』と庭鐘読本―文体・舞台・素材―」（『日本文学』第七十巻第七号、二〇二一年）など。

**高松亮太**　**TAKAMATSU Ryota**
東洋大学准教授（日本近世文学〈学芸史、上田秋成〉）。著書に『秋成論攷―学問・文芸・交流―』（笠間書院、二〇一七年）、論文に「歌論と創作のあいだ―上田秋成の武家歌論をめぐって―」（『国語と国文学』第九十七巻第十一号、二〇二〇年）、「賀茂真淵と田安宗武―有職故実研究をめぐって―」（『近世文藝』第一一四号、二〇二一年）など。

**中野　遙**　**NAKANO Haruka**
上智大学グローバル教育センター特任助教（国語学、特に日葡辞書をはじめとしたキリシタン版語学辞書を中心とした辞書史学）。著書に『キリシタン版『日葡辞書』の解明』（八木書店、二〇二一年）、論文に「キリシタン版『日葡辞書』の語釈構造について」（『訓点語と訓点資料』第一三八号、二〇一七年）、「キリシタン版『日葡辞書』の訓釈について―『落葉集』定訓との対照を中心に―」（『上智大学国文学論集』第五十一号、二〇一八年）、「キリシタン版『日葡辞書』補遺篇の見出し語―見出し昇格語について」（『国語語彙史の研究』第三十八号、二〇一九年）など。

**紅林健志**　**KUREBAYASHI Takeshi**
盛岡大学准教授（日本近世文学）。校訂に「古実今物語　後篇」（木越治責任編集『江戸怪談文芸名作選　清涼井蘇来集』国書刊行会、二〇一八年）、論文に「紀行文としての『折々草』と『漫遊記』」（木越治・勝又基編『怪異を読む・書く』国書刊行会、二〇一八年）、「『好色一代男』の章題を読む」（『日本文学』第七十巻第二号、二〇二一年）など。

**岡部祐佳**　**OKABE Yuka**
大阪大学大学院生（日本近世文学）。論文に「『万の文反古』巻二の一「縁付まへの娘自慢」考―「今程、世間に見せかけのはやる事はなし」をめぐって―」（『語文』（大阪大学）第一一一輯、二〇一八年）、「瀬川采女説話の受容と展開―妻・菊の貞女性を中心に―」（『近世文藝』第一一二号、二〇二〇年）、「享保期艶書小説の当代性―『当流雲のかけはし』とその周辺―」（『上智大学国文学論集』第五十四号、二〇二一年）など。

**有澤知世**　**ARISAWA Tomoyo**
神戸大学助教（日本近世文学、特に江戸戯作）。論文に「京伝作品における異国意匠の取材源―京伝の交遊に注目して―」（『近世文藝』第一〇四号、二〇一六年）、「山東京伝の考証と菅原洞斎―『画師姓名冠字類抄』に見る考証趣味のネットワーク―」（『国語国文』第八十六巻第十一号、二〇一七年）、「古画を模す―京伝の草双紙と元禄歌舞伎」（小林ふみ子、中丸宣明編『好古趣味の歴史　江戸東京からたどる』文学通信、二〇二〇年）など。

**山本嘉孝　YAMAMOTO Yoshitaka**

国文学研究資料館・総合研究大学院大学准教授（日本漢文学〈江戸・明治期〉）。論文に「「文粋もの」における朱子学と陽明学の折衷」（鈴木健一編『明治の教養―変容する〈和〉〈漢〉〈洋〉』勉誠出版、二〇〇〇年）、「木下順庵と林家」（『北陸古典研究』第三十五号、二〇二一年）など。

**真島　望　MASHIMA Nozomu**

成城大学非常勤講師（日本近世文学〈特に地誌・説話・俳諧〉）。著書に『近世の地誌と文芸―書誌、原拠、作者―』（汲古書院、二〇二一年）、論文に「『事蹟合考』と江戸の地誌―斎藤幸孝手沢本を中心に―」（『日本文学』第六十九巻第十号、日本文学協会、二〇二〇年）、「五雲亭鶴歩覚書」（佐藤勝明編『東風流―宝暦俳書の翻刻と研究―』世音社、二〇二一年）など。

**日置貴之　HIOKI Takayuki**

明治大学准教授（幕末・明治期を中心とする日本演劇）。著書に『変貌する時代のなかの歌舞伎　幕末・明治期歌舞伎史』（笠間書院、二〇一六年）、『明治期戦争劇集成』（科学研究費助成事業成果物、二〇二一年）、編著に『真山青果とは何者か？』（共編、文学通信、二〇一九年）など。

**加藤十握　KATO Totsuka**

私立武蔵高等学校中学校教諭（国語科、日本近世文学）。著書に『読んでおきたいとっておきの名作25』（共著、旺文社、二〇一五年）、『江戸怪談文芸名作選　新編浮世草子怪談集』（共著、国書刊行会、二〇一六年）、論文に「近江の猿田彦―『春雨物語』「目ひとつの神」小考」（『読本研究新集』第六集、二〇一四年）、「日常への回帰―『春雨物語』「二世の縁」小考」（木越治・勝又基編『怪異を読む・書く』国書刊行会、二〇一八年）など。

**中村　唯　NAKAMURA Yui**

浦和明の星女子中学・高等学校教諭（国語科）。修士論文では唐代小説に取り組み、特に『離魂記』に代表される離魂譚の展開について論じた。授業では、現代文・古文・漢文の枠にとらわれることなく様々な文献を提示することで、言語や文化に対する生徒の関心を高め、「読み」の幅を自ら広げていけるよう工夫している。

**宇治田健志　UJITA Takeshi**

株式会社ウイング。金沢大学大学院人間社会環境研究科修了。和歌山の「歴史と文化」を紹介する情報誌『ほうぼわかやま』、中高生向けキャリア教育本『さくらノート』編集長。一般社団法人全国メディア制作連盟理事。紀伊万葉ネットワーク幹事。

**堀切克洋　Horikiri Katsuhiro**

83年福島県生まれ。フランス在住。演劇批評家・俳人・翻訳家。第一句集『尺蠖の道』（文學の森、二〇一八年）により第42回俳人協会新人賞。二〇二〇年より俳句サイト「セクト・ポクリット」を運営。翻訳に『ベケット氏の最期の時間』（早川書房、二〇二一年）など。

**パリュスあや子　Ayako Pallus**

神奈川県生まれ。フランス在住。広告代理店勤務を経て、東京藝術大学大学院映像研究科・脚本領域に進学。「山口文子」名義で映画「ずぶぬれて犬ころ」脚本担当、歌集上梓。『隣人X』で第14回小説現代長編新人賞を受賞しデビュー。最新刊は『燃える息』。

**木ノ下裕一　Kinoshita Yuichi**

85年和歌山県生まれ。小学校三年生の時、上方落語を聞き衝撃を受けると同時に独学で落語を始め、その後、古典芸能への関心を広げつつ現代の舞台芸術を学ぶ。二〇〇六年に古典演目上演の補綴・監修を自らが行う木ノ下歌舞伎を旗揚げ。代表作に『娘道成寺』『黒塚』など。

**編者**

# 木越　治 （きごし・おさむ）

# 丸井貴史 （まるい・たかふみ）

（プロフィールは 318 頁参照）

**執筆者・参加者**

木越　治／丸井貴史／高松亮太／中野　遙／紅林健志／岡部祐佳／有澤知世／
山本嘉孝／真島　望／日置貴之／加藤十握／中村　唯／宇治田健志／
堀切克洋／パリュスあや子／木ノ下裕一

**illustration**

カシワイ
漫画家、イラストレーター、神奈川県在住。Twitter アカウントは @kfkx_

# 読まなければなにもはじまらない
いまから古典を〈読む〉ために

2021（令和 3）年 11 月 15 日　第 1 版第 1 刷発行

ISBN978-4-909658-67-8　C0095　Ⓒ著作権は各執筆者にあります

**発行所　株式会社 文学通信**

　〒114-0001　東京都北区東十条 1-18-1 東十条ビル 1-101
　電話 03-5939-9027　Fax 03-5939-9094
　メール info@bungaku-report.com ウェブ http://bungaku-report.com

**発行人**　岡田圭介
**印刷・製本**　モリモト印刷

※乱丁・落丁本はお取り替えいたしますので、ご一報ください。書影は自由にお使いください。

ご意見・ご感想はこちら
からも送れます。上記
のQRコードを読み取っ
てください。